中国原创侦探推理文学啄木鸟系列

每个西西弗斯都知道

漆雕醒　作品

群众出版社
·北京·

图书在版编目（CIP）数据

每个西西弗斯都知道／漆雕醒著．—北京：群众出版社，2018.7
（中国原创侦探推理文学《啄木鸟》系列）
ISBN 978－7－5014－5845－5
Ⅰ.①每…　Ⅱ.①漆…　Ⅲ.①推理小说—小说集—中国—当代
Ⅳ.①I247.5
中国版本图书馆CIP数据核字（2018）第147786号

每个西西弗斯都知道

漆雕醒　作品

出版发行：群众出版社
地　　址：北京市丰台区方庄芳星园三区15号楼
邮政编码：100078
经　　销：新华书店
印　　刷：三河市荣展印务有限公司

版　　次：2018年8月第1版
印　　次：2018年8月第1次
印　　张：10.75
开　　本：880毫米×1230毫米　1/32
字　　数：260千字

书　　号：ISBN 978－7－5014－5845－5
定　　价：39.00元

网　　址：www.qzcbs.com
电子邮箱：qzcbs@sohu.com

营销中心电话：010－83901941
读者服务部电话（门市）：010－83903257
警官读者俱乐部电话（网购、邮购）：010－83903253
啄木鸟杂志社电话：010－83901312

代序

《啄木鸟》视野下的本土侦探推理文学

杨桂峰

侦探推理小说是文学殿堂中方兴未艾且大有可为的文学类型。《啄木鸟》杂志的公安法治文学的定位决定了侦探推理作品，尤其是反映公安机关侦查破案的侦探推理作品必定是其主要版面的内容。

作为国家百强报刊、全国唯一的大型公安法治文学月刊，始终不渝地扶持、推动侦探推理小说的创作，正是《啄木鸟》三十多年发展历程中的一大特色——自 1984 年创刊以来，我们一直致力于公安法治文学作品的播种与培育，侦探推理小说作为公安法治文学苗圃里的一个独具魅力的品种，从创刊那天起，便受到广大作者和读者的喜爱与推崇。

三十多年来，《啄木鸟》杂志的栏目建设始终保持与时代同步。有些栏目弱化了，有些栏目更迭了，而侦探推理栏目不但保留至今，还不断得到加强和拓展。随着文学类型的细分，《啄木鸟》杂志把侦探推理作品从小说的大范畴剥离出来，于 2005 年第 3 期专设“侦探与推理”栏目，专门刊发本土原创中短篇侦探推理小说；与之相应，又设置了译介世界优秀侦探推理小说的“外国悬疑推理”栏目，为读者提供一个了解外国侦探推理小说新作的窗口，展示世界侦探推理文学的最高水平；为更好地适应互联网时代年轻读者阅读习惯的变化，适应微阅读的趋势，《啄木鸟》还创设了“啄木鸟侦探俱乐部”栏目，每期推出推理谜题与读者互动，同时，注重作品的原创性、可读性、趣味性，每期推理谜题都是一个原创侦探推理微小说。

目前，《啄木鸟》已成为国内侦探推理文学的一个重要平台，对于促进侦探推理文学的创作发挥了重要作用。

伴随着新时期市场经济的发展，当代中国侦探推理文学呈现出与之相应的内容和形式的变化与变革，这一点也从《啄木鸟》栏目和内容的发展变化中反映出来，表明中国当代侦探推理文学正在逐步走向成熟。

《啄木鸟》早期刊发的侦探推理小说已呈现出这种新的变化，类似福尔摩斯的全能型超级侦探的形象开始弱化，作品更多聚焦普通人。其中最有代表性的是李迪的《傍晚敲门的女人》，堪称改革开放初期侦探推理小说复苏后的里程碑之作，也是《啄木鸟》侦探推理文学的里程碑之作。在《啄木鸟》1984 年第 4 期发表后，引起了强烈的社会反响，不仅于第二年斩获首届金盾文学奖，还相继译介到苏联、法国、韩国等国家，开创了中国侦探推理小说走向世界之先河，为中国侦探推理小说赢得了荣誉。苏联著名汉学家谢曼诺夫及其学生把它译成俄文，由当时著名的青年近卫军出版社出版，还在各大杂志上刊发，被誉为“反映法律与道德题材的优秀作品”。在今天，这部作品仍然是一篇可圈可点的佳作。它与建国初期侦探推理文学以反特小说为主要特征，以保卫国家安全、维护新生人民政权等重大政治事件为主要题材不同，反映的是普通人的情感生活，描写了改革开放初期的种种社会世相，组成了一幅绚丽多彩的生活画卷，是改革开放初期侦探推理小说题材从政治生活、阶级斗争向关注市井世情百态、人民内部矛盾的转化。

《傍晚敲门的女人》引发了国内创作侦探推理小说的热潮，同时期不少著名作家都进行过尝试。继李迪之后，王朔的《人莫予毒》《枉然不供》等侦探推理作品，其主人公民警单立人的形象更是将人们的视线引入庸常，对以福尔摩斯为代表的贵族式的优雅侦探进行了颠覆式解构，让读者看到了警察或侦探凡夫俗子的一面。

刘勰《文心雕龙》有云：文变染乎世情，兴废系于时序。当代侦探推理小说是在法治社会或正在走向法治的社会中兴起并繁荣的一种特殊文学类型，换句话说，侦探推理小说是体现法律意识的最好文学范本，对作为公安法治文学旗舰的《啄木鸟》杂志来说尤为如此。其中，对传统法律文化、旧有法律体系的反思是改革开放初期侦探推理小说中植入的重要思想内涵之一。随着文学观念的更新，这一时期的作家在侦探推理小说的艺术形式创新方面不断尝试。如在《啄木鸟》首发、获得全国首届侦探小说佳作奖的《夕峰古刹》（作者钟源）尝试在小说中运用电影的表现手法，不仅使故事情节一波三折，而且加入了大量科技、历史和民俗知识，增加了作品的文化内涵和信息含量。另外，充分借鉴西方后现代主义、意识流等创作手法，将象征、复调等写作理论运用在原创推理小说中的作品也层出不穷。

综观《啄木鸟》历年来刊发的侦探推理文学作品，可以发现中国当代侦探推理文学从生涩转向成熟的清晰脉络，题材与时俱进，而且越来越广泛，手法越来越多样化，虽是类型文学，其涉及面也可以覆盖人们生活的方方面面，这正是侦探推理文学长盛不衰的原因之一。

近年来，《啄木鸟》吸纳了更多实力派侦探推理小说作家，如漆雕醒、阿真、韩梦泽、洛风等，这些作家在人物塑造方面更注重人性的丰富性。

漆雕醒的神话系列侦探推理小说即典型代表。《皮革马利翁的戒指》、《每个西西弗斯都知道》等作品，借用古希腊神话中神话人物的悲剧命运，揭示悲剧背后潜藏的人性弱点。这些弱点不仅出现在神话人物身上，也是现代人共有的。作者运用巧妙的情节设置，将这一主题生动地表现出来。她的小说精致，却不失大气；悬念丛生，但从不故弄玄虚；细节真实可信，对某些专业细节的处理也非常用心。尤其值得一提的是，她没有一般侦探推理小说作者的通病，即题材和表现手法的模式化，她的每一个故事都是别出心裁的。

《啄木鸟》核心作者阿真近二十年来一直为本刊撰稿，已发表的《凶手》、《潘多拉的盒子》、《小八村的秘密》、《别对警察说谎》、《迟到的真相》等作品深受读者喜爱，近几年在本刊发表的“妖系列”中篇侦探推理小说《妖猫》、《妖狐》、《妖狼》、《妖鼠》等，更是受到读者的追捧。阿真的侦探推理小说悬念感极强，并且每一篇都能找到现实依据，情节设置巧妙，推理丝丝入扣，往往不到最后不知道真相；同时充满人文关怀与思想深度，通过罪案挖掘人性，抨击假恶丑，讴歌真善美，有读者将她与日本著名女作家樋口一叶相提并论。

《小说月报》百花奖、荷花淀文学奖获得者韩梦泽以创作推理悬疑小说见长，《啄木鸟》刊发过他的多部中篇推理小说，其作品构思波光诡谲、格局别致，就像个出色的建筑师，在构筑智力的迷宫时显示出他的与众不同。他将故事的种子埋下，笔下的人物深深地掩藏在迷宫里，只有读完作品你才会恍然大悟，原来那些埋伏在各处的伏笔都是在为故事和人物作注解和说明，其缜密的逻辑令人拍案叫绝。他的推理小说区别于传统的技术派，其显著特点就是作品中时时流露出的人间大爱的情怀，如发表在《啄木鸟》2013 年第 5 期的《和胡安的 151 天》就是这类作品的代表。

和上述几位作者不同，新一代侦探推理小说作家洛风则把她的目光聚焦于网络。网络犯罪题材的侦探推理小说近年来风行一时，但限于作者的专业知识和生活积淀，国内大多数作品还处在单纯模仿的层次上。洛风的作品之所以能够脱颖而出，缘于她曾经的网警经历，使她的作品在同题材侦探推理小说中独树一帜。她笔下的网络警察真实可信，网络警察和黑客的较量更是惊心动魄，曾在《啄木鸟》刊发的《二十三先生》、《红粉骷髅》、《代码的起义》就是其中的代表作。尤其可贵的是，洛风的作品并不是单纯地表现网上较量，而是更注重那些进行较量的人，注重对其人性的深度挖掘，而网络正是表现复杂人性的一个极佳的舞台。

《啄木鸟》作为全国侦探推理文学的重要阵地，品牌的魅力和平台的价值，要求我们必须经营好、孵化好传统纸质文学版本。2018 年，《啄木鸟》隆重推出中国原创侦探推理文学系列丛书，其中漆雕醒作品系列、阿真作品系列首先结集出版。这套丛书是《啄木鸟》三十多年来致力于扶持、推进本土侦探推理小说创作的一个总结，也是对多年来始终支持我们的侦探推理迷的回馈。

不论侦探推理文学形式和内容发生如何改变，有一点是不变的，那就是侦探推理文学的“核”，也即悬念。接受美学认为，文学作品只是提供给读者一个“图示化的框架”，这个框架有许多“空白”，有待于读者在阅读过程中去添加和补充。在侦探推理小说中，悬念不但是推理的大前提，同时也为读者的“添加和补充”提供了契机，这种“添加和补充”是作者与读者间的一种隐形的互动，更是阅读一篇侦探推理小说的乐趣所在。

愿这套丛书能使您在填补“空白”的过程中体会侦探推理文学的魅力，希望中国本土侦探推理小说创作迈上一个新的台阶，《啄木鸟》愿与热爱侦探推理文学的读者和作者一起，成为中国侦探推理文学走向世界的推动者和见证者。

（作者系《啄木鸟》杂志主编）

目录

每个西西弗斯都知道

一

我将手里的身份证掰了掰，瞄了一眼花纹，便知道这是一张假证。

如果换在五年前，我一定会问出一大堆问题，不到水落石出真相大白决不罢休，但现在的我只是把身份证递还给站在我面前的男人。

“租多久？”

“一年。”很明显他对自己的答案很犹豫，“您一般是租多久？”

“一年。如果提前搬走，押金不退。”我拿出从房屋中介公司的熟人那里要来的一份空白合同，“你看看，没问题就签字吧。”

他似乎对这顺利十分意外，简直有些受宠若惊。他爽快地支付了一个季度的房租，拙劣地藏起他的庆幸，生疏地签下那个对他来讲也绝对陌生的名字：黄德胜。

可以肯定他没什么租房经验，需要我提醒他才去检查了电器和水表，记下了煤气表上的数字。他压根儿没有问物管费是多少，有没有网络光纤，在哪里缴纳水电气费。卧室里的纱窗坏了，他也没有要求维修——他小心翼翼地不提出任何异议，生怕他的不满和问题会得罪了我，进而毁掉我们刚刚签下的合同。

“清洁你就自己请个人打扫吧，到处都有家政公司，随便找一家，保证做得比我干净。”我毫不客气地占着他的心虚的便宜，“那个浴霸的灯泡坏了一个，其他三个都能用，这个没问题吧?”

“没事。”他说，“够用了。”

“要换也得你自己换，我是没办法爬梯子给你换的。”我用右手夸张地拍着自己的右腿，它发出“吭吭吭”的声音——假肢特有的响声。

“我自己换就行了，不麻烦您的，您这儿我挺满意的。”我的租客连忙弯下了腰，不知道要做出一副什么样的表情来应对，想要同情，又害怕同情会产生刺激作用；想要讨好，又觉得不合时宜。

我心里觉得好笑，他不知道现在对我来说任何人的表情和态度都不重要，我不是那种活在他人眼光里的人，或者说，不再是了。

但他的态度让我很满意，因为至少说明他不是一个通缉犯或是惯犯，通缉犯一般无暇顾及别人的情绪，邪恶的人压根儿就没有那根筋。如果是惯犯，不会像他这样小心翼翼到欲盖弥彰，那些家伙通常有一整套躲藏和掩饰的技巧，当然——也有些罪犯一辈子都没学会伪装，所以即便他们离开了监狱，也还是被人们的目光所跟踪或者囚禁。

使用假身份证固然是违法的，但不是每一个使用假身份的人都是邪恶的，总有原因让他放弃了真实的身份——那也许是一个被追捕的罪犯身份，也许是一个需要隐藏起来以获取保护的清白身份，也许是一个需要通过逃避来遗忘的痛苦身份，甚至可能只是简单地想要体验另一种身份是什么感觉。

身份并不只是一个名字、一串数字、一张脸或是一个地址，它代表的其实更多是一种社会关系。一个单独生活在原始丛林里的野人是不需要身份的，大自然不会因为他没有身份证就禁止他通过捕猎获取食物，一条毒蛇也不会因为他有了一张身份证就对他网开一面。身份的本质是社会对个人的认可，而个人对这种认可的需要程度决定了身份的重要程度，名字、年龄、性别、身高、长相、身份证号、社保卡号只是身份信息中最基础的一部分，家庭成员、左邻右舍、同事朋友……恰恰正是这些与你的生命有交集的却又独立于你生命之外的人占据了你身份的绝大部分——因为你所遇到的就是你的社会，你的身份是基于这些人对你的认可，而你毕生都注定与这些认可纠缠不休。

首先，你需要是父母的儿女，没有父母的儿女被定义为孤儿。孤儿是一种存在于主流之外的身份，因为有一个与大多数人完全不同的开始，所以他们也会有与大多数人完全不同的命运；还有一种有父母但不被父母所认可的儿女，比如私生子，这是另一种偏离了正轨的身份，带着这样身份生活的人会难以避免地受到来自所谓正轨的攻击和鄙视，尽管这个身份本身并不触犯法律，甚至不触犯道德，但这个身份的权利却会因为外界的认可度而时时受到威胁；接着，兄弟姐妹的弟兄妹姐，儿女的父母，这些是你无法选择的身份；还有一部分是可选的，比如丈夫的妻子、妻子的丈夫、朋友的朋友、邻居的邻居……你选择了什么人，便选择了什么样的生活圈子，也就选择了你在他人眼中的生活形象。从某种意义上来说，身份又是你在别人眼中的形象和地位，因此，职业也是一个重要的可选项。可以说，职业是身份最重要的组成部分之一，它决定了你在你的社会中是一个工程师还是一个老师，是一个民工还是一个总裁，是一个不可或缺还是一个可有可无，是一个参与者还是一个旁观者，是一个零件还是一个中枢，决定了你被称之为“你”还是“您”——平等只是一个可爱的概念，其实每个人的心中都有一座金字塔，按照某种标准排列每个人的重要程度。有些人的标准是利益，有些人的标准是感情，这是一个心照不宣的秘密，所以大多数人都会一面喊着平等的口号，一面力争上游，谁都不喜欢待在金字塔底。金钱、权力、美貌都是改变身份的热门工具，因此催生了一系列让人趋之若鹜的热门行业。

身份承载着我们的信息，我们也不得不背负着自己的身份，尤其是因这些身份而获得的喜悦与悲伤、幸福与痛苦、赞美与谴责、责任与权利、利益与人脉、感情与关系、平淡与激情……这一切都是千丝万缕糅合在一起的，难以分解，所以离开一个身份也就意味着放弃的不止是令人难受的那一部分，还需要割断美好的那一部分——在漫长的生命岁月里好不容易沉淀下来的、为数不多的美好联系，如果生命就此戛然而止，那么舍弃的或许也就是生命的全部意义。

完全舍弃一个身份需要极大的勇气和一个非此不可的动机，当然，也有草率者或是智商不足者的冲动行为，但他们都将会面临他们完全想象不到的后果和痛苦，所以到最后大多数都是半途而废。

我很想知道我的租客属于哪一类。很明显，他有一个秘密，这个秘密藏在他发青的脸色之下，藏在他眼神中一闪而过的惊慌里，藏在他局促僵硬的举止里。如果在几年前，我会以警察的身份，堂而皇之地挖掘出真相，然后拿出手铐直接把他关进拘留所。

在脱离警察身份多年之后，我依然还有追求真相的热情，我把它称之为职业的惯性——这惯性把我和过去微妙地连接在一起，使我的人生不至于有一个突兀的中断，同时又赋予我的现在一种完全不同的崭新意义——失去的警察身份固然让我失去了追求真相的便利，但正是这增加的难度让我找到了增加出来的趣味，对于乏味而孤独的日子来讲，这种趣味是珍贵而美妙的。

“有什么事就随时找我，我就住对门。”我打量着我的趣味，我之所以不拆穿身份证的谎言就是因为我太想要保留这趣味，我很怕过多的问题把他吓跑了，我比他还要害怕这合同无法成功签订，只是我的小心翼翼包藏得要比他高明，他认不出来。现在，他完全是我一个人的了，我不再是警察，也就不必再受这个身份的限制，不必基于责任把他交给公安局，也不用赶着知道真相，我可以慢慢地享受这个趣味。

“好的。”他说。

二

我的租客有着很好的生活习惯，每天早上六点钟起床出门，在社区的活动广场打一圈太极拳。在一众头发花白或全白的老人里，他的年轻显得格格不入，但是他的面色和体力弥补了这种不和谐感。他的脸色是黄里发青的，眼白里掺着红血丝，那是一种病态的面容，他很小心地计算着运动量，似乎很怕超出某种范围，如果有人邀请他做更多的动作，他会惊慌地逃掉，于是我猜测他很可能受着某种疾病的困扰。

中午十二点和晚上六点，隔壁会准时地传出炒菜的香味，晚上十点整，电视的声音会戛然而止。他不上班，除去晨练、买菜和购物，基本上不出门——他出门几乎都会被我看见。我在楼下开了一家社区杂货店，我给自己规定的上班时间是早上九点到十二点，下午两点到五点，风雨无阻——我不想做一个被囚禁在铺子里的杂货店老板。

他偶尔会出于礼貌光顾我的生意，但看得出来他每次都为要买什么而头疼。他说他不吸烟，不喝酒，也不喝碳酸饮料，更不吃任何含有添加剂的食品；他不相信冷冻饺子、罐头、味精和酱油，连卫生纸也只用指定的品牌；他也不相信小店铺的信誉，所以最后他每次来都只是买走一包盐或是一瓶矿泉水。

看得出来，他有一张严格的生活管理表，它精准地计算着与生命和健康有关的数据，时时刻刻都在权衡着利弊，他是如此热爱它，像电脑里的程序一样虔诚地执行它。而我几乎可以算得上是一个反面而极端的对比：我不但吸烟，而且会在二手烟弥漫的麻将室里一待就是一个下午；我也喝酒，最喜欢啤酒，高兴的时候喝一瓶，不高兴的时候喝两瓶，碰上朋友聚会，白酒红酒也都来者不拒；我的肚子里塞满了可乐、薯片、方便面、豆腐干、卤猪耳以及各式各样让我的新邻居一听就皱眉头的东西；我要过了午夜十二点才能睡得着，因此早起对我是件苦差事，如果没有杂货店，没准我会一觉睡个对时……我知道隔壁的生活方式是貌似更高级的也是更有道理的，但我仍然不打算效仿，在我们身边永远会存在着与我们截然不同的“看上去很好”，正是它们总在诱惑我们脱离过去，但脱离不一定总会有好结果，我曾经脱离过，那是一把刀，从天而降，咔嚓一声就斩断了我的右腿，也把我和以前斩成两段，之后的我曾在噩梦里待过很长一段时间。

现在的我已经离开了噩梦，那消耗掉了我仅存的力气，现在的我正在休息期，如果没有第二把刀落下来，我便不认为我有这样的力量，也不认为有这样的必要。在我的眼里，他活得太费劲，他像一匹驮着重物的骆驼，艰难地跋涉在荒无人烟的大沙漠里，为了生存而挣扎着寻找水源和食物，他的重物就是他的生命。

任何东西，你只要把它看得过于重要，它就会成为一个压在你脊梁上的重物，你便要为它弯腰，为它失去自由，变得笨拙、缓慢和痛苦。比如说我的右腿，在失去它的时候我认为世界上没有任何东西比它更为重要，而与它一起失去的我所热爱的职业、健康、自由和女友都加倍了它的重要性与我的愤怒。我认定我遭遇的厄运都是因为我失去了它，我的心里除了恐惧与怨气什么也装不下，我使劲抓着队长的手，我要他发誓，发毒誓抓住那个家伙——那个开着车从我的右腿上碾过去的混蛋，他只为了十几克海洛因就对我痛下了杀手，可是他消失了，藏起来了。我安上了义肢，带着怒气满世界地找，即便他坐牢也不能消除我的仇恨了，我要亲手杀了他，我把这当做我生存的唯一目的，为此我错过了我父亲的死，之后又是我母亲的死。

直到有一天，我亲眼看见一辆旅游车在我眼前不到十米的地方被泥石流冲得无影无踪。我看着那股强大的怪兽般的泥流，听着它的轰鸣，像个被我蔑视过的胆小鬼一样瑟瑟发抖。我看到了一股我无法征服的力量，在这力量之下所有的生命都是蝼蚁，所有的生存都是幸运中的幸运，我在别人的不幸里找到了我的幸运和我失落已久的感恩。

于是我回家了。虽然这个家里已经不再有我爱着的人，我的父亲，我的母亲，我爱过的女友，在不幸发生的时候我只想到了我自己，却忘记了背负着那条断腿重量的还有他们，如果我站不起来，我的父母便要去代替那条断腿承担并不应该由他们来承担的负荷——我的人生，对于两个老人来说，那是一种酷刑，但他们是父母，所以他们用这个身份的力量默默忍受了这酷刑。可我的女友梅则直接被这断腿的重量给压断了脊梁，她说分手的时候是跪下来的，其实选择背叛并不比选择忠诚更容易，我相信她曾经真诚地爱过我，她只是不爱缺失了一部分的我以及不敢面对这个我所必须要面对的生活。所以，这是一种更为痛苦的选择——在某种程度上她背叛的是她自己。

这个选择的结果是她不得不离开她所生活的城市以阻断熟人们对她的八卦与谴责，不得不离开与我有关的一切，事实上很多人因为我的缘故与她绝交——八年的共同生活里我们有了太多共用的关系——这一切她都必须斩断，从某种意义上来说，她不得不放弃八年的生命，甚至更多。

我去过她生活的城市，她已经嫁了人，丈夫是个小商人，说不上他们是相爱还是不相爱，总之过着平常的日子。但她的眼里仍有那条断腿的阴影，她在看见我的时候仍然心虚，我看见她粗暴地打骂她的孩子，她常常不忘用某种方式折磨自己以惩罚她当初的背叛。

我忽然意识到我并不希望她这样，我过去的确曾经希望她过得不幸，最好糟糕透顶，但那一刻我明白了，我不能依靠别人的残疾来拯救我的残疾。我对她说我原谅她了。但即便是我的原谅也没有办法消除那阴影——我很遗憾，但那已经超出了我的能力范围。

现在我不愿意为任何事情弯腰，包括我的生命。我亦不觉得是在亏待它，我相信所有的欲望都有它的道理，如果我想抽烟喝酒，那一定是我的身体或者我的心灵需要抽烟喝酒。我不跟我的欲望较劲，但在肉体需求和心灵需求发生矛盾的时候我选择后者；我精简琐事，是因为我不喜欢把时间过多地浪费在柴米油盐酱醋茶之上。除了这些我还有朋友及回忆，有事做有爱好，我喜欢看书，昆德拉说幸福是对重复的渴望，我对现在的生活并无不满，并且希望重复，所以，我确定自己是幸福的。

我可不确定我的租客是幸福的，虽然他那漂亮的生活模式也是千篇一律的重复，但他的重复看上去似乎非常费力，后来我想通了这种观感的原因——他始终是一个人，除了我之外，我没有看到他和外界的接触，一个人的旋转很难是一种幸福——分享是一种基本的精神需求。

“你应该出去交几个朋友。”

在我对他说完这句话之后不久，一个女人出现了——一个漂亮的年轻女人，大约二十七八岁的样子。这是他的第一个也是到目前为止唯一的访客。因为她出现的时间刚好是在黄德胜应付房租的前一日，所以我十分怀疑她的目的就是给后者送钱。她刻意把她的漂亮掩藏在眼镜的后面，藏在土里土气的包裹之下，至少对我来说那是失败的伪装，从而激起了我浓厚的兴趣。

之后的三个月，她来了大概三次，每个月一次，每次都是周末，每次都是第二天早晨离开。我不敢肯定他们是不是恋人，于是我用戏谑的口吻问黄德胜：“你的妞？”

他很不自然地回答：“临时的。”

他大概自以为这个模棱两可的模糊答案是聪明的，但正是它把我引向了新的方向——这家伙总是会犯欲盖弥彰的错误。

那个女人的气质可不像是妓女。她有一双漂亮的长腿，站姿优雅，指甲被很认真地修理过，举手投足都体现着良好的教养——不是拙劣的模仿，微笑一出现便是标准的商务型：八颗牙。应该受过相当长时间的训练，她的衣服虽然寒酸，但香水是正流行的迪奥，脚下的鞋子是普拉达今年的新款。她不可能是一个低级妓女，而高级妓女大约也不是我这位穿着超市大众衣服的邻居所能消费得起的，前者也不大可能选中他作为长期客户——当然，这世界上也有深藏不露、大隐于市的富翁，我倒是很期望遇上一个。

以前做刑警的时候，为了破案的需要我们必须关注时尚信息，这个习惯我至今仍然保留着。奢侈品常常会成为很重要的证物，首先它们总是在第一时间吸引到证人的注意，有个证人曾经说过一句令我印象深刻的话——“如果不是爱马仕谁会去看她的脸？”

而在很多经济型的犯罪案件中，奢侈品往往是偷窃犯和抢劫犯重点下手的对象，它们简直就是一个身份 GPS，让罪犯能轻易地在人群中锁定目标；同时奢侈品又常常会被用作增加信任度的工具，穿着阿玛尼或者 Gucci 的行骗者成功率也总是更高——在看不见身份证及工作证的时候，购买力常常成为代替品，奢侈品在很多人的眼里等于看得见的安全感——人们有一种奇怪的思维定势：有能力购买奢侈品的人至少不会去觊觎他们的钱财。但事实上，这种推论的准确性和赌硬币的几率差不多。

另外一个有趣的现象是相当一部分罪犯们也非常喜欢把“辛苦”得来的钱财花在奢侈品上，这恰恰说明他们的原始动机并不是金钱——而是期望在金字塔的上层获得一个位置，哪怕这个身份只是一个短暂的幻觉。

我对这个藏起自己身份却又在某些细节炫耀身份的女人非常好奇。很明显，她之所以伪装自己是因为不想被人认出来，伪装的原则是让自己看上去和平时完全不同，所以她平时应该不戴眼镜，而寒酸的衣着对应的应该是体面和讲究，至于为什么她没有伪装到鞋子，大约有三种可能性：第一，她认为没有必要，因为她相信没有人能从鞋子认出一个人；第二，她是真的完完全全地忽略掉了鞋子的问题，压根儿就没有想过它可能会给她带来什么影响；第三，她故意留着鞋子成为一个疑点，我也不知道为什么自己会有这样一个古怪的念头，但我确实见识过不少古怪的人，他们有着不同于常人的逻辑和思考方式，还有极少数，他们有着远远超过正常人的智商，以至于常人完全无法理解他们的动机和行为。

我决定丢出一颗石头。

“你的妞挺有钱啊！”我找了个机会对我的租客说，“想不到你还挺有本事！”

他吃了一惊：“你别开玩笑了！”

“那双鞋子，普拉达的，要六千多呢！”我面不改色地撒谎，“我哥们儿的女朋友，非要买，我那哥们儿买不起，就跟他掰了。”

我的石头砸到痛处了。他的脸色变了，白，而且扭曲。他的嘴上仍然逞强：“哦，那个，那个是高仿的，你知道，这些女人，虚荣着呢！”

第二天，那个女人便急匆匆地来了，两个人在房间里大吵大闹，不断有摔破东西的声音传出来。我很得意地偷听着我的石头弄出来的动静。“你凭什么用我的钱去买这么贵的东西?!”男人在发狂，“你简直太过分了！”

“我怎么过分了？不就是一双鞋子吗？你至于吗？”女人也在发狂，“我跟了你这么多年，连一双鞋子都不值吗？你自己算算，你给我买过什么？我找你要过什么？我是你的保姆吗？连保姆也有工钱呢！这些年我吃的花的都是我自己的工资，还得伺候你吃喝拉撒睡，我容易吗？你拿我当什么，奴隶吗？”

“六千多，一双鞋子六千多！”男人受的刺激实在太大了，以至于完全没有被女人牵着鼻子走，“我的钱来得容易吗？你看看我现在的样子，你明明知道这钱我是拿来救命的，你这钱花得心安理得吗?!”

这是文明人的吵架方式，虽然大声，但都还是奔着讲道理的原则，都还在理智的控制范围内，没有用到脏字，也没有数落对方的软肋，没有用对方的短处作为攻击手段，说明两个人都受过一定的教育而且长期处于一种需要自控力的环境之中。也就是说，他们都生活在这个社会的中层，有一定的经济能力，但不算是有钱人，否则不至于会为了一双六千多的鞋子大发雷霆。而黄德胜对时尚方面应该是一窍不通的，否则不需要由我来提醒。

“我没花你的钱！”女人忽然大叫，“这鞋子是别人送的！你满意了吧?!”

“谁?!”男人不信。

他们忽然完全恢复了理智，声音低了下来。我没有办法听清，只得蹑手蹑脚地下楼去，这个时候我是不能回家的，否则他们便会听见关门的声音。

这一次，女人是在晚上十一点离开的，她在路口拦了一辆出租车。我靠着路灯杆，一面抽烟一面看着那辆车飞驰而去。

今天是星期四。她提到了工资，所以她应该有一份比较正式的工作——有着相对固定的工作时间，周末有休息日，她不大可能有一个家庭，没有丈夫会允许妻子每个周末都在外面留宿，她和黄德胜的亲密程度超出了我的想象——她对他积怨颇深，怨气通常和曾经的亲密程度成正比。而当一个女人开始衡量和计较她的付出时，她对这个男人的感情也就基本走到了末路——但首先，她必须和他发生感情；其次，她要付出，女人不会为她不在乎的人付出；再次，是他要令她失望，而没有期望就没有失望。

黄德胜指责女人花了他的钱，这说明他有一笔钱放在女人那里，而且是“救命的钱”——这表示他对她有着相当程度的信任，同时他的指责也说明了另一个问题——女人并不具备给自己购买奢侈品的经济实力，所以他才会一口认定女人花的是“他的钱”。女人为了辩驳这一点，所用的借口是“是别人送的”——这也说明女人认同黄德胜的推理是有道理的，因此女人所从事的应该是一份工资不高的工作，很有可能是小公司里的小白领。

如此，黄德胜自然也就不是小白脸。

一个用假身份证租房的中年男人和一个小公司的年轻女白领之间，会有怎样一个故事？

真有意思。我想，既然是救命的钱，他又是钱的主人，黄德胜为什么要放在那个女人身边而不是自己随身携带呢？可见得这“命”并不是急着要救，而且，得有一个非放在那里不可的原因。

三

我看着铁窗里的那家伙。那是一张完全陌生的脸，他整了容，如果在街上见到他，我肯定会与他擦肩而过。

我突然感到幸运，如果不是当年遇上那场泥石流，我可能会像个疯子一样度过余生——因为我永远都找不到那张我憎恨的脸。幸运的是 DNA 无法整容，当年他被我打掉的那颗牙齿成了最重要的物证。

我看着那张铁窗后的脸，像看着一个陌生人。

队长说：“总算对得住你。”他背负的毒誓终于可以卸下来了，他的头发白了一半。

我们喝酒，他没敢把自己灌醉，因为第二天还有工作。他要把醉了的我送回家，我说不用，我又不是女人。

我扶着楼梯把手，一面走一面大声唱歌。我做出大仇得报欣喜若狂的姿态，这是应有的姿态，但我知道那只是做出来的。那么我的快乐呢？它为什么没有出现？

是的，那个人会判死刑，或者无期，铁定的，可是他的死亡或是囚禁对我的人生又有什么作用呢？我的人生不会因为他的人生结束就发生任何突破性的进展。

我用醉眼看着我的两套房子，它们原本是婚房，那一年，我原本应该结婚，我和妻子住一套，父母就住在对门，既有二人世界，又方便照顾——所有的计划都很完美。

现在只剩下我一个人。

我大叫一声跌倒在了楼梯口。这个动静太大，我的邻居兼租客被惊动了，他打开门跑出来把我扶起。

他把我送回屋里。我抓着他的手，说：“你什么也控制不了，因为你永远不知道明天会发生什么事。”

凌晨五点的时候，酒醒了，我觉得应该要让日子有所不同，于是我出门去跑步，断肢压在义肢上，痛得钻心裂肺，于是我停下来，等着静谧的街道上出现第一个行人，第二个，第三个……赶车的、上学的、晨练的，人类是习惯于重复生活的生物。

活动广场上的老人群里没有黄德胜。

我在他的门缝里闻到了煤气味。我用特制的钥匙开了门——他换了锁，但这种东西，在技术面前只是用来增加安全感的。

他一个人躺在床上，仍然在酣睡。

我迅速地打开窗户，关掉了煤气炉的开关，没有明火，炉子上放着一个不锈钢的鸣警式水壶，水壶里的水温大概有三十度左右，炉边上有水迹，看上去似乎是水开了之后把炉子浇熄了。现在是深秋，从摄氏一百度到三十度，大概要花去四十分钟。

黄德胜裸着上身盖着被子——他在四十分钟以前起床烧水，然后又倒回床上睡着了？

我把他推醒，拽着懵懵懂懂的他出门呼吸新鲜空气。

“水是你烧的吗？”我问。

他有些发蒙，捂着头，犹豫了一阵，“嗯。对。”

“怎么这么不小心？”我狐疑地看着他，“今天怎么起晚了？”

“感冒了，吃了药，睡过了。”他倒吸了一口冷气，“真是危险。幸好有你。”

接着他马上就疑惑，“你怎么进来的？”

撒谎于我是拿手活，“我看你真是晕了头了，大门都没关好，一拉就开了。”

他吓了一跳：“没关？！”

“幸好没关。”我说，“谁这么不小心，是你还是你朋友？”

“什么我朋友？”

“今早上谁关的门啊！”

“哦。”他想了想，“没人，就我，我关的。”

“你啊，太大意了！”我说，“幸好遇上我，天意让我来救你！”

“没错。”他脸上的肌肉跳了跳，露出一个极为复杂的表情，“天意！”

“一个人住，尤其要小心。”我说，“干脆我给你换一个可以自动报警断气的炉子。”

他点点头：“那真是太谢谢了。”

“你住在我的房子里。”我说，“我也不希望你出事。可是性命这种事，靠技术靠别人都是靠不住的，到底是要靠自己的。”

“是。”他似乎深有感触，“绝对是这样。”

他在掩饰。他不是职业的说谎人。

炉子上的水迹十分可疑，炉子煤气眼周围湿得太多了，炉子钢圈边上的水也太多了——这不符合逻辑，正常的水灭煤气的状态应该是这样：沸水从壶盖溢出来，沿着壶壁一直流到壶底，然后从壶底垂直落到火苗上，而火一灭，水就不会再溢出。因为这个壶是上大下小式，壶壁有一个内收的弧度，所以壶里的水一般不会落在壶底圈以外的范围，炉边的水会很少，而且还有另一个可疑点：炉边缺少沸水飞溅出来的水滴。

以我的经验来讲，这太不寻常了。

看上去更像是有人烧了水，又用壶里的水将炉子上的火淋熄了，目的是为了伪造出一个煤气中毒的意外，而对方之所以加入人工干预就是为了确保结果——因为并不是所有的水烧开后都会涌出熄灭炉子，所以我们也常常会听见这样的意外：烧水忘了关火的某户人家，把壶底都烧穿了……我可以肯定烧水的人绝不是黄德胜，因为他的睡衣是叠好放在床边的椅子上的——睡衣放在床边的用途很明显，为了起夜或起床时不着凉而临时加披。睡衣既然没动过，说明黄德胜没起过床，或者，他起床穿了睡衣，去厨房烧了一壶水，接着又忘了这回事，倒头大睡一场回笼觉，在他睡觉之前，他没有忘记叠好自己的睡衣——我不敢完全排除这种可能性，但它显得十分古怪。当然，也有些人起床时贪懒不穿睡衣的，但黄德胜这样一个爱惜健康的人不大可能做出这种行为。同时，这把放睡衣的椅子十分靠近黄德胜的床，与床沿呈平行状态，鞋子也在同一侧，整整齐齐地放在椅子旁边，如果他要起床是不可能不碰到这把椅子的，如果椅子和鞋子都是重新摆好的，那说明他的大脑是清醒的，一个清醒的人怎么会忘记炉子上烧着一壶水呢？

我拿了一件外套给黄德胜，和他一起在楼下待了一个小时，等到煤气味差不多散尽之后才返回。

这一次，我注意到除了这睡衣和鞋子之外，屋子里其他地方都十分凌乱，运动服扔在沙发上，袜子扔在地上，而且一双袜子两个方向。一个人怎么可能同时呈现出两种完全不同的生活状态呢？

茶几上摆着两个杯子，我找了个借口坐在沙发上，发现杯子里面都是同样的茶——应该是昨天的茶，都泡胀了。一个人也不大可能在家里同时泡两杯一样的茶。

这里曾经有过一个访客。如果房间里有第二个人，那么很多事就很好解释了——那人趁着黄德胜熟睡的时候，烧水，灭火，走人。

我脑子里跳出的第一个人就是那个戴眼镜的女人。他和她刚吵过架，后者还被质疑动了“他的钱”，而那晚的对话里，那女人分明长期和黄德胜同居，那么会不会是她叠好了睡衣放在床头的椅子上——作为一种长期养成的惯性行为。

可如果是她，那么黄德胜为什么不说出来？他难道还意识不到他所经历的是一次不同寻常的“意外”？

“病了多久了？怎么病了也不说一声?!”我假装帮黄德胜收拾东西，“你应该把你女朋友叫过来照顾你嘛！至少烧个水也有人看着。”

“不是什么大不了的病，她也有她的工作，不想麻烦人家，我们也不是多好的朋友。”他诚惶诚恐，“真的，我没事。”

“你就该卧床休息。”我把黄德胜强行拽回到床上，“你的药在哪儿?”

他指了指床头柜，确实有一堆感冒药。其中一板复方氨酚烷氨片，已经空出来两格，说明书上是一天两次。

“你昨天晚上啥时候吃的?”我问。

“十点。”他回答，同时看了看墙上的挂钟，“现在八点。我觉得最好十点钟再吃，刚好一个对时。”

很好，我在心里想，他不会乱吃药。他应该是昨天早上开始吃药的。药应该是他在晨练之后在附近的药店买的，他昨天有没有去晨练，这一点很容易证实。

除此之外，还有一盒胸腺肽肠溶片，桌面上是一板吃空的，盒子里还有一板。说明这个药在他感冒之前就一直服用。胸腺肽是用于慢性乙肝、肿瘤、T 细胞缺陷症、自身免疫性疾病以及免疫力低下的治疗的——这大概就是他精准执行那张健康管理表的真正原因吧？

他突然捂住脸，显出极为痛苦的表情。

“怎么啦？！”

他差不多五分钟之后才回答我：“是三叉神经痛。老毛病发了。”

服用了镇痛剂之后他又用电子温度计测量自己的体温。我凑过去看：38 度。

“麻烦你，送我去医院吧。”他几乎带着央求的语气，马上换好衣服。

四

医院检查完之后，医生把我留了下来。

“他是肝癌，晚期。这事你知道吗？”

我吓了一跳，想起那盒胸腺肽，看来那家伙自己也是知道的。

“有救吗？”我连忙问。

“最好的方法是移植肝脏。”医生想了想说，“但肝源不是随时都有。得看运气。”

“这钱是我拿来救命的！”我的脑子里突然蹦出一声大喊。

“这种手术大概要花多少钱？”我问道。

“准备个四五十万吧。”他说，“保守估计。”

“如果不移植他能活多久？”

医生意味深长地看了我一眼，“化疗也不是完全没有希望，也有病人通过化疗治好的。”

黄德胜给了我五千元，预交了住院费。

“给您添麻烦了。”他解释，“我不想让人知道这事，所以就没告诉你。”

那么这是他躲起来的原因？——有些得了绝症的人会有这种奇怪的行为，他们躲起来一个人死去，为了不拖累家里，或是不想让自己在乎的人看见自己的痛苦。他们中有一部分会选择自杀。那么，我是无意间破坏了一个自杀计划吗？

可如果是他要自杀，为什么要做出意外的样子？如果真的想死，为什么又仅仅因为感冒发烧便央求我送他到医院治疗——是的，他是珍惜自己的性命的，他不可能自杀。

他似乎也并不缺钱，那个女人的手里有他的“救命钱”——应该就是指治病的钱，难怪他会因为那双皮鞋大发雷霆了，那个女人挥霍的不是钱，而是他的生存机会——可还是那个问题，他为什么要把这一笔救命钱放在那个女人那里？——这里一定有原因，而且是个非常关键的原因。

如果是谋杀，那个女人倒有一个足够的动机——她想要私吞那笔钱，数目应该很不少。一个经济能力养不起虚荣心的女人，也养不起情分二字，这并不新鲜。而且她也有作案的便利条件。我能想到的，黄德胜自然也能想到——他为什么反而要替她掩盖呢？

报警？这两个字在我的脑子里跳出来的样子很有些滑稽。如果连受害人都不承认受害，那么我便是个笑话了。

“我还有事，得走了。”我试探着他，“给你女朋友打个电话，让她来照顾你吧。”

黄德胜摇着头：“不用麻烦了，这里有医生护士，足够了。”

“你知道自己得的是什么病吗？”

“知道。”他看定我，“还有希望，不是吗？”

“你可得好好活着，我可不希望我那房子变成凶宅。”

显然，我开了一个不讨好的玩笑。黄德胜的脸色变了，他捂住了肝脏，大口大口地喘着气，接着便向后倒在床上——他晕过去了。医生冲进来，我被赶了出去。

我拿到了黄德胜的手机，手机通讯录里只有一个号码，而最近的通话记录也全都是那一个号码。我拨通了那个号码。

女人的声音也很漂亮，虽然听上去很不耐烦：“又怎么了？”

这四个字推翻了我之前的所有猜测，因此我很沮丧地说：“我是黄德胜的房东，他现在正在医院抢救呢！你是他朋友吧？能不能到医院来一趟？”

她对他并非完全没有情分。医生宣布黄德胜脱离危险期的时候，她重重地舒了口气。她为他庆幸，但并不为自己庆幸——她的眼神是那种“不知何日是尽头”的眼神。

“你不该丢下他一个人，他那种病人，感冒也会有危险。”我责备她。

她很诧异，显然并不认为我具有审判的资格，她强压着不满解释：“我们只是普通朋友——再说，我得上班养活自己，实在也是没办法。”

“再忙，出门前也得检查煤气炉啊！你看，今天要不是我，可就出大事了！”我说，“今儿是煤气泄漏，下一次说不定就是煤气爆炸，说实话，我真后悔把房子租给他。”

她吓了一跳：“什么煤气泄漏？”

“早上你出门前烧开水了吧？忘关火了！那家伙一直没醒，你看看，多危险！”我讹她。

“我没有烧水啊！”她脱口而出，“我昨天晚上就走了。”

“不是你？！”

“不是我。”她皱着眉头，“肯定是他自己忘了。”

“哦！那你劝他买个自动断电的电热水壶吧，太危险了。”

她点点头：“好。”

“医生说了，他这病，最好是做肝脏移植。”我说道。

“这得等。”她叹了口气，“已经登记了，他一直在等，即便有了，也得排队，因为不止他一个人在等。”

是的，奇迹总是限量发行的。总有人得到幸运之神的垂青，也总会有人承担不幸。

“我得回去了，公司还有事，有什么情况你给我打电话。”

“我又不是你们家保姆！”我装作生气，“我也有事，他只是租我家房子，我可没义务照顾他！”

“我可以付你酬劳的，拜托你了。”她看着我的义肢，从钱包里数出一千元塞到我手里，“一天两百，预付五天，你就当赚个外快吧。”

我把钱扔回去，笑着说：“老子是残疾，可不代表缺钱花。你这点儿钱，还不够我打一天麻将输的。”

她的脸涨得通红，急忙蹲下来拾起地上的钞票。我大步走出医院，叫了辆出租车坐进去。

“先别开，我等人。”

两分钟后那女人便出来了。我让司机跟着她坐的出租车。她在东区的一个写字楼前停了下来，走进了写字楼左边的一家名为“陌陌”的小咖啡厅。

半小时后，她和一个中年男子手牵着手从里面走出来，女人的眼圈泛红，显然是哭过了。男人开车把女人送到西边一个名叫华庭秋光的住宅小区，接着又自己开车离开。我想了想，决定跟踪男人。

我的出租车司机忍不住了：“你是不是男人啊，咋不上去抽他们?!”

我忍住笑，拍拍自己的残腿：“我上去，吃亏的是我啊！就算把人打死了又怎样，这种女人，犯不着为她坐牢，我呀，只想找到证据，让他们吃不了兜着走。”

司机很赞同：“没错，就该这样。”

男人进了一家名为“艺美”的美容医院。他不认识我，我也就用不着忌讳，也跟着走了进去。

漂亮的接待小姐正跟他打招呼：“大帅哥来啦?！等你的人都排队啦！”

后者笑起来：“你要来排队，我就让你插队做第一个。不过你已经这么漂亮了，用不着我啊！”

接待小姐抿着嘴笑：“李医生最会哄人开心了！”

被称为李医生的男子走进了办公室。

我在医师宣传册上找到了他的名字：李舒东，整形医师，擅长隆鼻、割双眼皮、祛眼袋、开眼角等面部手术。三十八岁，北京医科大学毕业，曾在三甲医院整形科担任副主任医师。

接待小姐小心翼翼地走上来：“先生，有什么可以帮您的吗?”

“我来帮我老婆打听一下，你们这儿可以做彩光嫩肤吗?”我撒了个谎，“能不能给我点儿资料?”

接待小姐礼貌地微笑着：“每个人的情况都不同，如果您太太有这方面的需要，最好让她亲自到这里来做个检测，我们会为她量身定做一个解决方案。”

真是意外的收获。

这个故事似乎越来越有趣了。

五

朱雅唯，二十八岁，在一家只有十名员工的小广告公司做行政助理，月薪三千五，新寡半年——她的丈夫罗浩死于一场车祸，由于罗的父母早亡，没有公婆需要守护，于是朱雅唯现在又住回了娘家，地址即上次我去过的那个叫华庭秋光的小区。

有人说广告公司是这样的一个地方：一群平均年薪不到十万的人帮着年薪五千万的人从年薪五万的人手里捞钱。

好吧，现在我知道朱雅唯的虚荣心是从哪里养出来的了——她的工作就是帮助诱惑人们的虚荣心。但她大约并非一直如此，否则不会嫁给一个普通的销售员，唯一的资产还是负资产——那套按揭房至今还未完工。

想来当初也是奔着爱情进入婚姻的，两个人的心里都驻着希望，但是现实的大刀一挥过来，希望与爱人都阴阳两隔。

朱家的经济状况也很普通，两个退休的老人，靠着微薄的退休工资度日，朱雅唯的弟弟朱重山是一个出租车司机，他的收入基本上就两个去向：一是嘴，一是麻将桌。据说罗浩的一百万人身意外赔偿金有一大半都用来还了他的赌债，为此他父亲差点儿与其断绝父子关系。

我不由得替黄德胜担心——这些情况他难道不知道吗？那为什么还要把救命钱放在一个赌徒家里，没有任何地方比一个赌徒的家更危险，这与把鲜肉放在狼窝里何异？

还有朱雅唯，我并不觉得她有同时周旋于两个男人之间的智商——也不知这两个男人是否知道对方的存在？作为一个失去丈夫才半年的女人来说，这朱雅唯的感情生活也未免太丰富了点儿——而且有一点可以肯定，在她丈夫还在世的时候，她就和黄德胜有着不可告人的关系。

“我跟了你这么多年，连一双鞋子都不值吗？你自己算算，你给我买过什么？我找你要过什么？我是你的保姆吗？连保姆也有工钱呢！这些年我吃的花的都是我自己的工资，还得伺候你吃喝拉撒睡，我容易吗？你拿我当什么，奴隶吗？”

即使是婚外情，看来她也是认了真，否则不会有期待，也就不会有怨气。选择并不难做出——无论从哪个方面，黄德胜都远远比不上年轻健康、英俊多金的整容医生，我也可以想象朱雅唯对黄德胜的态度，一个已经令她失望的男人，同时也是一个将死的男人，一个她想要离开而且注定会离开的男人，但死亡在这里反而成为他们彻底分开的障碍——因为她并不想成为厄运的帮凶，为了确保这一点，她还得压抑住自己的痛苦，履行最后的责任——以避免日后他成为她良心上的负担。

但是另一方面，她的未来又在向她招手，那是更好的男人和更好的生活，但也许正是这“更好”会成为最后一根稻草，压死她的良心骆驼。如果再加上金钱作为催化剂，那么她就会变成一个魔鬼。

医生无法知道黄德胜能在什么时候等到肝源，也无法断定他会在哪一年哪一月死去，意外和奇迹都无法预言，所以等待的期限是不可知的。没有人愿意等待一个不可知的结果。所以即便朱雅唯对黄德胜仍有感情，甚至希望他活下去，但也不能排除她会亲手杀了他。自相矛盾是人类最显著的特征之一，在我看来，比“会使用工具”更能把人与动物区分开来。

至于李舒东，他的杀人动机却没那么明显，虽然他似乎和朱雅唯关系暧昧，爱情当然有时也会令人头晕，男人可能会犯傻，但是要让一个男人为一个女人去杀人，只有爱情还不够。

我见过为情杀人的案子，丈夫杀死情夫，或是男友杀死情敌——多数与强烈的占有欲和脆弱的自尊心有关，绝大多数都是荷尔蒙超越了理智所致，女人们一厢情愿地把这行为归于爱情实在是可笑而愚蠢的，那只是一种冠以爱情之名的伤害，而所有的伤害，都恰恰出自于“不爱”的那一部分。

李舒东有着旁人羡慕的职业和收入，是女人们趋之若鹜的优质对象，当一个男人处于优势地位的时候，他有很多的选择，是很难为了一个女人去做出对自己不利的行为的——尤其他还是一个整容医生。拿手术刀的人有一种共性：职业要求他们理智、冷静、果断，包括残忍。

更何况，他有什么理由杀死一个行将就木的癌症患者？他何必多此一举？他又不赶着跟朱雅唯结婚，倒是后者，很可能把他当做人生最后的一根救命稻草呢。如果我是朱雅唯，一定会费尽心机隐瞒此事。当然，我也可能高估了李舒东，所以他依旧是一个怀疑对象。

不管怎样，凶手的作案能力不敢恭维——能成功地杀人并不值得一提，众目睽睽之下拿着一把匕首同样可以杀人，能不留破绽地杀人并能成功地逃出法律的审判，这才是能力——幸运的是，绝大多数罪犯都不具备这样的能力。

当我还是警察的时候，我会认为抓住罪犯是值得骄傲的，巴不得破上一堆奇案，好让自己成为一个传奇人物。但是现在，我想要做点儿别的事情。

六

我给朱雅唯打了个电话，约在她和李舒东见过面的“陌陌”咖啡馆。当秘密不再是秘密的时候，人们也就失去了要保守秘密的必要性。朱雅唯脸色纸白地看着我，做着最后的抵抗。

“我和谁好，和谁不好，这都是我的自由，我的隐私，关你什么事？要你来多管什么闲事？你有什么权力调查我，跟踪我？”

“我并不是来指责你的。我是来建议你离开他的。”我说。

朱雅唯怔住了。

“有时候残忍比优柔寡断要好。”我说，“你并不需要为别人的人生负责，这绝不是自私。”

我跟她讲了我的故事。

“我现在一点儿也不恨她。”我说，“如果她当初没有跟我说分手，而是留了下来，我想事情的结果未必会像现在这样好。”

“你认为这叫‘好’?”她很疑惑。

“是的，现在的结果，我认为是相对更好的，不论对我，还是对她。”我说，“欺骗带来的伤害是双倍的，明明已经结束了，却还要让人怀着一丝希望，等那一线希望也被夺走的时候，人是会崩溃的。我是那种人，我不愿意成为别人的累赘，那比杀了我还难受，虽然我不想被人抛弃，可是更不想被人嫌弃，所以我会非常恨她。而她，也会被怨气压垮，我现在都不敢去想，到最后我们会变成什么样子，也许，不是她杀了我，就是我杀了她。”

这绝不是危言耸听，我见过太多被怨气附体的魔鬼，他们残忍杀死的往往是曾经最爱的人，希望常常是最后一根稻草。

朱雅唯打了个寒战。

“我们的情况不一样，”她说，“他是一个病人，他随时可能会死，医生说了他不能受刺激。”

“那个时候的我一样不能受刺激。”我说，“每一个人都有可能随时死去，除了疾病，还有意外。相信我，他会挺过来，我相信他总有一天会明白你的苦衷，会知道他不应该把他的痛苦强加在你身上，他会明白的。”

朱雅唯哭了起来，她拿出纸巾小心翼翼地擦拭眼角，以免弄花了她画得很漂亮的眼线。

“你真的原谅她了吗?”

“是的。”我说，“而且，我会祝福她。”

“你是个好人。”朱雅唯说，“他也是个好人，可是，他不是你。他也未必能等到原谅我的那个时候。所以，我不能冒险。”

“你提出分手，并不是要你丢下他不管，你仍然可以照顾他，你可以在经济上帮助他。”我没有提到我偷听到的内容，“我的意思不是让你倾家荡产，而是力所能及。你还年轻，花了的钱以后还可以挣回来，关键是问心无愧，可以让你以后的日子过得坦然舒服，我现在觉得，没什么比这个更重要了。再说你现在的男朋友经济能力也不错，完全可以照顾你以后的生活嘛，你完全不用担心以后的问题。这样呢，黄德胜也会感觉到你的诚意。相信我，我是为你们好，我不想看见你们最后弄得满腹怨气，搞出不可收拾的结局来。两害相权取其轻，分手的伤害比起两败俱伤的伤害来，要小得多。”

“他不提，我是不会主动分手的。”朱雅唯沉默了一会儿，停止了哭泣，“不管怎么样，都谢谢你，真的，非常感谢你。”

她的公司打来电话，催她回去工作，于是她匆忙地离开了。

我松了口气，其实我的目的也并不是劝她分手，而只是提醒她钱财乃身外之物，它救不了她的生活，也救不了她的未来，同时也要她放下良心上的重压，要她知道，她即便提出分手，也还是有人能理解她，并且认为这是正当的。

如果不必承担道德上的压力，她心里纵有杀意也会减少很多，不至于破罐子破摔。

曾经有个判死刑的谋杀犯跟我说：“那个时候，如果有人跟我说一句话，只要他们稍微能站在我的角度想想我的感受，也许就拉住我了。我一直在等有人跟我说那句话，没有人说，如果我有一个值得我做回好人的朋友，我也不会那么干，可是没有。”

人之所以会走极端是因为他看不到其他的世界和其他的可能性。

得让他们看见。

七

第二个谈话对象自然是黄德胜。

解铃还须系铃人。他在医院里住了一个月才出院。第二天早晨，我带着他去他每天晨练的广场，指着一个六十来岁的正生龙活虎地舞着太极剑的老头儿让他看。

“那是老吴，六年前得了癌症，切掉了半个肺、一个胃，还有一截肠子，做完第一次手术，他便跟老婆离了婚，现在一个人住。”

黄德胜哭笑不得地看着我：“我知道你的意思，谢谢你的好意了。”

“那边练扇舞的穿黄衣服的老太太就是他老婆刘阿姨，好像就快结婚了。”

黄德胜的脸上露出鄙夷的神色：“女人！”

“对象是老吴介绍的。”

黄德胜被噎住了：“他有病吧？”

“以前没离婚的时候，两个人经常吵，老吴脾气特别坏，稍微有点儿不顺心就骂人，有一次还用杯子把刘阿姨的头给砸出血了。”我一边说一边看着黄德胜的脸色，“老吴跟我说，看见刘阿姨晕过去的时候他才忽然醒悟了，他之所以那么容易愤怒，是因为他的心上不仅扛着自己的病，还扛着对刘阿姨的不满——因为他太依赖她了，他越依赖她，她越惯着他，他就越没有力气自己站起来；而他每发一次脾气，也都要内疚一次，可是又控制不住，太多的愤怒、内疚还有焦虑，所以他的病才会越来越严重，所以他一定要跟刘阿姨离婚，他要放了她，他得把她从心里放出去，这样他才有力气管自己的病。”

“这话倒是新鲜。”黄德胜若有所思。

“说也奇怪，他们离了婚，他的病就真的好起来了。”我说，“现在两个人还是朋友。老吴跟我说，通过这事他领悟出一个道理：病这种东西吧，真的得全心全意地去对它，不能分神，没有什么比安心更重要。有个老中医也这么说，这病人顶重要的就是个神，有这个神守着，病气就进不了最里面，没有这个神守着，神仙来了都没用。”

“既然病都好了，他们为什么不复婚呢？”黄德胜幽幽地说，“不是都扛过去了吗？”

“都是新生了呀！”我说，“大概，都想着过一过新的生活吧？走，带你去个地方。”

我带他去了我常去的南郊小河，将一块石头用力扔进去。

“你想着这石头就是从你心里长出来的，现在拿出来，扔出去了，跟着水流走了，沉到河底去了，整个人就轻松了。那段时间我一觉得想不开，就到这里来。”

黄德胜沉默了一会儿：“你心真大。”

“我心可不大。”我乐了，“就是因为不大，所以才要经常腾空，这才能装得下好东西。”

我将一块石头递给他：“试试？”

他把它拿在手里摩挲了一会儿，用力扔出。

“感觉怎么样？”

黄德胜看着那块石头入水的地方，嘴角抽了两下，似乎想要笑，但他把它忍住了。

第二天，我一觉睡到中午。外面下着大雨，但凡这种天气，我都不想起来开店。

我很有成就感地敲着邻居的门，想蹭一顿饭。敲了有五分钟，也没人开门。腕表上的时针指向十二点——那家伙从不耽误自己的午饭。我拨打他的手机——语音提示关机。我到门卫处询问，值班的保安小杨看见他一大早出去了。

“我还问他下这么大雨也出门啊！他说‘嗯’。”

他对黄德胜撑着的那把大黑伞印象颇深：“很久没见过那种伞了，人怪，用的东西也怪！”

整整一天，我都有一种不太舒服的预感，我打开门，心神不宁地关注着对门的情况——黄德胜一直没有回来。

半夜四点的时候，我的手机响了。打电话来的人是队长，“姜卫华，你马上到公安局来一趟！有事找你！”

到了久违的局办公室，队长劈头盖脸就问：“我说你跟这朱雅唯到底什么关系啊?！啊，她的手机里怎么会有你的号码？她家里人说她前天下午回来就不太对劲，她前天下午是跟你在一起吧?”

朱雅唯现在躺在法医的刀下。死亡时间：晚上十点；死亡原因：煤气中毒；死亡地点：家中。

尸体的发现人是她的弟弟朱重山，她的父母还在外地旅游，朱重山是凌晨零点一刻回到家中的，一进门便闻见煤气味，朱雅唯和衣躺在床上，已经没了呼吸。他连忙将姐姐送到医院，但没有医生能够救活一个死人。

“是谋杀?”我连声音都在发抖，如果只是单纯的自杀案，队长不会去查她的手机，更不会大半夜的把我叫到局里来。

队长没有否认我的猜测。

“怎么看出是谋杀的?”那个不祥的预感越来越强烈，我深切地感觉到我正是这不祥的始作俑者——那是潘多拉式的罪恶感。

“说吧，你都知道些什么?”队长很专业，在程序上绝不徇私。

我只能和盘托出。

“你他妈脑子进水啦?!你以为自己是神父啊?你那十年警察白干啦?!这种情况你不知道该怎么做吗?”队长大发雷霆，他卸下了内疚，现在可以酣畅淋漓地骂我，“以后别跟人说你做过我手下，我不想跟着你丢人!”

他是真的气坏了，是的，现在出事了，所以他是对的，这本来是一个可以被阻止的谋杀——假如我在第一时间就把我看到的疑点汇报给他，这一切也许都不会发生。凶手的作案手法与谋杀黄德胜的手法如出一辙，连破绽都是一样的。看上去，很像是如法炮制，以牙还牙。

“我以为，我已经说服他们了。”我的腿在颤抖，不论是好腿还是义肢。

“你以为你以为!”队长则是气得发抖，“要是靠张嘴就能说服人不犯法，还要警察干吗?你说还要警察干吗?!”

八

黄德胜失踪了。屋子依旧凌乱着，像是主人随时可能回来。我真希望他回来，然后我能证明这一切都与他无关，也与我的参与无关。他的衣物依旧留在衣柜里，行李箱是空着的，抽屉里还有五千元现金，一切都在表明这是一次未在计划中的离开。

“哪有带着行李去杀人的?”队长不以为然，“他连身份证都是假的，这些东西要来干吗?有钱什么买不到?”

队长所指的钱是那笔神秘的“救命钱”，毫无疑问，这是谋杀的导火索，而黄德胜也不大可能在没拿到钱以前就杀死朱雅唯。朱雅唯或许爱钱，但应该还没爱到可以视死如归的地步。她的死并非暴力致死，也说明杀人者不是因为达不到目的而恼羞成怒。但既然已经达到了目的，为什么还要杀人呢?

“来路不正。”队长分析道，“这个黄德胜隐姓埋名，用假身份证就说明他的真实身份不能曝光，假身份证就不能存钱进银行，但是带一大笔钱在身边又不安全，所以他只能找一个信得过的人寄存，这个人就是朱雅唯。这个女人很明显跟黄德胜的关系很深，否则不会替他担风险。还有一种可能，她和这钱一样都不干净，有把柄在黄德胜手里，所以不得不为他做事。”

这倒是我从没想过的，可是黄德胜一个死期将至的癌症患者，他能犯什么案子？贪污？携款潜逃？诈骗？盗窃？抢劫？

“坏人就不得病啦?!”队长说，“可能正因为知道自己得了绝症，所以铤而走险啊。”

但朱重山并没有申报财产损失。朱雅唯的银行账户也没有异动，这说明朱雅唯很可能将那笔钱以现金的方式保管着，连她的家人都不知晓。

在朱雅唯的体液里检测出了镇静剂的成分——同样的药物在她的茶杯里也被发现。这是对黄德胜不利的另一个证据，因为这说明下药者是朱雅唯认识并且没有防备的人，否则没有机会得手。

李舒东已经被排除——他整个晚上都在一个并不那么正规的手术室里——那是为了赚外快，他背着老板接了个私活。虽然为了这个不在场证明他弄丢了工作，但能摆脱谋杀嫌疑，也算是值得了。

除此之外，警察们还查到他有另一个交往了两年的女朋友于蕾，后者声称他们年底便要结婚。这个结果让我十分恼怒，因为这说明我给朱雅唯描述的美好未来其实只是一个海市蜃楼。

于是最大的嫌疑人仍然是黄德胜。我的怀疑是：假如朱雅唯曾经企图谋杀黄德胜，那么她怎么可能不对后者设防？

在朱家并没有发现黄德胜的指纹，煤气炉开关上也只有朱重山的指纹——这说明凶手很可能是戴手套的。

左邻右舍都没有听到异动。也就是说，整个谋杀过程都很安静。但恰恰这一点不合逻辑：难道黄德胜没有使用任何逼迫手段就让朱雅唯把钱吐出来了？两人仅仅通过谈判就达成了一致？如果是这样，黄德胜为什么还要杀人？队长显然也想不通这一点："或许是他杀了人之后很轻易就找到了钱，或许，你的话起了作用，朱雅唯本就打算把钱还给黄德胜，以后要过干净日子，所以谈判过程很顺利，只是黄德胜不相信她会守口如瓶，所以杀人灭口。"

我实在不愿意相信黄德胜竟如此丧心病狂。我见过很多亡命徒，他们不重视别人的性命是因为他们连自己的命也没放在眼里。可黄德胜是一个那样热爱生命的人，他的眼里依然有真诚的关心和感动。在我告诉他那样一个故事之后，却反而让他的良知泯灭了吗？

"希特勒也会为一只鸟儿的死亡而流泪呢！"队长提醒我，"但这并不妨碍他杀死那么多的犹太人。"

我没有办法反驳。

"希望他有良心吧。"队长意味深长地看着我，"如果他真的还有良心，那他会让自己付出代价的，我也巴不得他能来自首呢！"

是的，如果他有良心，他应该会来自首的，我相信杀人的罪恶感不是普通人能承受的，即便有一千个杀人的理由。我有一个同事，曾经在执行任务的时候杀死了一个歹徒，那家伙入室抢劫杀死了一个七十岁的老人，在逃避追捕时又杀死了一个才二十岁的年轻警察——我们都对他恨之入骨，可是我的同事依旧接受了很长时间的心理治疗。

他跟我说："当那家伙死在我面前的时候，我突然觉得自己很害怕，好像我倒成了一个受审判的人，我想要在他面前跪下去——我没那么做是因为我一再提醒自己他是个该死的罪犯，我一直跟自己说，如果我不杀死他，他就要杀死我，可是我说服不了自己——我还是会梦见他。”

一条命就是一条命，好与坏只是一个评判，它们与生命的价值永远不能相提并论。

黄德胜有一张干净的脸，所谓干净的意思就是他确实不是一个有前科的罪犯，在电脑数据库里没有他的资料和照片。不过他不再干净了。消息都发出去了，我们等着从大海里捞出针来——他可能会用别的假身份继续生活下去，可不再像以前那么容易了，可以说他是自由的，但同时他也已经在监狱中，他不能进银行，不能买社保，他无法落户，无法获得一份正经的工作，和过去的生活及亲友要断掉联系，时时刻刻都会提心吊胆——当然，还有他的良心，那是一个永不退休的法官。

“还不算太难，至少他总得进医院，找到肝源也就找到他了。”我说。

“但愿他等得到那时候。”队长叹了口气。

九

人去屋空。虽然并没成为凶宅，但警察来来去去地查案和取证，这房子怕是也要空上相当长一段时间了。

我在空屋子里转了几圈。如果他不是租了我的房子，事情会不会有不同的结局呢？

我在写字桌前坐下来，窗外的阳光透进来，在橙黄色的桌面上趴着两个明晃晃的斜方形。

桌上的东西都被带走了。我记得以前桌上有几本书，还有一本硬笔书法字帖，我见过黄德胜用练字来打发时间。其实他一直都在坐牢。但把他困在这里的不只是疾病。想起在河边的那一次，我突然觉得羞愧，我有什么资格对一个我根本不了解的人指手画脚，充当什么救世主？我从没真正走进他的内心世界，如果我老老实实地做一个真诚的倾听者，那么我现在就能知道他在哪儿了。

我盯着书桌前的墙壁发呆。墙壁上似乎有一些刻痕——在出租前我曾经重新粉刷过墙壁。我把眼睛凑上去，那刻痕有四五个，都是一样的，一组花体英文字母：L&Z。这种符号很常见，它可能是一个商标，一本书的名字，也有可能是两个人的名字缩写，那花体实在太漂亮，像是专门设计过。朱雅唯的首字母正是Z。黄德胜是个假名，所以不确定他是不是那个L。假如他是，那么这些刻痕说明他对朱雅唯仍有很深的感情。

我用手机将刻痕拍下来。调查很快有了结果。

“这个标记是朱雅唯请他们广告公司的设计师刘伟专门设计的。”队长拿出一枚婚戒给我看，我在戒指的内侧面看见了同样的刻痕：L&Z。

L代表的是罗浩。奇怪，黄德胜为什么要在墙上刻下这个代表朱雅唯与罗浩婚姻的符号呢？难道朱雅唯还挂念着亡夫，而黄德胜在嫉妒着一个死人吗？如果朱雅唯还惦记着罗浩，又怎么会在罗浩去世后不久便同时和两个男人保持暧昧关系？

罗浩出车祸的地点是在离城大约五十里外的山路上，那天是周四，他被公司派去对乡镇市场进行调查，他们公司经营的是农药和杀虫剂，没想到却连人带车翻下了悬崖。

朱雅唯其实是根据车子认出丈夫的，因为车子还有车牌幸存，但罗浩却被烧得面目全非。

“一百万的人身意外险。”我打了个寒战。这笔保险是罗浩在买车时一起购买的，他在出事前三个月购买了一辆六万多的二手车，当时负责调查意外的人员指出正是这辆车的隐患导致了刹车失灵。

“要在二手车上动手脚是很容易的。”

办案有时候恰恰需要小人之心，甚至是恶人之心——如果罗浩的意外不是意外呢？

“最清楚罗浩行踪的人除了他的公司那便是朱雅唯了，她也有机会在丈夫的车上做手脚。”队长说道，“如果她不懂，可以找人干，假如动手的人是黄德胜，这个案子就很好解释了。他们两人合谋制造了意外，拿到了保险金，黄德胜指着这笔钱救命，所以当发现朱雅唯有了二心的时候，便对其下了杀手。他在墙上刻下这个标记，也许就是潜意识里对朱雅唯的鄙视，一日夫妻百日恩，她能对丈夫下手，自然也就能对他下手，所以，他毫不犹豫地杀死了她。”

“可是那天他为什么要说那是‘我的钱’?！就算他参与了谋杀，那钱也应该是两个人共有的啊，他这么说是不是有点儿奇怪？”我很困惑。

队长却不以为然：“这不过就是个说法罢了。我们平常人说话哪有那么多逻辑？比如说这案子，我也会跟别人说这是‘我的案子’，正确的说法应该是‘我经办的案子’，可谁真那么讲究？也许黄德胜的意思就是‘我那份钱’——也可能朱雅唯承诺过他，弄到的钱都是用来给他治病的，所以他才会在下意识里认为所有的钱都是他的。”

这并不是没有道理的，可始终有些地方不太对劲儿。“可是，人人都知道，这笔保险金已经被朱重山拿去还赌债了。黄德胜没理由不知道，如果黄德胜的‘救命钱’就是指这笔保险金，那么应该是早就打了水漂了，他后来怎么还会跟朱雅唯掰扯钱的问题呢？如果朱雅唯拿不出证据证明那笔钱没有被她的弟弟输掉，只怕黄德胜早就对她下毒手了。”

队长想了想：“我也纳闷呢！但是，不排除有一种可能性。”

“哪种可能性？”

“朱家人对外面的人说了谎。你想呀，谁家没几个亲戚朋友的，不排除有些人知道朱家得了这么大一笔保险金之后上门借钱，换了你，要是不想借钱给别人，会怎么说？”

“你是说，还赌债，其实是一个不让人借钱的借口？”

“反正朱重山爱赌人人都知道，这个借口最好不过。”队长说道，“帮的是自己的亲姐姐，搞不好还能得些好处，不过是背了个恶名，反正他也是声名狼藉了，朱重山也没什么不愿意的吧？”

十

朱重山比朱雅唯只小一岁，但是看上去要比朱雅唯大十岁。你可以轻易地在他的身上发现某种人的特征：他故意做出对什么都无所谓的样子，恰恰是为了掩饰他对一切都感到不满，包括对他自己，不修边幅，满口脏话，在邋遢的外表下是蓄势已久的愤怒。他有一双典型的赌徒的眼睛，在这双眼睛里，即便是地上的一枚硬币也可以化身为骰子上的一个点数。他很瘦，似乎体内有一个巨大的寄生虫替他消耗了营养，他的出租车里挂着不知道从什么地方请来的菩提子和道士符，在座位的夹缝里不时便能摸出一张过期的废彩票。

队长问完话便将朱重山放了。后者坚称自己确实用那笔钱还了债，但坚决否认是赌债，可是他怎么都列不出债主的名字和联系方式，耍着无赖说自己全忘了。

“很有问题。”队长松了口气，不管怎样，案子总算有了进展。

队长专门派人跟着朱重山。这家伙却像是忽然振作起来了，一反懒散的常态，成了一个最勤快可亲的司机，以前隔三差五便会受到投诉，现在却连麻将都戒了，一有空儿便在医院里陪着生病的母亲，有邻居还看见他破天荒地出门买菜。

“要真是因为他姐姐的死改邪归正，这倒也是件好事。”队长说道，“那两个老人看上去委实可怜，失去女儿的打击让朱雅唯的母亲一病不起，并被检查出患有严重的心脏疾病，需要做一个搭桥手术，她父亲没有倒下，但多半也不过是在强撑罢了。就怕……”

“就怕无事献殷勤，非奸即盗。他不过是在装装样子，图的只是那一百万的遗产——朱雅唯没有丈夫子女，她的父母便成了第一顺位的继承人，他们死后，那一百万自然也就成了朱重山的囊中之物。”

“我若是他的父亲，也要防着他。”队长最鄙视的便是赌徒，“这世上最难回头的就是赌徒，那毛病是骨子里带出来的。”

从朱重山的嘴里是不大可能听到实话的，但是朱父却也一口咬定那一百万的保险金被自己的儿子拿去还了债。在反复调查了几次之后，队长选择相信朱父，后者是那种老实而懦弱的男人，属于没做贼也心虚的类型，进了公安局甚至会发抖，这种人太好审，几乎没有什么技术难度。朱父正为朱母的医疗费发愁，四处借钱，如果他手里有一百万，应不至于如此。

“要不然是朱雅唯和朱重山联手，把父母都给骗过去了。他们怕父母不够精明，会泄密。”我说，“要不，那一百万真的用来还了债，与黄德胜也真的没什么关系。”

所有的推测都缺乏证据。黄德胜是关键，只要抓到他，一切难题都会迎刃而解。

他没有回来自首，也没有任何踪迹。飞机与火车都需要身份证，他拿着假身份证只能选择公路甚至是徒步，这可以大大缩小搜索范围，但是撒出去的网却始终颗粒无收。

我去了一趟梅所在的城市，她刚跟她的丈夫离了婚，没有争到孩子的抚养权，如今一个人过，找了个超市营业员的工作。她的经济状况不太好，仅是房租便要花去她收入的一大半。我犹豫了很久，最终没有把准备好的钱拿给她，我不想破坏她的平静——救济会成为新的负担，压在她还没有完全消除的内疚上。事实上，我专门去看她已经让她感到很不安。

“赶快找个女人结婚吧，好好过日子。”她一直嘱咐我，大约她希望让她的良心更好过一些。

我回到家，怎么也找不到一件证明我和她有过交集的纪念品。所有与她有关的东西：照片、礼物、影像、书……统统被我烧掉了，在我极为痛恨她的那段时间，我不想看见任何与她有关的东西，即便是后来我原谅了她，我也把幸存下来的一些物品找出来毁掉了——因为我想要开始新的生活。

我做得很彻底。

我给队长打电话：“你在哪里找到那枚婚戒的？”

队长告诉我，那枚婚戒就放在梳妆台的抽屉里。这也就是说，她天天都能看见它。如果她和人合谋杀死了她的丈夫，她为什么要把这枚婚戒放在最显眼的地方，难道她真的强大到可以随时面对良心的审判？即便她与罗浩的死无关，她在婚内与人偷情，在丈夫去世后又与两位情夫厮混——这些都不足以让她愧对这枚婚戒吗？

队长对朱雅唯和罗浩的婚姻状况做了一次调查：她嫁给他的时候刚刚大学毕业，她身边也不乏条件优越的追求者。两人婚后感情算是相当不错，左邻右舍很少听见他们吵架，更没有什么红杏出墙的丑闻。所以朱雅唯的婚外情是什么时候发生的基本上无法考证。我很奇怪她竟能成功瞒过那么多耳目，我总是忍不住想起那双普拉达的鞋子，从某种意义上说，正是它把一切暴露出来的。

鞋子是李舒东送的，这一点李舒东已经承认了，他对漂亮女人都是很大方的。可是朱雅唯为什么要穿着李舒东送的鞋子去见黄德胜呢？这与她把亡夫的婚戒放在梳妆台的抽屉里同样不可思议。或许她潜意识里想要折磨自己，想要惩罚自己？阿加莎·克里斯蒂写了一本书叫《罗杰疑案》，我一直认为那绝顶聪明的凶手之所以会被抓住只是因为他想要被抓住，他想要摆脱他背上的石头。

还有黄德胜，他为什么要在墙上刻下这个缩写？我并不认为队长的解释合乎逻辑——尽管人们并不是总会做合乎逻辑的事，但是一个杀人凶手，或者仅仅只是一个情夫，他所做的，难道不应该是尽量把这种痕迹排除出他的生活吗？抑或，他是怀着一种完全不同的心情刻下那些符号的？

我在自己的头上猛拍了一下，一个念头急速地闪过去——一个匪夷所思的，令人震颤的可能性。

我找到曾经接纳黄德胜住院的医院，谢天谢地，他们依然保留着后者的医疗记录。他和罗浩一样，都是A型血。罗浩的医疗记录显示，两年前他曾经有过一次农药中毒的经历，起因是他在送农药样品给客户时因操作不当，使得样品溅出，不慎入眼，虽然经医院治疗后视力未受到损害，但是却出现了神经中毒症状，住院一周才出院。从此之后，他便落下一个后遗症：三叉神经痛。

“医药费是由他的公司支付的，你猜怎么着？”队长将几张资料放到我的面前，“当时他的公司正在打官司，他们工厂里有一名员工声称其得癌症属于工伤，要求公司赔偿两百万。”

“赔了吗？”

“他们找来了一个化学专家，化学专家只能证明他们公司生产的有机氯农药有可能导致肝功能损伤，有可能是工人在制造农药的过程中因为接触到有毒物质而导致细胞畸变，但是‘有可能’不能成为证据。”

我与队长对视着，他点着头，这证明我们想到一块儿去了。

“罗浩的身高是一米七四，体重大约七十公斤。”

“黄德胜也差不多，而且他也有三叉神经痛。”我说。

“罗浩长期接触农药样品，也可能因为这个原因而得上癌症。只是脸不同。”

我重复着队长的话：“只是脸不同。”

十一

通过电脑分析和整容专家对照片的判断，黄德胜与罗浩确实是同一个人。可以看出，罗浩一共进行了四项整容手术：鼻形改造、丰唇、割双眼皮和隆下巴。大约由于身患重病不能冒险的缘故，他没有磨骨，因此黄德胜与罗浩的脸型基本上是一样的，但四个关键部位的改变已经可以让他成为连亲近之人都无法认出的陌生人。

很明显，这是一个保险诈骗案，罗浩制造了一场假死的车祸，成功地获得了一百万的保险金——这笔钱确实是一笔救命钱，是用来治疗他的癌症的，因为他与朱雅唯的正常收入永远也无法支付这笔庞大的开支，而他也不能指望通过诉讼从公司获得赔偿。朱雅唯是他的同谋，这也就解释了为什么黄德胜如此信任朱雅唯——因为那根本就是他唯一的亲人，除了她之外，他也是实在没有别人可以托付。

这种手术不可能正大光明地到医院去做，为了防止被识破，只能选择那些见不得光的地下医院或者地下医生。艺美美容医院的记录显示，在罗浩出事前三个月，朱雅唯在该院做了一个开眼角的小手术，手术的实施者正是李舒东。与李舒东的交代相吻合——那是他们第一次见面。

为了给丈夫治病，不惜冒险诈骗保险公司——在法律上应该被谴责的行为却也在某种程度上证明了朱雅唯的忠诚，她那时候对丈夫自然是怀着深刻的爱情，但到底还是被现实压碎了。我回忆着她那一日咬牙切齿着说绝不离开黄德胜时候的神情——成为一个背叛者从来不是她的愿望。

“那么，罗浩可能是因为发现了妻子的背叛所以才杀死了她。”队长叹了口气，“很多不合理的地方都能解释得通了。”

“杀死一个曾经肯冒那么大风险来救自己的女人？”我唏嘘着，“看来我的苦口婆心都白费了。”可李舒东坚决否认自己更深地参与了朱雅唯与罗浩的计划。“她从没提起她丈夫，也从来没有要求我帮别人做整容手术——大概是不想连累我吧。”

李舒东有着干外科那一行的人特有的精明和冷静，他每一个用词都很小心，费尽心思要将自己排除在麻烦之外。他当然可能撒谎，朱雅唯能获得的资源有限，他甚至可能是她能利用的唯一一个。

我可以想象朱雅唯的恐慌，她迫切需要一个依赖，李舒东是一个最好的选择——假如他已经被卷入，这个不能说的秘密需要一个出口，在背负着那么大压力的情况下，我很怀疑一个女人会再去给自己找一段需要消耗她更多精力的感情，与其说她当时需要的是爱情，不如说是友情和慰藉。

跟踪李舒东的收获并不大。在离开公安局后他去了墓地，在朱雅唯的墓碑前放了一束百合花。他本没必要这么做，这说明他对她并不心虚。

“后天是她二十九岁的生日。她最喜欢百合花。”

也许李舒东并不像我想象中那般无情。

回家的时候门卫递给我一个包裹——从国外寄来的包裹，收件人是黄德胜。我犹豫了一阵，将包裹拆开，发现里面是一条漂亮的蓝底白花真丝围巾，花纹是百合花，围巾的标价为 1099 美元。订单日期是 17 号——正是朱雅唯被杀的那一天。也就是说，那天黄德胜，不，罗浩冒雨出去，是为了到邮局汇款，给朱雅唯买一份生日礼物！他如果打算在那天杀死朱雅唯，为什么还要花这一笔冤枉钱?！对于一个求生的人来说，他的每一分钱都是珍贵的。

也许他想用礼物慰藉妻子，也许他想用礼物挽回感情，也许他想用礼物道歉。这个礼物的价钱刚好和那双鞋子差不多——也许罗浩是想借这个价钱表明他的态度。

我说：“也许我们都错怪了好人，朱雅唯根本不是罗浩杀死的!”

队长沉默了半晌：“如果不是罗浩，那么罗浩到哪里去了呢?如果不是罗浩，那么那笔钱到哪儿去了呢?”

十二

医院传来消息，有一个女人匿名结清了朱雅唯母亲的手术费及住院费——八万六千三。

“长头发，大波浪，戴着墨镜和口罩，个子很高，至少有一米七五以上。”负责结算的护士对她印象颇深，“穿的大衣是那种披风式的，挺波西米亚风的，蓝色格子的，脖子上也系着蓝色丝巾，估计不是模特儿就是空姐吧？”

护士没有义务追查缴费人的身份，所以那女人的姓名便不得而知。

朱家人比警察更诧异，他们一直在向亲戚朋友借钱，但只借到了一万五千元。肯一下拿出这么多钱来资助朱家，证明关系匪浅，但朱家人对这个时髦的高个女人毫无印象。来付钱的女人显然并不想被人认出来——可身高便是她最大的特征。

“如果有这么个人，我们肯定知道她是谁，可真不知道她是谁啊！谁能平白无故给我们这么多钱呢？哪有人借钱还不想让人还的？”

朱父提了个好问题。送钱给人花无非五种情况：还债、慈善、赎罪、报恩、铁打的交情。交情们已经被验证过了，那一万五便是结果。朱家因为有朱重山的缘故，所以常年只能居于欠债的一方，虽然现在朱重山戒了赌，但经济上仍不宽裕，但也还没到让人救济的地步，他们没有通过媒体向外求助，所以自然也就不会有主动上门的好心人。说是报恩，朱家任何一个人身上都找不出能值这价钱的恩情——至于赎罪，朱家唯一需要补偿的是朱雅唯的死。

突然冒出来的女人就像是棋盘上多出来的一枚棋子，局全都乱了。

“没来历，没姓名，没理由！”队长十分郁闷，他不喜欢意外，“非亲，非故，非友，哪儿蹦出来的?!”

对这么个“三无”人员，实在很难给她找一个合适的位置。

“或许，是受人所托？”我终于找出了一个理由，我脑子里闪过了罗浩的名字。

假如罗浩不是凶手，假如他还对朱雅唯有感情，那么他也许不会对朱母的困境视若无睹，假如他是凶手，可能也会出于补偿和愧疚的心理而给予朱家帮助。不管怎样，他都是最大的可能性。

假如真的如此，那么这个女人是他从哪里找来的呢？她跟他又是什么关系呢？医院调出来的监控录像里只有那女人的一小段影像。她从缴费窗口离开之后，在走廊靠近楼梯的地方崴了一下脚，但她并没有坐下来休息——在她身边几米远便是空着的椅子，她很着急地、一瘸一拐地离开了，一个男人跟她撞了一下，她也没有回头。

我们反复看着录像，那女人的走姿始终有些别扭，看上去像是很不习惯穿高跟鞋。

“等一等。”队长忽然将录像放慢，那个与高个儿女人相撞的男子伸手在她的胸部快速摸了一下，可是女子完全没有任何反应。怎样一种情况会让一个女人连非礼都不在乎？

“男扮女装！”我和队长几乎异口同声地得出结论。

披风可以掩盖身材问题，丝巾可以遮住喉结，口罩可以让口音听起来含混，同时又可以遮住脸部特征。罗浩的身高是一米七四，与女子的身高相仿，影像中的女子比罗浩要瘦得多——但癌症末期的患者通常也会快速消瘦。

“人哪！人哪！”队长叹息着。

罗浩当然不会再使用黄德胜的身份。那么他会用一个什么样的身份生活在这个城市里呢？他是住在旅馆里，还是又租了别人的房子？他是否又再做了一次整容手术呢？现在，他应该成了一个有经验的逃犯了。一个没有身份的人，脸也成了衣服，唯一不变的只有他的身体，以及身体里的那颗定时炸弹。他费尽心机，失去一切，只是想要活下去。

一个最原始最本能的动机。

我站在窗口，看着远处的万家灯火，车来车往，如此繁华的城市，于他，和原始丛林大概也无异吧？只剩下生存的生命，那是动物的命运，对于人类呢？至少我无法想象我失去了身份之后会是什么样，尽管我在这几千万人口中不过是个蝼蚁般的存在。

“他留在这个城市不走，可能是为了肝源。”队长很是苦恼，近期医院所登记的需要肝脏移植的记录中，没有可疑人物。

如果他不打算走正规渠道，那么很可能会涉及另一种罪案：非法的器官买卖。会有无辜的生命因此而被损害吗？在利益的链条下总不缺乏牺牲者。对生命的过度执著也可能未必是一件好事。

西西弗斯因为愚弄死神而被众神惩罚不断重复地推动巨石上山，这块石头是西西弗斯自己制造出来的命运。西西弗斯什么时候能够获得自由？当他认出这其实是他自己的石头并愿意为自己的命运负责的时候。

死亡是每个人都必须要面对的命运。回头吧！回头吧！我对着灯光们大喊，罗浩应该也就站在其中一盏灯光之下。我跌坐到地上，哭泣。我真希望我与这一切毫无关系。

十三

穿着蓝色格子披风大衣的高个女子从售货员的手里接过了六根金条，差不多九十万的交易，整个购买过程还不到半小时。

这段影像来自于某一金店里的监控录像，时间是在朱雅唯死后的第七天。我不知队长从哪里搞来的资料，但是很明显，这是一个突破性的进展——购买金条的“女人”也戴着口罩和墨镜，除此之外，服装、发型以及步态都说明她和在医院里替朱母缴纳医药费的“女人”明显是同一个。

“罗浩没理由把现金换成金条的。”我说，“他的病需要他随时使用现金。”

队长点点头：“我也这么想。把钱换成黄金，这做的是长期储蓄的打算。而且，六根金条比较容易保存，只需要一个很小的地方就可以藏得住。”

加上为朱母支付的医药费，总额差不多也接近一百万了。

“也就是说，这个人身边没多少现金——他应该不是一个无业游民，应该有一份正经的工作。”

“他不把钱存银行，是怕这么一大笔钱引起别人的怀疑。但是如果他不告诉别人，别人是不会知道的，银行也不会泄密，除非……”

“除非他本来就是我们的监视对象，只要他存钱，我们就一定会知道，而他自己也很清楚这一点。”

罗浩可以被排除。李舒东身高超过一米八，也被排除。剩下的只有一个可疑者。他有杀人时间、杀人的便利性、杀人的动机。之所以在以前排除他是因为我们一直有一位首席嫌疑犯，而且这个人与死者的关系实在太密切。

我与队长面面相觑。如果我们的推论是正确的，那么，这对那个家庭来说实在太残忍了。

朱重山为自己特制了一件背心，三公斤的金条被缝进背心的口袋里，他每天都背在身上。队长找人照着录像中女子所穿的大衣买了一件一模一样的，其衣物纤维与在朱重山的出租车地毯上发现的蓝色毛呢纤维，出自同一个厂家。

朱重山的脚趾有因穿高跟鞋而被磨破的痕迹，他的脚踝还残留着肿胀。这些证据和那些黄金一样，每天都压在他的身上。

逮捕朱重山的时候，他回头望了一眼他姐姐住过的房间，如释重负地叹了口气。在他的房间里放着一瓶安眠药。他赌自己能骗过警察，但不敢赌自己能扛得过内疚，尽管他一直说服自己仇恨朱雅唯。

在罗浩的骗保案中，他不止是 个背负骂名的角色，事实上，他既是主谋又是主力。正是他在罗浩那辆二手车的刹车上动了手脚，之后又找来一具流浪汉的尸体——他跟踪一个有着精神问题的流浪汉，一直等到那人把自己折腾死，他把那人的尸体藏进出租车后备厢，而罗浩第二天便申请了一个送样品下乡的差事……

"我早就改了，早就不赌了，可是为了他们，我来背着骂名，我成了坏人，老爸老妈对我失望了，女朋友也跟我分手了，大家都躲着我，觉得我是个瘟神。我冒最大的险做了一切，可是他们呢？他们却只想着自己，好像这些都是我该做的！"铁窗后朱重山仍然试图用他的愤怒去压制他的罪恶感，"他们从来没想过要给我报酬，要给我补偿，他们只关心他们自己！"

最初的义气逐渐变成憎恨，他们利用了他的坏名声，毫不在意他失去的尊重，忘记了他的尊严，这是比外人的误解更为可恶的侮辱——而这两个人，是他视为最亲的人。于是他把注意力渐渐转移到金钱上——金钱可以弥补他的痛苦。

一百万可以彻底改变一个活人的未来，但是未必能改变一个将死者的命运，如果罗浩最终等不到奇迹，那么这些钱也就统统打了水漂，在深思熟虑之后，他决定先对罗浩下手。罗浩一死，朱雅唯便拥有了独自处置那笔钱的权力，他很想看看，在没有罗浩的情况下，朱雅唯是否会考虑到他的需求。

那一天清晨，朱重山偷偷复制了朱雅唯的钥匙，溜进化名为黄德胜的罗浩屋中，制造了第一次煤气意外，可惜由于我的干涉，他没能成功。

当得知罗浩准备和朱雅唯分手，而朱雅唯也将把那一百万现金全都交给罗浩的时候，朱重山对朱雅唯说，放弃罗浩吧，让那个男人自生自灭吧，这种病是个无底洞。

朱雅唯给了他一记耳光。这一记耳光让朱重山失去了耐心，他决定为了他的未来进行一次彻底的障碍清除。在那个未来里，他拥有金钱，拥有尊重，拥有父母全部的爱，是一个完全新生的朱重山，这个新生需要两个死人。

于是，他偷偷用朱雅唯和罗浩联络的专用手机给罗浩发了一条短信，约后者早上在北郊的树林见面，然后他趁着罗浩不备便对其痛下杀手。大约九点左右，他又驱车赶回家里，在朱雅唯的饮水里下了安眠药，等到后者昏迷之后，制造了第二次“煤气意外”，最后又装作意外的发现者，送医、报警……演足全套戏码。

在北郊的树林里，警察们挖出了罗浩的尸体——早已面目难辨，只有没有腐烂的鼻部硅胶假体和那把埋在他身边的黑伞可以证明这确是罗浩。

“其实我知道，我最后是逃不过的。”朱重山说，“看见姐姐尸体的时候我就知道了。”

是的，逃不过的。

西西弗斯们推着巨石一次又一次地上山去，巨石一次又一次地滑落下来——只因为这巨石并不在他们的手里，而在他们的心里。

每个西西弗斯都知道。

皮格马利翁的戒指

一

如果不是在交换戒指的环节发生令人悚然的意外，表哥周文俊的婚礼将成为我心目中完美的典范。

我素来不喜欢参加婚礼。

除了要付出礼金的因素外，还因为我总是忍不住要去观察那些光鲜亮丽的表面之下，一个做过三次伴娘的人会很容易认出的那些特质：神经质的、戏剧化的、纷乱的、疲倦的……通常最为糟糕的是司仪部分，我所见过的绝大部分的司仪都有微妙的心理怪癖，他们似乎很享受喧宾夺主的乐趣，于是言词们被捏成线，做成套，而新人则按部就班，小心翼翼，如履薄冰……这一切的合力消耗掉相当一部分婚礼原本应该具有的唯美品质。

周文俊的婚礼成功地避开了所有问题——他们没有大摆宴席，没有收礼金，也没有请司仪，只和近亲密友一起在湿地公园的天鹅湖边拍了张合影，大家在画家新娘子温可咏亲笔绘出的“婚纱画像”背面写出各自的祝福语——画像所能包含和表达的信息比照片要多得多：心情、状态、感悟、价值观、期许、希望……或许你会觉得难以置信——无论多么高明的画家，都无法在自己的画作中掩藏真实的自己。

不需要信誓旦旦，只需要在这画儿上扫一眼，就知道周文俊找对了人。

发现戒指失窃的时候，我的第一反应是恐惧。

我向四周张望，我几乎能嗅出那种气息：危险的、愤怒的、可怕的——它们就在附近，像幽灵一样徘徊、像秃鹫一样盘旋，偷窥、冷笑，得意扬扬。

我在发抖，周文俊明显比我坚强，他在笑，他打趣说大约这小偷看中了自己的品位，也不知经过了多少不眠之夜的策划才终于得手，他只当成全了知音。于是不知情的人们大笑，知情者们则配合着插科打诨、鼓掌起哄，转移众人的注意力，新娘子的表现也很令人惊艳：她不慌不忙地叫人去买了几根红线，临时用红线编出了两个精美的指环——我惊叹于周文俊的眼光，能把状况变为佳话的女人实在少见，然而他的幽默和她的机敏可以改变现场的气氛，却并不能改变已经存在的事实——

邪恶正觊觎着他们的幸福。

我曾提醒过周文俊，和温可咏结婚是件危险的事。但他坚持认为既然她的灾难成为他和她的媒人，那么便注定了他必须和她一起面对将来要发生的所有事——不管那是什么。

我呆看着温可咏的脸——很美，五官如希腊女神画像般精致和富有张力，她的脸像是一件艺术品——事实上，从某种意义上来说，那确实可以被称为是周文俊创作出来的作品——他自己也承认温可咏的整容手术是他所做过的手术中最成功的一例，同时也是难度最大的——因为前者在车祸中被毁容的惨烈度是常人难以想象的。

那是一次蹊跷的车祸，据说是刹车被破坏的缘故。我们曾怀疑那是某个心理畸形的暗恋者所为，一个年轻美貌心高气傲的女艺术家，对其求而不得的绝望很容易发展成因爱生恨的暴力，不过这种猜测还没有得到印证——警方仍未找到凶徒。

并非所有的整容医生都会爱上他的客户，但整容医生或许是最接近开悟的人群——至少在外貌这个问题上他们会有着和常人不同的理解——红粉也罢，骷髅也罢，当明白躯体及容貌是一种可更替物的时候，人们才会真正开始在意一个人的内在。

“每一个人都可以变得完美，只要他们有足够的钱，遇上的医生又足够好。”周文俊如是说，“皮囊就是皮囊。”

只有穿透皮囊才能真正爱上另一个人，也唯有真爱才能化解掉皮囊的束缚。

婚礼结束之后，我将负责保管戒指的伴郎李成拉到一边，他很苦恼，因为他提供不出任何有价值的细节。参加婚礼的人不超过二十人，未曾有陌生人和他进行过近距离的肢体接触，但我和他都明白这绝不是一次寻常意义上的偷窃——因为他放在同一口袋里的钱包并没有被拿走——我相信偷窃者是故意这样做的，他需要我们知道他在挑衅。

周文俊不赞成报警。

“如果制造混乱是那家伙的目的，那么我们应该做的就是不要遂了他的意。”

是的，警察会盘问婚礼现场的每一个人，周文俊并不想让太多人知道那个可怕的故事，无辜的人会对自己成为嫌疑犯而感到愤怒，这愤怒最终都会化成抱怨落到温可咏的头上。尤其是他的母亲，我的姨母，她是一个连树叶被风刮走都要认为是不祥之兆的女人，这是她和周文俊的父亲婚姻失败的重要原因，温可咏带来的恐惧会把她直接压垮。

在周文俊的新婚之夜，我花了一个通宵来研究他的婚礼录像。

摄像师把大部分镜头都用在了周文俊和温可咏的身上，他们真是完美的一对，天作之合是限量发行的命运——我不禁有些怅然，周文俊找到了他的真命天女，不知道我的 Mr. Right 会在什么时候出现呢？

李成把周文俊拉到一边告诉后者戒指失窃时候的样子十分可笑，一百八十几公分的大男人，脸色惨白，一副要哭不敢哭的表情，看来他的确是被这个意外给吓坏了。周文俊不愧是拿手术刀的，阴霾也就是瞬间的事，他的表演即便在慢镜头里琢磨，也是毫无破绽。温可咏的笑脸现在看来却略有些僵硬了，周文俊不时地搂搂她的肩，以便支撑她的掩饰。温可咏的妹妹温可青是个厉害人物，不惊不诧，神色自若。于是我对自己很不满意，因为我的紧张实在太过明显，几近于滑稽了。

剩下的人都是不知情者，他们一直在笑，戒指事件之后笑得更热闹些，人们喜欢新鲜和圆满——而有那么一点点波折的圆满才是真的圆满，仿佛凭着这一点儿波折可做个占尽便宜的交易，抵消掉未来的某种不幸。

因为婚礼的地点在公园，所以尽管不是双休日，仍然引来不少看热闹者，摄影师也给了他们一个镜头，我很兴奋地在人群影像里捉到了一个一闪而过的熟悉面孔——岳琳娜。

岳琳娜是周文俊的前妻，他曾被她的天生丽质迷得神魂颠倒，但和后者短短半年的婚姻却是地狱。那时的周文俊还只是公立医院里一名小小的主治医师，女方终日挑剔，嫌弃他的前途不明，最后她离开他，影响力却持续了很久。周文俊在很长一段时间都对女人敬而远之，再后来，技术上熬出头的周文俊跳槽到某著名整形医院成了该院的第一把刀，年轻多金的名声落冠，女人们趋之若鹜，其中也包括意图旧情复燃的岳琳娜。

岳琳娜们有着一种奇怪的自信，大约因为年轻时身边总有人围着转的缘故，便错认为世界总也是围着自己转的，她要离开的时候永远有一个不能被谴责的借口，她要回来的时候也必须给她喝后悔药的机会。

显然，周文俊的再婚对她是一次严重的打击，她在一个男人身上屡求而不得的东西最终被另一个女人捡了现成，她有憎恨这婚姻的理由。

“我陪他熬了十年，整整十年！”坐在我对面的岳琳娜很愤怒，她用这愤怒来让自己显得理直气壮，“一个女人有多少十年？我全部青春都给他了！他这么对待我？如果我真的贪财拜金，从一开始就不会选他！我只是累了，我是人，我也有软弱的时候，我只是给大家时间，他为什么不能理解？我等了他十年，他为什么连半年都等不了？才半年，他就娶了别人了！”

我知道她现在的经济状况不佳，没有事业也没有婚姻，本来以为脱缰马儿天地任驰骋，但没想到四处不是悬崖便是墙壁，安全感消磨殆尽，怨气富可敌国。我很想反驳她，没有不会过去的青春，不管有没有周文俊。她的老去和一事无成并不是因为周文俊夺走了她的青春，一段感情，双方都在付出时间。是的，每个人都会对未来有所期望，但除了自己，没有人有义务为这个期望埋单。

最终我把话咽进了肚子里，是得有人对她说这些话，但不能是我。

“是你拿走了戒指吗？”我第二次问同一个问题，提醒她见面的主要目的。

我观察她的表情，她只是冷笑。

“是周文俊叫你来问我的吗？他为什么没胆子自己来？”

“他根本不知道你去过婚礼现场，他也不知道我来找你，他要是知道了，我就不会在这里了。”

岳琳娜愣了愣：“这么说是皇帝不急太监急？”

“我也不急，”我说，“对相爱的人来说，戒指只是身外物，周文俊也不在乎那几个钱，我倒觉得亲手制作的戒指更有纪念意义。”

“神经病！”岳琳娜的眼里喷出火来，她把一杯冷饮泼到我的脸上，气冲冲地离开了。

我真希望是她指使人偷走了戒指。

至少她是一个可以被防范的危险。

二

咏青画室是温可咏与温可青共同创办的画室，设在城东郊的一个住宅小区里，跃层结构，一百八十平方米，楼下约四十平方米的大客厅为教学场地，楼上四间房，两间卧室两间工作室。温可咏结婚后，便只剩下她的妹妹温可青一人居住，安于人妇生活的温可咏已经很少来画室，两个月里只出现了三次，现在画室的教学工作基本上由温可青和另一名男画家耿朗负责。

作为画室的新学员，我可以享受到大量提问的特权，任何地方总有那么几个热心人，知无不言，言无不尽，即使如此，我还是没能发现可疑者——倒是有一个学员行为反常：他在咏青画室里学画已经有三年，在温可咏结婚之后便再没来过画室，预交的一季度课时费也没办理退费。

可惜那孩子的年龄只有十六岁，而且不会开车，否则我一定将其定为头号嫌疑犯。画室里的其他学员大部分都是少男少女，

"80后"除了我之外只有一个男子——三十二岁，已婚已育男，只比我早来三天，他在网站上看到咏青画室的广告，突然想重拾儿时的梦想，于是便找了来，在此之前他根本不认识温家姐妹。

温可青并没有因为我和她刚刚建立的亲戚关系而对我特殊照顾，她总是表情淡漠，像她的画儿一样弥漫着冷色的基调和难以亲近的美丽——和她姐姐的美丽不同，她不是黄金比例的标准美人，脸上有雀斑，额头过于宽大，嘴略向左歪，眼睛不够黑，是中国人里少见的浅咖啡色，具体细节上都有瑕疵。但把她作为一个整体时却具有奇妙的观赏性，或者可以这么说，她的美丽更偏向于感觉或概念性质而非视觉性质，不过这一点丝毫也不影响画室里的小男生们对她大献殷勤，她来者不拒地享受这些殷勤，但是她依旧冷冰冰地对待他们。我相信她的冷应该来自于某个曾经伤过她心的男子，她左手腕上的紫黑色佛珠串下藏着一道陈年刀疤，我曾无意间看见她望着那条刀疤发呆。

耿朗是温家姐妹在四川美术学院的同学，毕业后去北京三年。大概帝都的画家太过拥挤，他并没有找到属于自己的位置，回成都后应邀做了咏青画室的教师，三人是十几年的老朋友。他颠覆了我对于男性画家的固定印象：他的头发比中学男生还要规矩干净，穿衣基本没有个性，也不讲究色彩搭配，成日嘻嘻哈哈，似乎比起绘画来他更擅长插科打诨，但偏偏他的画却是我最喜欢的那一类——至简、朴素、自然、温暖。

作为"菜鸟"的我目前还很难区分流派和画风，不过我向来认为一幅画作在被创造出来后便同时存在于两个空间：作为画者的创作物存在于一个空间；作为看者在脑中的再创作物存在于另一个空间——看者在欣赏画作的过程中会不由自主地把自己的主观感受和生命经历融入进去，所以同一幅画在每个人的脑子里将成为完全不同的另一幅作品——由看者和画者共同完成的作品。基于这样的概念，我依靠直觉简单地把画儿分为两类：一种是消耗类的，即看者在欣赏画作时，某些能量会被画儿所消耗掉；另一种是补充类的——看者会从画者的画儿里吸收到某种能量。

温可青和耿朗的画儿刚好是截然相反的两种类型。她总是花费大量时间去画那些精致复杂到令人眼花缭乱的图案——她可以细致到让每一个毫米都经得起放大镜的挑剔，如同一架精密的科学仪器。她创作出来的世界很像是我们的现实世界，我们需要花费更多的时间才能勉强弄懂皮毛。有时候我会觉得她更适合去做一个工程师而不是画家，事实上她真的亲手制造过一个圆盘形小机器人，在屋子里滑来滑去，如果发现有烟头落在地上便会发出警报声。

在画室里有一些温可咏的旧作，与她所表现出来的个性一致：聪明、热情、讨巧——总的来说还是可以归于补充类。

至于我自己，因为还在模仿阶段，既没有可以供给出去的力量，也不具备消耗别人的力量——虽然我在竭力模仿耿朗，但我仍对最终的结果很好奇——主观愿望并不一定能够生育出一个顺心顺意的孩子，我的母亲和我就是一个极为贴切的例子。

我母亲对挑剔和抱怨具有极大的热情，并且总是选在吃饭时间，或许是因为这样能保证她的话拥有绝对不会逃跑的听众。在周文俊婚礼后的整一周，我们的晚餐都很凄凉，菜少味淡，我估计老妈在下意识里想要通过节省金钱来补偿某种她失去的东西——周文俊一直是她心目中完美的女婿模板，可惜是亲姐姐的儿子，只能眼睁睁看着肥水外流。

“什么艺术家？名字都没听说过，会画画儿就叫艺术家啦？大街上扔块石头就能砸到好几个。我听说他们那个圈子男女关系都特别随便……”

每次重复这个话题的时候她就会瞪着我——二十七岁的大龄未婚女的心病，她的肢体语言很明确。

我和父亲都沉默，根据经验，抱怨总会引出更多的抱怨——她的记性很好，我很怕她提及十年前某个下午因我逃学两小时害得刚被评为优秀教师的她在同行面前丢尽了脸，而父亲则很怕她想起在她坐月子的某天他被朋友拖去喝茶而忘记了买鸡蛋回家……

她似乎从未学会忘记，以致很多过去就都无法真正成为过去，我常常怀疑这也许就是我的青春叛逆期一直未能结束的主要原因。

“以后要对你的母亲好一点儿。”周文俊对我说这句话的时候正是傍晚，夕阳正从楼与楼之间的缝隙间艰难下滑。他坐在楼下花园的长凳子上，容光焕发，因为他很快就要做父亲了，大约因此也对“母亲”这两个字有了不太一样的理解——我嫉妒他的理解。

“赶快结婚吧。”这位将不再只是别人儿子的表哥说，“有些事要等你做了母亲之后才能明白。”

那是我最后一次见到他。

三

所有的迹象都显示周文俊的失踪只是离家出走。

2014 年 1 月 20 日下午两点，周文俊做完当日最后一台手术，之后他接听了两个电话，第一个电话来自于他的前妻岳琳娜，通话时间十秒——她从没有死心，一直在纠缠周文俊，后者结婚后她反而变本加厉，不过周文俊对她向来如这十秒一般果断。

第二个电话是一个陌生号码，通话时间三分钟，现在已经无法打通——在接听完这个电话之后，周文俊立刻打了一个电话给妻子温可咏，可惜后者正和其妹在某咖啡馆里喝下午茶，手机又刚好没电，未能接听到这极可能是关键的电话。接着，他驱车回家，又驱车去了火车站。警察在火车站的停车场发现了周文俊的奥迪 A6，并证实他买了一张到贵阳的火车票。他的最后一次信用卡消费是在贵阳某连锁超市，在那里他购买了牙刷、牙膏、毛巾及换洗内衣，超市摄像头拍到了他独自购买这些物品的画面，但是警方并没有查到他在任何一家正规旅馆入住的登记信息。

2014 年 2 月 20 日晚上九点。

在这个时间之后，周文俊便从这个世界蒸发了。

没有证据显示这是一桩罪案，私家侦探也颗粒无收。

岳琳娜直到我去找她才知道周文俊失踪，她毫不掩饰她的幸灾乐祸，所以我认定她确实与此事无关。

但是我怎么都无法相信，一个前两天还沉浸在做准爸爸喜悦中的男人竟然会选择以这样荒谬的方式离开他发誓要守护一辈子的家庭。

心理医生说这可能是某种特别的男性产前忧郁症，尤其当他了解到周文俊的父母离异并且他自己也曾有过一次不愉快的婚史之后，他便认定周文俊对于做父亲一事并不像他所表现出来的那样健康。

“他很可能只是在用貌似积极的言词和表演强迫自己进入一种好的状态，但是越是这样，他也就越压抑——反常的行为通常都是过度压抑的结果。”

我无法反驳他的话，但我讨厌这些所谓的专家一脸居高临下自以为是的面孔，他们总是很轻易就给别人下断言，即便他们从来没有和这些人共同生活过一天，却要做出一副比谁都更了解的姿态；而他们所依持的不过是从别人的经验里总结出来的规律，他们似乎忽略了，每个人都是这个世界上独一无二的存在。

我把周文俊画在纸上，我画的是我最后一次见到的他。

他的目光炯炯，满溢而出的绝不可能是伪装出来的希望——如果他真有恐惧，不会在我面前伪装，因为我们都见识过彼此最不虚伪的那一面，甚至是最阴暗的那一面——连我们父母都不知道的那一面，我们一起喝醉酒，说前任的坏话，发泄对父母的愤怒……

我当然也是爱着周文俊的，血缘性质的，近似于宗教的一种爱——像妹妹爱着哥哥，像是爱着以另一个性别生活在这个世界上的自己。我们关心对方却没有要属于对方的想法，我们喜欢彼此爱着的人，我们讨厌彼此厌恶的人，但我们没有男女之间的欲望，也没有占有欲和嫉妒心，这是一种几近纯粹的爱却同时也是最容易被误解的爱。并非所有人都能理解这种爱，有些人总是善于把美好的东西想象得很不堪——事实上我们确实被误解过，在周文俊第一次恋爱之前，两个老母亲常常遗憾我们未能出生在遗传学普及之前的时代。

当我在画室画出周文俊的画像时，我能很明显地感觉到温可青的愤怒。

我看见她站在那幅画儿前，背影紧绷着，如果不是耿朗将她拉走，也许她已经忍不住要将那画像撕成碎片了。

我能理解她的愤怒，她有权为她的姐姐打抱不平，她也有权憎恨。

不得不承认温可咏是个奇女子。

在种种证据都显示周文俊是个逃兵之后，她依然那样平静。

“所有的事到最后都会有个解释，现在不知道就证明现在不是该知道的时候，等该知道的时候自然就知道了。”说这句话的时候，她轻轻抚摸着隆起的肚皮，倒像是在劝说里面的那一个。

我不敢再去看她，面对她的宽容需要极大的勇气。

留在画室也是需要勇气的，因为自周文俊失踪后，温可咏来画室的频率比以前要多，姐妹俩常常关起门来一聊便是两三个小时；作为好友的耿朗偶尔也会加入，有一次我透过门缝看见她伏在耿朗的肩膀上抽泣。

此刻，耿朗像拥抱温可咏一样轻轻地拥抱着温可青，他一面拍着后者脊背一面轻声说："做自己，记住，只有做自己才会快乐。"

这是一句奇怪的安慰语，在我看来，温可青目前的问题并不是做不做自己，而事实上她已经足够自我，我甚至一度怀疑她的眼里除了自己之外根本容不下任何人。

温可青对这句话的反应也很奇怪，她奇迹般地从哭泣里挺起胸来，她把耿朗推开。

"你出去吧。"

她的声音是冰冷的，那些眼泪也似乎在瞬间都消失了。

在耿朗出来之前我已经把画像收起来了。

他用嗔怪的目光看着我，在这种情况下男方的家人理应更低调些。

我想耿朗必定爱着姐妹俩中的一个。

四

"我会介绍你去另一家画室，是我同学办的，他在中央美院做过教师，比我厉害，也比我教得好，你会有更好的发展。"

耿朗终于有了行动，我早知道他会这么做。

我闷声不吭地狼吞虎咽，与其说"送客饭"让我的胃里十分难受，不如说是嫉妒在蚕食我的血肉。

他什么也没看出来，或者看出来却依旧做了选择。

他宁可选择伤害我。

“你有女朋友吗？”我开始胡言乱语。

他愣了愣，然后说：“有，很多。”

“我是说那一种。”

“我也是说那一种。”

“我怎么一个都没见过？”

“我不会把她们带到画室来，会乱套。”

“你喜欢哪种类型的女人？”我很不要脸地问。

“每一型，一种类型满足不了我。”他很不要脸地回答。

我确信他在撒谎，就如同我确信他不会是那个伤害温可咏的人——在这一点上我从没有怀疑过。

但是我仍然觉得难受。

我确实已经没有理由留在画室，但是他也没有理由强制我离开，我故意断了自己的后路。

“好。”我回答，“明天之后我就不再来了。”

我很满意地与他的不满意对视着，至少他要花点儿时间来担心我会不会变卦。

他把面前的酒喝尽，我错以为他似乎会壮着胆子说些什么，但他只是说：“不要只看一个人的表面，知人知面不知心。”

这个道理我很早就明白，并不需要他来告诉我。

“你看上去没那么好，实际上也没那么坏。”

“我希望你表哥永远都不要回来。”耿朗说，“他回来，温可咏就一定会死。你见到他一定要告诉他这句话。”

我正往自己的杯子里倒酒，我把酒杯倒满之后，便把这杯酒泼在了耿朗的脸上。

但我并不准备起身离开，耿朗也没有这打算。

他扯过纸巾擦干脸。

我们像什么也没发生过一样对坐着。

很多人转过头来看我们，男服务员甚至走到了我们附近，估计他害怕我们会突然打起来。

“你爱温可咏?”我问，同时又往杯子里倒满了酒。

耿朗很警惕地看着我：“不爱。”

“那你爱温可青?”我被自己的声音吓了一跳，尖利、刺耳，像是被扭曲得变了形的一段钢丝。

耿朗豁出去了，他厌恶地看着我：“是的，我爱的就是她。”

我瞬间平静下来，嫉妒这么快就把我吃成一个空壳，这真让我始料未及。

我把酒喝下去填空。

“好!”我站起来，离开餐厅。

我故意放过了四辆计程车，耿朗却没有追出来，我没有办法再为他的冷漠找借口。

南极和赤道可以共存于一个星球，他的温暖自然也可以作针对性选择。

我坐上第五辆车回了家，家里没有人，父亲去打麻将了，母亲在跳广场舞。

姨妈在卧室里睡觉——自从周文俊失踪后，母亲便把她接回了家，她用睡觉的方式等待，唯一的愿望就是睁眼后看见儿子出现在眼前。

我在沙发上呆坐了十分钟，又拿起提包离开了家，因为我不能保证自己不哭，不能保证自己哭泣的时候不被发现，我很讨厌不得不哭的时候还不得不向某个人解释我为什么要哭。

这一次我花了近四十分钟时间才招呼到一辆计程车，我坐着它去了画室，下车前我跟司机大吵了一架，怨他故意绕了远路。

正如耿朗所说，人和人的表面是完全不同的概念。我并不像人们看上去那样温柔隐忍，我用石头砸碎过语文老师的窗户——我憎恨他总是因为我母亲的缘故给我的作文打低分；我用不太光明的手段逼得我的上司不得不自动离职——因为他总是喜欢抢走我的劳动成果而且更喜欢让我背黑锅；我对伤害的容忍度很低，超过我的底线就意味着要承受我的报复——周文俊原本是唯一可能化解掉这戾气的人，但是现在他消失了。

恶毒们从枯井里爬出来。

尸首的惨绿。

如果这一夜必须要有人看到我的不为人知的那一面，那么只能是温可青。

我从来没喜欢过她，画室里的嫌疑对象都被排除了，之所以厚着脸皮留下来，全是为了耿朗。

她或许不爱他，这样就更可恶，因为她给了不爱的人希望。

我知道这样的女人，她们的爱情死了，再也长不出来，便喜欢用爱情们来做装饰品。她们比那些热衷于购买奢侈品的女人更虚荣，她们藏在别人的爱情背后直至腐烂，那些可怜的爱情却连尸体的滋养都得不到。

温可青穿着一件紫色牡丹花纹的夹棉中式小袄，神色冷淡地看着站在门口的我，光是语气就能让人结冰。

“你来做什么？”

“明天不再来上课了。”这时，忽然间有一股理智的力量冲进了我的大脑，苍白里一阵炸雷，我浑身一震，刹那间清醒过来——我能做什么呢？一记耳光？一句恶毒？殴打和谩骂除了证明耿朗的正确之外还能证明什么？

我迅速找出了一个借口：“我想把我的画儿拿走。”

画儿挂在展示板上。

画室里作为教具的那尊大卫雕像是耿朗的杰作——据说花掉他半年的时间。

时间就是生命，创作者把时间注入作品也就是把生命注入作品，大卫的素描像花去我七天，这七天里我的生命和他的生命是有交集的。

“现在?!”温可青有些吃惊，我以为她应该会巴不得速战速决，但是她说，“明天吧。”

“不！就现在！还得把剩下的钱退给我!”我讨厌她总是把自己放在控制地位，仿佛别人都该围着她的意志转圈。她犹豫着，大约我的愤怒和带着酒气的口气让她有些忌讳，她把我让进了客厅。

我一面取画儿一面偷偷地斜眼瞟着上楼去的温可青，我吃惊地发现她的左手无名指上戴着一枚红色的戒指——用红线编织的，只是比周文俊和温可咏手上的要宽上许多。

心脏莫名其妙地痛起来，一面痛着一面猛跳——那戒指看起来像是一个正在淌血的伤疤。

在她敏感地转过身来之前我收回了自己的视线，屏住呼吸，假作专心卷画儿，于是她又继续上楼，走进了她的卧室。

她回来的时间比我预料得要久。我隐约能听见她的高跟鞋敲打着楼上的地板，来来回回走动着，似乎和我一样焦躁，于是我有了足够的时间伪装得更加镇定。

在她把学费拿下来退给我的时候，手上已没有了戒指。

返回到大门口，我才想起自己忘记了穿鞋套——温可青是有些洁癖的，但她明显有些心不在焉，并没有注意到我犯了她的忌讳。

在这个出口面前，我的镇定又开始崩溃，我几乎是逃了出去——在她发现我的失败之前。

十点整，我给母亲发了条短信：同学聚会，通宵卡拉 OK，手机快没电了，有事回家聊。

关机之后我开始在大街上晃荡，在住进旅馆之前我走了四条街。冷风对保持清醒有益，而疲劳则对睡眠有益。可惜在第四条街的拐角处，一辆奔驰从路面一摊脏水上疾驰而过，黑色的污点溅了我满身。

于是我不得不拖着酸痛的双腿到处寻找还没打烊的服装店。

脏衣服们被我扔进了垃圾箱。

它们漂亮昂贵，名气颇大，花掉我两个月的工资，它们原本是可以被洗干净的，可是在这个晚上我恨不得连自己都扔掉。

洗完澡之后我对着镜子里的脸发了十分钟的呆，她冷淡地看着我，眉梢眼角的神气像极了温可青，然后我突然意识到我其实一直在下意识里模仿她，包括她的洁癖。

水泼到镜子上，扭曲了的镜像越发如一个怪笑。

缩进被子里，在没有光的狭窄里想念周文俊让我感到羞愧，明明怀疑他的失踪并不像他们所推测的那样，我却还是强迫自己和他们一样不作为。是的，侦探都不能做到的事情我们也不可能做更多——这样的自欺欺人可以不必承受担忧和痛苦，但后悔终究会来临的，不管我们给自己找多少冠冕堂皇的理由，不管我们把自私虚弱包装得多么无懈可击。

最为卑鄙的是，我在软弱的时候却要想起他。

我给了自己一记耳光，然后又是一记……直到脸颊红肿起来。

我成功地睡着了。

五

七点半，餐厅服务员听到我大叫温可青的名字，他们亲眼看见我泼了耿朗一脸红酒。

九点，小区巡夜的保安看见我怒气冲冲地敲着温可青的家门。

十点半，值班门卫看见我神色惊慌地走出大门，背包鼓鼓囊囊。

十一点，服装店营业员卖给我廉价外套，而我将换下的名牌服装扔进了垃圾箱。

温可青死于晚上十点。

警察给我看了现场的照片。

她坐在一把红木雕花的椅子上，四肢耷拉着，左手腕的桡动脉被割开——刀口很深，和以前的伤疤完全重合，地面上散落着佛珠。

在她的对面是一幅油画。

画儿上是她和她的姐姐——未整容的姐姐。

两姐妹额头贴着额头，粉色的连衣裙，大摆在纸面上舞出两道绚丽的弧，像围着花蕊的两枚玫瑰花瓣，她们都在笑。

她们笑得温馨灿烂，但对面却是创作者的死亡。

于是整个场景看上去格外诡异。

假如不是在温可青的右腹部发现了另一个刀口——这桩案子会很容易被断定为自杀。

“如果你是无辜的，你说出来的每一个细节都可能帮到你，”

讯问我的警官名叫肖展，长着一对小眼睛，让我忍不住想起某个专门扮演黑帮老大的电视明星，它们像两只藏在草丛里假寐的猎豹，说不准什么时候就会扑出来将你撕得粉碎，“如果你不是，你隐瞒的每一个细节都会成为你的把柄——我不急，你慢慢想。”

他坐在对面，每一个动作都慢条斯理，全部用来证明他的情绪。

我在自尊心和利害关系之间犹豫，我知道我终将选择后者，人人都会这么做，这让我对自己很失望。

“我是嫉妒她，但还没有到要杀死她的程度。”最后我说，“我们都没有吵架，我只是突然觉得，要是那么做了，我就是真的输了。”

肖展的表情没有变化，我明白他的意思——人人都有机会做智者，但理智如果时刻有效，世界上就不会有罪案了。

“我真的不知道发生了什么事，我走的时候她还是活着的！”

肖展静静地看着我，他的小眼睛似乎在嘲笑我的废话。

“细节，我要细节。”

好吧。我把印象最深的细节说出来——那枚红色的戒指。

小眼睛们亮了。

于是我补充了红色戒指的典故。

“她和你表哥关系怎么样？”

这倒是我从未注意过的问题，因为她和周文俊几乎就是两条平行线，她和他很少说话，比陌生人还客气——周文俊也不喜欢来画室，他私下对我说他不喜欢那里的气氛，感觉很压抑。温可青似乎对他不太满意，大约认为温可咏荒废事业是因他的缘故，不过温可青并没有明说。

“你表哥和耿朗的关系怎么样？”

他俩都是我喜欢的男人，可是即便是在想象里都很难将他们摆放在一起——两人的气场奇怪得格格不入。巧的是，周文俊来了画室三次，三次耿朗都不在，也就是说，除了婚礼，两人几乎没见过面。

“你嫂子和耿朗是十多年的老朋友？”

我想起了那个拥抱——也许耿朗在撒谎。

六

我以为我会见到耿朗的仇恨，但是我没有。

他无疑是受了极大的刺激，头发凌乱，眼睛肿着，神情恍惚，但明显也还没有到痛不欲生的地步。对于我们的会面也似乎只是觉得无所适从，见面不是我们两个人的意愿——我知道小眼睛警官的用意。

“她有忧郁症。”耿朗犹豫了很久，最后说出这样一句，“一直有。”

我有些吃惊，因为他倒像是更偏向于相信温可青死于自杀。在温可青的腹部有着刺伤的前提下，他仍然坚持这样的观点实在有些反常。

“我没刺激她。”我解释，“我只是去把我的画儿拿走。”

“会水落石出的。”最后他说。

我们的全部交流没超过三句话。

一天之后，我回到了家里。

母亲学了港台连续剧里的情节，在门口为我放了个火盆。

跨过火盆的时候我突然觉得很忧伤，感觉更像是掉进了火坑。

母亲破天荒地没有唠叨。

那些语言的小钩子只挂得住鸡毛蒜皮。

沉默是一种团结的默契，但这默契却让我更加难受。

温可青的葬礼让她姐夫家的人很为难，因为不去像是理亏，去了又像是虚伪。

最后的决定是让我一个人回避。

我在温可青下葬后的第三天去了她的墓地——说实话我并不亏欠温可青什么，但不知道为什么我仍然觉得心虚。

我戴了假发，穿了黑衣，戴了墨镜和口罩，打扮得像个染上瘟疫的家伙——虽然我并没有预料会见到耿朗。

他殴打了一个来拜祭的男子。

他一拳砸在对方的鼻梁上，那人没还手，摊开双手又让他打了几拳在肚子上。

最后那男子躺在了地上，鼻血长流。

我决定继续偷窥，为了达到这个目的，我把手上的雏菊放到了一座陌生的墓碑前，并且给它鞠了三个躬。

墓碑的主人叫邱月君，每个字都像是在捂着嘴偷笑。

“你来做什么？你以为人死万事休，所以掉几滴马尿送几朵花就一了百了？你一辈子只会占便宜吗？连死人的便宜也想占吗？告诉你，高进！这次不行了，你得内疚一辈子了，你他妈逃不掉！”

两个人终于开始使用语言。

“打得好！骂得好！继续！继续！”地上的人喘息着说，似乎不打算擦掉狼狈了整个下巴的鲜血。

耿朗冷笑：“我看出来了，你是来找打的，你想让心里好受些，我还就不打了！”

他点了一根烟抽着，暴力之后出现了一个洞，吸食着两个人的沉默，那些烟雾刚好填满它。

高进恢复了体力，他爬起来，将散落一地的花一支支捡起来，握成一束，放在温可青的墓碑前，花叶上沾了他的血。

“这么多年了，你还是没想通，我不想伤害你，我不能骗你，也不能骗自己。对不起，如果早知道会是现在这样——我宁可一直骗你。”

耿朗把烟掐断了扔到地上，转身离开。

“喂!”高进叫住他，“她好吗?”——我的直觉很确认他指的是一个女人。

“在这儿，”耿朗头也不回地回答，“你对她至少专心一次吧!”

高进在墓地里站到黄昏——他低着头垂着手，佝偻了背，表情藏在影子里，像一尊罪孽深重而石化的雕像。

我很怕他会一直站下去，不过他没有，我一直跟着他到山下，他发现了我。

“想干吗?劫财还是劫色?”他瞪着我。

我想要他心里的那个故事，如果抢得到我是会抢的，但是他高了我差不多三十公分，所以我只能乞讨。

我摘下了口罩和墨镜。

“我叫苏玉沙。”

七

高进原本是温可咏的男友，两个人性格都很倔强，一有矛盾便会冷战。届时温可青便会扮演和事老的角色，受挫的男人最易受到温柔的诱惑，于是俗套的故事上演，不该发生的事情发生了。受了刺激的温可咏一怒之下出国留学去了，这段意外导致的感情没能走到最后，在高进提出分手的那一天，温可青割腕自杀……温可咏从国外赶回来，姐妹俩冰释前嫌，高进则成了一个被所有人驱逐的角色，他去了西班牙，五年，上个月刚回国。

温可青主动找到他，希望能重新开始，他拒绝了她。

“总不能对同一个人可耻两次。”高进说，“有些事是不能做交易的。”

用过去的苦难索求未来的幸福——人人都是这么想的，没有人觉得那可耻，但是对于被索求的人来说，这是惩罚，尽管长着一张与原谅酷似的面孔。

他是对的，不做这交易，貌似重生的毁灭——对两个人都是。

我喜欢他的聪明，加上英俊的外形，这样的男人确实很容易让女人生出索求之心，他的爱是珍罕的，可惜也是危险的，危险到致命的地步，就连他的拯救也是杀招。

但不该怪他的。

他有，并不代表他有义务付出，一切向自身之外的索求行为都不享有求而必得的权利。

“她好吗？”高进问的是温可咏，他想知道她的近况，她的心情，她的一切。

我将我所知道的都告诉了他——这是我和他之间的交易。

“……因为温可青的死，她差一点儿流产，现在她需要的是静养，所以我觉得你还是不要出现的好。”

高进沉默了很久。

“她以前从没想过要生孩子——她常说她的画儿就是她的孩子，用艺术延续生命比用身体繁衍要有意义得多。”

我愣了愣——这分明是温可青的论调，也许，以前的温可咏和温可青是一样的，只是经历了九死一生，前者变了。

“她们不一样，”高进说，“温可咏怎么都会选择活，温可青怎么都会选择死。”

八

六斤八两。

这是周念恩的体重。

周念恩是温可咏给儿子起的名字。

我没想到她在产子后第一个想见的人竟会是我。

“你的眼睛很像他，”温可咏说，“我想让儿子看看这双眼睛。”

我强忍住眼泪，捧露珠一般地捧着那小肉团，看不出美丑，只知道下面是我不得不慎重和尊重的一个小生命。他眯缝着眼，哼哼着，以他的新鲜稚嫩藐视我的高大，让我觉得更加惶恐。

“我从没放弃相信他。”温可咏说，“但我得往前走。”

周文俊失踪已经七个月了。

相信他，需要付出更多的坚强。

与其说是她给了那个孩子生命，不如说是那个孩子拯救了她。

我走出病房，外面等候着的人站成两排，熟悉的，陌生的，都为我让路；但是他们都不打算跟我说话，他们的眼睛都移向别处，里面包括耿朗，以及温可咏的母亲李荷。她穿着水墨画纹的外套，梳着精致的发髻，极力让姿态优雅，但某些日久刻深的表情纹出卖了她的暴躁，她拙劣地模仿着她的女儿们，满脸都藏着找不到定位的慌里慌张。她对于母亲的角色似乎比温可咏还要生疏——我知道她们已经很多年没有生活在一起，最近关系才有所缓和，她从另一个城市搬来专门照顾待产的大女儿——正是她第一个发现了小女儿的尸体。

当我走过她身边的时候，她往旁边闪了闪，似乎我的影子都能刺痛她。

我可以理解，不管温可青是不是自杀，不管我是不是凶手，仅仅这个可能性已经足以对一个母亲造成伤害。

我小跑着离开了医院。

天色还早，没有阳光，天空的白如刀片般地嵌立在高楼大厦之间。

大地是一个巨大的千疮百孔的尸体，我是尸体上方飘着的一枚纸钱。

我飘进一家酒吧，用酒精把自己五脏六腑都打湿了，贴在高脚凳子上。

我叼着烟，看着地面，不知道什么时候，开始有各式各样的鞋子们在我眼前晃来晃去，皮鞋、高跟鞋、球鞋、人字拖……蓝色的、黄色的、红色的、黑色的、白色的……热情的、懒惰的、急躁的、无聊的、苦闷的……向左的、向右的、犹豫不决的、左右开弓的、无所适从的……脚步声敲打着我的半梦半醒，我仿佛又回到了那一夜——

我在楼下将画儿卷起来，温可青在楼上走来走去。

我知道我为什么心虚了——我原本可以发现她的反常，我原本是那个可以阻止她死去的人，可是我没有。因为我脑子里塞满了我的自私和妒忌，它们蒙住了我的视觉、我的感觉，于是我什么都没有做——我对我爱的人也做了同样的事，我什么都没为周文俊做过。

“我得做些什么，我得做些什么……”我喃喃着。

“美女，”有人拍我的肩，“我觉得你需要开心一下。”

我抬起头看说话的人，看不到眼睛鼻子，只剩下一张大嘴在开开合合，口里的空洞吞得下一整个人。

“滚开！”我把他的手拍到一边。

"婊子!"他受了刺激，跳起来，我脸上挨了一记耳光。

我毫不犹豫地复制他的动作，他的同伴涌上来，架着我往酒吧外走。

"救命，救命!"我大声叫。

人们让开路，我懂了，今夜到这里来的人是为了倾倒邪恶，不想与善良和正义沾边。

我的手被捉住了，我便用脚踢，不知道踢到了谁——反正谁都不是无辜的。

他们和我一样，都是罪孽深重的旁观者。

那个晚上和这个晚上也没有区别。

温可青在死亡前会想什么?

"放开她!"

我听到一个女人在大叫，她冲过来，手里的高跟鞋被她握得像一把大刀。她的疯狂震慑了我的袭击者们，他们把我扔在地板上，跑掉了。

我怔怔地看着我的拯救者：岳琳娜。

她的头发全散掉了，赤着脚，丝袜上裂开了一条大缝，白衬衫从职业裙里耷拉出来，比我还要狼狈。

我们互相搀扶着走出酒吧。

我不想问她为什么要救我。

她却突然哭了起来。

九

"高跟鞋的声音?"

"是的，高跟鞋的声音。"我说，"我一直在想着那个声音。现在我知道为什么了，那是不对劲的。那个时候已经是晚上几点了，温可青在自己的家里，实在没有理由穿高跟鞋的，而且，她有洁癖。虽然我不记得她当时穿的是什么鞋子，但是，你给我的照片上，她穿的是拖鞋，对不对？”

“也许她心神不宁，忘掉了自己的洁癖。”

“也许她本打算穿着高跟鞋赴死，后来改变了主意——以此类推，也许她本打算用刀刺死自己，后来改变了主意。”

“也许那时有另一个人在她的卧室里，由这个可能性可以延伸出很多的可能性。”

“也许这个细节根本不重要。”

肖展微笑着，“你做了一件极对的事。”

十

“对不起……”岳琳娜捂着脸，她的眼睛肿得厉害，估计一直在哭。

坐在探视窗的这一侧，我只觉得茫然。

如果在酒吧她没有出手救我，警察也许就不会怀疑到她——以岳琳娜平日的为人处世惯例，她不会冒险去帮助一个她极为讨厌的人——除非有一个非这么做不可的理由。

她那天一直在跟踪我——从医院一直跟到酒吧。

跟着我的不止是她，还有警察。

我从来没有脱离监视范围。

岳琳娜是在机场被逮捕的，那时她正准备前往海南——小眼睛警官用了不到一天的时间就让她说出了所有他想要听到的话。

不过，我认为这不完全是因为小眼睛警官的聪明，我相信就算他们没有抓住岳琳娜，要不了多久她也会去自首的。

内疚是一个永不疲劳的审判官。

我知道那种感觉，它会出现在你认识的每一张脸上，它会从你正看着的书里跳出来冷笑，它会让照在你肩膀上的阳光陡然间阴冷下来，它会把你的快乐们拧出一道道恶臭无比的脏水，它会把你和你的罪孽捆绑成一个硕大无比的粽子，两团尸体一般的苍白互相浸润着成为彼此的地狱……这样的酷刑不会停止，直到你接受了惩罚。

“……我没想到她会自杀……”

是的，那天确实有另一个人在温可青的房间里，我所听到的高跟鞋的主人就是岳琳娜。

她是去敲诈温可青的。

岳琳娜拍下了一段温可青和周文俊在咖啡馆里见面的视频：温可青紧紧握住周文俊的手，但是后者甩开了她。

这个场景发生在周文俊失踪前一天。

岳琳娜觉得这是她得到补偿的最好时机。她本打算敲诈周文俊，但是还没来得及进入正题就被后者挂断了电话，之后她再也打不通那个电话……后来，在得知温可咏怀孕的消息之后，她便把目标转移到了温可青的身上，她相信没人愿意背负背叛者的名声众叛亲离——温可青害怕了，那个晚上是她们的交易日，岳琳娜刚好有一个朋友住在那个小区，她先拜访了她的朋友，然后进入温可青的画室。温可青付给岳琳娜十万元，趁着后者数钱的时候，温可青忽然拿着水果刀刺向岳琳娜，两个人在扭打中，岳琳娜夺过了刀，在温可青的腹部扎了一下，那一刀不致命，但是足够痛，于是温可青晕了过去，岳琳娜则拿着钱逃了出去……岳琳娜认定温可青不敢报警，但是她没有料到温可青竟会自杀，更没想到我差一点儿成了她的替罪羊。她有邪恶的潜质，但还没有机会长成完整的邪恶，所以内疚抓住了她。

我也终于明白为什么温可青会选择在原来的伤口上割出那一

刀：她再一次重复了对姐姐的伤害，她试图再一次抢走姐姐的男人，再一次失败，再一次得到了报应，所以她不得不再一次惩罚自己。

“有些人就是会不断重复同一种生活模式，”很久以后有一个心理学家在听了这个故事以后对我说，“就像是重复播放的同一卷录音。”

启动录音的是一个恶魔，那个恶魔就住在她那条貌似痊愈的伤疤里。我忍不住要想那条佛珠的作用并不是为了掩盖，而是为了镇压——但恶魔还是跑出来了，我相信她曾努力阻止过，因为她找过高进，可是高进太聪明，他知道自己做不了钟馗，他逃跑，和五年前一样，于是被恶魔控制的温可青对周文俊出手了。

那一枚红色的戒指，便是恶魔的标志。

“你见过那枚戒指吗？那天晚上。”

“当然。”岳琳娜冷笑，“她说那是周文俊送给她的，她一直在炫耀，一直在刺激我。”

那么她其实是打算和那恶魔同归于尽了？岳琳娜没有成功，于是她自己动手。

我想起高进对温可青的评语：她无论怎样都会选择死。

我想在这句评语的后面再加一句：她不肯一个人死。

周文俊拒绝了温可青，我确信那个恶魔会很愤怒，愤怒的恶魔会做什么？

在勾引了姐夫的第二天，温可青约了姐姐外出，同一天，拒绝了她的姐夫失踪了。

我没有想象力，我只能认为这不是巧合。

但是，她是如何做到的？周文俊坐在火车上的时候，她正坐在温可咏的身边——她是恶魔的傀儡，但不是女巫。

通过电话吗？那个古怪的电话，那个再也拨不通的号码——通话时间只有三分钟。是的，她总能找到机会背着温可咏打出一个电话，但是她如何在三分钟的时间里让一个深爱妻子的丈夫离开家庭，一个如日中天的工作狂离开工作？

我想不通。

难道在岳琳娜的视线之外仍然发生了不该发生的故事？

周文俊因为受到威胁而出走？

他应该想到他的不辞而别所造成的伤害并不比偷情轻微——这一点也不合逻辑。

因为愧疚而无法面对——那么他为什么还要打电话给温可咏？告辞？坦白？道歉？——如果能做到这一点那么已经算是面对了。

刚好温可咏却没有接到那个电话——偏偏在这时候手机没电了。

不知道是谁说过这样一句话：超过三个巧合就存在着某种必然性。

如果不是巧合，那么她的手机要怎样才会在那个时候“刚好”没电？

我的脊背抽搐了一下，我想到了那个办法。

一个非常非常简单的办法。

一个只有温可青有机会使用的办法。

十一

“温可青有没有去过贵州？”

这不是一个可怕的问题，但是我却明显感觉到高进打了个寒战。

他沉默了很久，最后他掏出手机，发了条短信给我。

短信内容是一个地址：一个贵州的地址。

“那个肖警官问了我同样的问题。”高进说道，“五年前，她曾经打过电话给我，让我去这个地方。她说她和可咏在那里藏了一件东西，如果我能找得到，那么她就会原谅我，可咏也会原谅我。”

我皱着眉头，这真是荒谬。

“我也是这么想，”高进苦笑，“那个时候她抑郁症很严重，所以我就当做是她神志不正常，没理她。”

有些话他没有说出来。

我知道他是因为害怕，现在是后怕。

他的恐惧迅速传染到我的身上。

认尸是一个可怕的过程。

周文俊躺在那里，我认不出他。

我们通常通过一张脸辨认一个人，或者是声音、或者是气味、或者是姿态……没有人能在一具骨骸面前叫出名字，虽然它们才是坚守到最后的我们。

似乎也正因为如此，我有了一个可以逃避的幻想——也许一切都错了，也许有一天那个鲜活英俊的男人会突然出现说：“嘿！我还活着。”

但是我手里的 DNA 鉴定证明把这幻想撕碎了。

他们是在贵阳市郊一所废弃的工厂里找到他的。他倒卧在一个生锈的铁柜旁边，柜门上写着一个大大的“D”，周围残留着电击的痕迹。柜门把手已经损毁得不成样子，它曾经与一条电线相连——简单地说，任何人扭动这把手便会遭到 220 伏的电击。

毫无疑问，温可青具备制造这个机关的能力。

而这个机关原本是为高进准备的。

但她究竟用了什么方法叫周文俊抛妻弃子，长途跋涉到这里来赴死？

“我只能想到一点：温可青偷偷用一个没电的同型号电池换下了温可咏手机里的电池，为的是让周文俊无法及时联系上温可咏，她一定会说出一些话，让周文俊不得不那么去做，但我想不到她会说什么。”

肖展颇为赞赏地看着我：“能想到这一点已经很不错了。你不知道她说了什么，是因为你不是她，你没有想要害人的念头。”

“你觉得她会说什么？”

“你觉得你的表哥最在乎的是什么？在什么情况下他会方寸大乱、赴汤蹈火？”

他最在乎的当然是他怀孕的妻子，他会为了保护她做任何事。

温可青把温可咏带走了。周文俊打不通温可咏的电话，他回家后找不到温可咏，而种种迹象显示温可青不是正常的女人——她会勾引自己的姐夫，那么就没办法保证她不对温可咏做出什么更可怕的事。她如果以温可咏的性命威胁，那么周文俊确实是不得不就范的，他不敢冒险，甚至不敢报警，关心有时会让人失去理智。

我抱住了胳膊——温可咏的车祸！

但是，三分钟的时间，最多也就能说出威胁的话，她是怎么让周文俊准确无误地到了她设置机关的地方的？

“很简单，不止三分钟。”肖展说道，“我们在她的房间里找到了一张没有实名登记的电话卡，她一直在缴座机费，但从来没有通话记录。我相信这不是唯一的一张，五年前，她打电话让高进去贵州，用的也是没有实名登记的卡。”

周文俊在打完最后一个电话后就关机了——或者可以解释为他换了一部手机。在出事前一天，温可青坐过他的车，她可以把另一个手机放在他的车里，然后打电话要求周文俊用她安排的手机保持联络，而她则用另一张未曾实名登记的卡与他通话。

她可以要求周文俊使用电话视频功能，这样她就能完全遥控周文俊的行动了。

温可青只需要求他从柜子里拿出一件东西，周文俊也绝不会料到这个简单动作背后暗藏的杀机。他想稳住她，于是他照做，其实温可青也不知道五年前的机关是否仍然有效，她不一定成功，但她成功了。

“这一切只是猜测和推论，温可青死了，死无对证，没办法知道了。”

肖展摇着头：“有人是知道真相的。还记得你说过的那枚红色编织戒指吗？我们差不多掘地三尺了，就是没找着。”

很明显，有人拿走了那枚戒指——在警察到来之前。

拿走它的不是我，不是岳琳娜，那么便只剩下一种可能性。

——第一个发现尸体的李荷。

她为什么要破坏现场？

“她是一个母亲。”肖展提醒我。

母亲爱着她的女儿们。

假如温可青死前留下了一封遗书，她在遗书里写明了一切——她是有可能这么做的。

一个母亲看到了这可怕的真相，死去的女儿会身败名裂，而活着的那一个将会痛不欲生——温可咏怀着孕。

那么最好的选择就是让真相永远石沉大海。

活着的人要往前走。

活着的人比死人的愧疚重要。

我认为这是一个正确的决定——在理智上，不是在法律上。我会保持沉默，但我知道肖展不会。

他在沉默，他有些郁闷——他的职业有时候会与他的智慧冲突。

十二

“皮格马利翁是个很出色的雕刻家，可惜他永远看不上他身边的女子，他用象牙雕刻了一个完美的绝色美女，并且疯狂地爱上了她。他吻她，和她睡觉，给她礼物，把她当做真正的爱人。后来维纳斯满足了他的愿望，让这雕像活了过来，皮格马利翁便和这雕像变出的美丽女子结了婚，还生下了一个美丽的女儿。”

我的心理医生云夏很喜欢讲故事，这一次，她讲了一个古希腊的神话故事。

“男人的爱情有时候就像是皮格马利翁的手，它会使得一个女人心甘情愿变成男人所爱的样子。”云夏最后总结道，“女人把自己变成了雕像，而雕像是没有自我的。”

温可青病态地爱着姐姐的男友高进，她模仿她的姐姐，姐姐画画儿她也画画儿，姐姐高傲她也高傲，她以为这样就可以得到她心上男子的爱。高进曾经受到迷惑，但他最终看透了她——一个复制品，一个把自己弄丢了的女人，一个没有灵魂的雕像。

她在丢掉自己的时候便已经开始了漫长的自杀。

她一直没有从被高进抛弃的阴影中恢复过来，不管她如何努力，高进仍然不爱她。温可青得了抑郁症，我知道这种病会将一个人扭曲成最为可怕的样子，她心里养育出了一个恶魔，她想要杀死高进，杀死这个她永远得不到的男人，但她没能成功。后来，她的姐姐出了车祸——也许就是她干的，杀掉母版，她便是唯一了。可是温可咏活下来了，得到了另一份爱情，周文俊比高进更爱她，透过温可咏的皮囊，而温可青只有皮囊——她模仿而来的：装扮、职业、气质……温可咏变了，从高傲的女画家变成了踏实的女主妇，高进仍然爱着温可咏，于是温可青无法把他当作最后一根稻草，她的自我已经沉到沼泽最深处。她开始复制她的悲剧，她希望通过得到周文俊的爱来证明自己存在的价值，她编织了一个和姐姐的婚戒几乎一样的戒指，这一次她要把自己变成周文俊的雕像，可是她又一次失败了。终于，她的仇恨爆发出来，她要毁掉周文俊，毁掉她得不到的一切——包括她自己。

我记得耿朗曾经抱着温可青说："做自己，做自己。"

他也是知道真相的人，他本来想帮她，他一直在帮她，可是她把他推开了，朝着死亡之路一直狂奔。

我回到家。

将那幅大卫的素描像从墙上摘下来，撕成碎片。

潘多拉的女儿

一

我失去她的踪影了。

来往的人群、拥堵的车流、喧哗的声音、嘈杂的建筑物……像无数张正在开合的大口，把她吞没掉。

这傍晚像个顽童，贪乐、死倔、精力充沛到毫不顾忌他人的疲惫，阳光依旧刺辣辣地照在我的脸上，提醒我还有大把的时间，放弃尚早。

我于是徒劳地四处张望，人们的背影是如此相似，正从一种奔波姿态切换成另一种奔波姿态，表情上挂着黯然与虚软，像是一节节被耗光了的电池——一顿饭、几句闲话、两小时电视剧或是一盘游戏、至多七个小时的睡眠，我们依靠这些让自己恢复到可以被生活再次压榨的状态，周而复始。

街上有很多直长发的女子，看起来就像是林囿的复制品，细长的头颅和脖子，穿着修身的短裤，露出纤长美丽的大腿。漂亮的女孩子们总是知道自己的优势，但这种知道其实是个幻觉，它不但让别人看不清漂亮背后的东西，也让自己看不清，特别是那些重要的东西。

我想要抓住林固，但我觉得自己像一个试图抓住救命稻草的溺水者，我忍不住这样想，因为我知道所有的堕落最终都必须靠自己的力量爬回来，而我很怀疑林固是否还有那样的力量。

第一个原因：她长得实在太漂亮，是那种大多数男人都愿意付出勇气和代价的极具诱惑性的漂亮，她确实可以很轻易地得到会让大多数人眼红的东西，任何人都没有理由阻止她做这样的选择。

第二个原因：她需要翻身——她做了太久杀人犯的女儿。她的母亲罗薇因谋杀被判无期，现在仍在坐牢。她的父亲在她母亲成为杀人犯之前就已经去世多年，因此无法给她所需要的关键安慰。现在的监护人是她的舅舅，但后者把自己的义务仅等同于供她吃穿读书，我想他大约也憎恨罗薇株连了他的名誉与钱包，于是把林固送到离家上百里的职业技术学校寄宿，每年只聚两三次，眼不见为净。那案子闹得太大，罗薇心思缜密，精神正常，手段残忍，证据确凿，杀人只为牟利，没给人留下半点儿可以原谅的借口。

距离不能阻止丑闻的传播，人们对于落水狗，大约总是觉得殴打比同情更合适，在这种事情上格外齐心协力，女孩子们几乎都不和林固来往，嫉妒有了公愤作为外衣，更加肆无忌惮。而男孩子们也被知情人好心告诫，她的背景像传染病房，她亦是可怕的带菌者、潜在的凶手。大家达成共识，以致没有女生寝室愿意接纳林固，闹出好几次联名事件，校方不得不作出妥协，只得给林固安排了一间单人房。

林固需要的也许不过是尊重，但外表的美丽并不能直接带来尊重，她没有考上大学，便几乎失去了靠自身扭转乾坤的大部分机会。我很明白她的想法，她很清楚自己还有一条捷径可走，这个世界永远不会缺乏膜拜钱势者，哪怕是嘴上破口大骂，但只要时机合适，照样来者不拒。她是漂亮的女人，若不能自强，至少还可以成为强者的附属品，狐假虎威。狐狸精有了钱势，至少可以得到一些当面的尊重与不当面的忌惮，至于那些只会对弱者抡起棒子的人们，则会把她遗忘掉。

我知道她有成功的可能性，我要阻止的正是这个可能性。

那种成功是比失去更加可怕的黑洞，她不明白，被人的舌头鞭笞与被自己的愤怒鞭笞，后者要可怕的多。失去自我的过程就像是一条巨头大蛇在吞噬自己的尾巴，你将感到自己在自己的身体里被腐蚀消化，而愤怒不会消失，它向外拓展，通过更多的伤害来弥补自己。但那通常不是弥补，而是反弹，于是你更愤怒，失去更多的自己，最后所有的一切都成为空。四周全是空，连疼痛也是空，这种绝望的空从四面八方压迫过来，你会发现死亡才是一个令人欣慰的出口，你艰难地爬向那个出口，极度渴望……我打了一个寒战。

“林固!”我冲着人群喊，有不少人回头看我，因为我的声音在发颤。

二

我终于在车展现场找到林固。

她很清楚什么地方最能吸引她的目标，只可惜她的资历太浅，费尽心思的衣着只能搭配一辆国产车，玛莎拉蒂与兰博基尼旁边的金发车模远比她耀眼夺目。

她的大眼睛小野猫似的冒着火光，那是我的错觉，她只不过在与闪光灯们对视，嘴角微笑，但更像是冷笑。她把心思花在变换姿势上，因为太专注的缘故，看起来比她代表的汽车更像一架机械。她的妆容很浓，我看不出她的年龄，既不像十六岁，也不像二十六岁，但一眼便知不会有太长的保质期。

人类造出了越来越多的物，后者的数量远远超出了前者。成为物是简单的，命运不必掌握在自己手里，省时省力。人类中亦有颇多效仿者，看准行情，量身定做，贴上标签，待价而沽。女人中有很多，男人中也不少。

我呆看着被各色目光包围的林固，突然词穷。

一直等到车展结束，她换了衣服出来。她穿得并不寒酸，只是气质太逊，尽管努力挺胸抬头，仍然撑不起场面。自卑是一种根深蒂固的毒药，有太多的人热衷于养育她的自卑，美丽的皮相、傲慢的姿态与昂贵的物质都治不了根，甚至不相克，倒相生。

我依旧想不出说辞，只好默默地跟在她的身后。她很快就察觉了，加快了脚步，熟练地连进了几个拐角巷子。我并没有如她所愿地被甩掉，在跟踪与反跟踪方面，我的经验比她要丰富许多。

“钟老师，你为什么要跟着我？”她终于决定面对，转过身，微抬着下巴，与我对峙。

“我担心你。”

她冷笑，那是一种货真价实的不信，在经历太多失望之后的不信。

“我想跟你谈谈。你这样下去是不行的，不管怎样，先毕了业再说。”

“怎么算行的？”她以一种近乎无赖的语气挑衅着，“毕业了又不包分配，老师是不是有好路子要介绍啊？有的话先谢了啊，要是我满意，老师想要什么好处都行啊！”

她学的是机电专业，成绩一塌糊涂，即便有招工单位也不会推荐她，而她又怎么可能安心做一个薪水、地位都低人一等的女工呢？

“好啊！”我说，“请我喝酒，边喝边聊。”

三

“你是喜欢买名牌啊，还是地摊货啊？”两杯酒下肚，壮了胆，口齿也伶俐多了。我看着目瞪口呆的林固，她被我喝酒的样子给惊住了。

“废话！”

“一样的道理，文凭就是一个人的商标牌子，你连个中专文凭也没有，”我说，“现在人都虚荣着呢，你以为男人就看女人的一张脸？大学里漂亮女孩儿多了去了，说出去也倍儿有面子。你要只是跟人过夜，那文凭确实没用，抵不上一张体检证书。你要是想要个正式名分还得被人尊重，这文凭再破，也还是不能不要。没了这东西，你就和地摊货没区别。”

林固郁闷了，但还是不服：“就一破中专文凭，有屁用！要不要都无所谓！”

“可它是敲门砖啊！”我指着自己的鼻子，“有了它，你才能去考大专，专升本。我就是这么过来的，不然能当你老师？”

“请问老师一个月工资多少钱啊？”林固冷笑。

“老师一个月工资赶不上你做两个小时模特，可老师要是想要你想要的东西，绝对比你容易得多，你信不信？”

林固打量了我几秒钟，没说话，她皱起眉头。

“你想要找什么人，就得成为同一个圈子里的人。地摊货和名牌能成一个圈子吗？NO！”我灌下第三杯酒。这不是老师和学生的谈话，这是个骗局，我只希望把她骗回到安全地带，“你的价值越高，被人抛弃的几率就越小，你想要做随时可能被抛弃的女人吗？”

“有爱情就够了。”林固苦恼地申辩。

我侧着头，醉眼里的她倒还有几分天真少女的样子。她的世俗心机仍然脱离不了灰姑娘的幻觉，以为只要漂亮善良就一定能引来爱她如宝如珠的白马王子，如今只需要静待时机，“你要求你的王子有学历吗？没文化可以吗？粗俗可以吗？长得难看可以吗？你会爱上这样的人吗？”

林固转了转眼珠，不回答。

“一个高学历、高品位、英俊又有钱的男人，自然有高学历、高品位、漂亮的女人供他选择，你胜出的几率有多大？你对男人有要求，凭什么别人就不能对你有要求？有多少人是一见钟情的？有多少一见钟情是白头到老的？即便你撞大运撞上一个，你能和他有多少共同话题？你跟他聊什么？他说的你听不懂，你说的他瞧不上，你怎么可能了解他？你以为男人不需要一个了解他的女人吗？聊什么都暴露你的短处，你拿什么保住你持续的吸引力？年轻？漂亮？”我指着酒吧里来来往往的高挑艳丽的啤酒女郎，“一抓一大把，不缺货！你用年轻美貌吸引住的人，以后也会被年轻美貌给吸走。”

她大笑：“照你的意思，多上几年学就保险了？有多少高学历的女人在离婚？你以为男人会爱一个女人的学历和内涵？为了保住不被人甩去读书，和用脸蛋勾引人，有多大区别？五十步笑百步吧！”

“至少她往回走的时候，不必走一百步。”我捏住了林固的下巴，“至少她靠的不全是运气，少走的那几步，搞不好就决定了能不能回头！”

她激怒了我，我也激怒了她。她挣脱我，站起来，将一个酒杯狠狠地砸在地上。附近几个与她相识的男子冲了过来，把我俩隔开。

“哎哎哎，别闹事啊！”

“她有病！”林固指着我的脸，故意不挑明我的身份。

一个男子流里流气地走过来，故意要摸我的脸：“挺漂亮的呀，咋有这毛病呢？哥给你治治！”

我当然不会给他机会，他的手离我还有两三公分的时候，我一把捉住，反扭，一个背摔便将他狠狠地摔到了地上。另一个男子扑上来要打我耳光，被我一脚踢中小腹，蜷缩着蹲到了地上。

“真有出息啊！”我冷笑，“是男人吗？”

倒在地上的男人憎恨我，比失败更羞耻的是周围人的哄笑。

林固睁大了眼，眼神里流露出欣赏，似乎忘记了她才是始作俑者。女人是热爱力量的，不管拥有力量的是男人还是女人。

我瞟了她一眼，稍稍整理了一下衣襟和头发，快步走出酒吧。

整个背似乎都被汗水浸透了，但骨骼在欢呼，久违的痛快。

黑夜，像一头正打算醒来的野兽。

四

节能灯的白色灯光照在白色的家具上，这个家像一个空旷的冰洞。

我打开 CD 唱机，让肖邦的音乐把空间填满，我不想看电视，别人的热闹只会让我觉得自己更孤独。

李蒙要到早上十点才会回来。他是住院部医生，每两天值一个夜班，我们的休息时间很少撞到一块儿，能在一起吃晚饭的时间屈指可数。

其实我们很少为鸡毛蒜皮的小事吵架，也没有重大过失，但为什么感情还是被消磨掉了呢？

我看着茶几上的台历本，4 月 27 号，一个醒目的红圈。明天，是我们约定去民政局办理离婚的日子。我请了年假，而他值完夜班可以休息一天，不必消耗及连累其他正常的部分。我们很冷静，像一对搭档多年做手术的医生护士，切割缝合，默契十足；我们亦可以把婚姻如此冷静有序地进行下去。大约正是因为这样，所以才觉得背生寒意，忍无可忍。

我从书架上拿下一本《人性论》，是的，人性是可以被研究的，但却很难被归类，每一个人都是世界上独一无二的存在。心理学、星相学、面相学、九型、十六型、十二星座、十二生肖、血型、气质……你或许可以在这些研究结果中找出自己的相似，但永远无法找出一个完整的自己。

我翻了几页，作者深刻、聪明、智慧，我预测自己可以受益匪浅，但我没办法继续，字里行间都是我的不耐烦。我走到窗前，现在的夜空已经很难看到星星，落满灰尘的夜幕压在城市上空，最多再过八个小时，天就亮了。

五

我想我在发烧，脸上发烫，身上发冷，脚下发虚，耳里有微弱却尖利的长鸣音，头顶的天空像是随时可以踩到脚下去。薄雾似的晨光洒在我的视野里，它们清凉惬意，未来于它们从不是压力，不急着发现问题，也不急着解决问题——但我们连离婚都得赶早排队。

前面五米，是一个穿着校服的女中学生，大约十三四岁，和我一样脚步匆忙，迟到的风险像个紧箍咒一样戴在她的额头上。这只是开始，我想，后面还有好多，不选这个，就得选那个。选择好像有很多，但选择本身就是限制，我们看不见选项之外的世界，是谁在制造着选项？

那只手仿佛抓住我的思想了，紧握，用力，压榨，女孩子的路线继续与我重合。我们站到了同一个路口，数着显示牌上红色的倒计时。这个路口只有我们两个人，对面有四个人，几十秒钟后我们会在斑马线的中央擦肩而过，这个场景让我感到一阵莫名的滑稽。

一辆黑色的轿车飞驰而来，车头的方向是歪着的——偏向路沿，也就是我和那女学生所站的地方，而且并不减速。我脑子炸了一下，一把拽起那女学生便往后退，并将她往左边狠推了一把。这个下意识的动作证明了我的预感——黑轿车像一头猛兽扑过来，稍高的路沿也只是让它略微颠簸了一下。我感到身体被一股喷着热气的大力疯狂地冲击着，我几乎是在半空中就晕了过去……

六

我醒过来的时候李蒙还没有醒。

他叉着腿，反坐在床边的椅子上，额头搭在椅背上。我看不见他的脸，只能看见他头顶处的黑发里夹着十几根白发。

我忍不住抬起手去摸，但一动胳膊便引发全身剧痛。这痛让我想起了车祸，我惊恐地感觉着自己的身体，很快放了心，并没有少了什么。最痛处似乎也没有大碍，只是胸口缠了许多纱布，气紧得很。

李蒙抬起头来与我对视，我看见他的眼睛，红肿的，像是狠哭过，这让我们俩都有些尴尬。我们沉默着，制造了第二种尴尬，他走出去，亲自叫来医生护士，他们的脸上并没有大惊小怪，因此我判断自己的伤势确实不重，医生肯定了这一点。

“没伤到内脏，断了两根肋骨，已经复位处理，肺部有些发炎。”

初步估计，要半卧位躺上三四个星期——这当然已经是不幸中的大幸。

我再一次有些尴尬，因为医生在说到这个日期的时候，我很明显感觉李蒙有些高兴，不止他，我自己也隐约松了口气。

“为什么要救那个女孩儿而不是你自己？”

警察问出这个问题的时候我愣了好一会儿，他们是通过监控录像看到事发经过的，摄像机记录了我的行为，但不能解释我的动机。我自己也没办法解释，我并不认识她，在此事之前也没做过什么舍身利人的英雄之举。说实话，我并不相信英雄，而且认定每个人都必须对自己的人生负责。

救她只是一种下意识的举动，或许因为我的大脑计算出她的生机比我大，我只是做了明智的选择，或许我那时正需要一场意外来阻止自己……我瞄了一眼表情平静的李蒙，突然有种感觉，我们都没有认为这场车祸是一个灾难。

“我在赌我们两个都没事。”我说。这并不是我当时的想法，但我不想去解释我无法解释的东西，不过别人要一个合理的答案，我就给出一个合理的答案：“我不太肯定能不能成功，我以为那车子不一定能撞到我，以为它会及时刹车。”

它当然没有，警察根据勘查指出，它不仅没有刹车还加了速，事后又非常镇定地逃走。车子后来在一条公路上被找到，证实是一辆被盗车，失窃时间是在车祸的前一天晚上。车主是个爱打通宵麻将的小店主，偷车者开着车撞向我的时候，那家伙还在家里酣睡。

车里没有留下指纹和其他可以表明肇事者身份的证据，连鞋印都被擦得干干净净。唯一可以确定的就是其人心思缜密、头脑灵活。

警察询问我最近是否得罪过什么人，我脑子里闪过前一天夜里在酒吧打架的场景。那两个被我击倒的男子，难不成怀恨在心，跟踪我回了家，然后又偷了车等到第二天来撞我？这种可能性不是没有，受情绪控制的人远比受理智控制的人多，一个人可以因为微不足道的小事便对他人起杀心。

我犹豫了一下，没有告诉警察。一来，老师打架不是什么光彩的事，传出去未免有损声誉。学校最近正严整校风，我不想当典型。第二，如果这件事真的跟林固认识的人有关，那么她的名誉势必又会受到一次重击，她的处境将会更恶劣了。每个人都有一个质变点，我不知道林固的质变点在哪里，但每一次刺激都有可能把她逼上一条歧路，我不想做那个推手。

我不感到害怕，不管那个加害者是谁，他们现在应该在逃亡的路上了。若真是那两个男孩儿，我反而更安全，我不是他们真正的仇人，只是他们一时恶情绪的宣泄对象。那个冲动已经被释放了，他们现在要面对的是自己的恐慌和后悔，每一次警笛声都会让他们胆战心惊。假如他们还有良知，也还要多受一层痛苦，他们是没有精力也没有理由再回来伤害我的。

“你太天真。”李蒙作出结论，“真不知道像你这样天真的人是怎么活到现在的？”

他也在外科，常常见到可怕的伤口和人性。在某种意义上，他是一个证人，见证人类彼此伤害的程度。他很多疑，不肯多交朋友，我说那也是职业病之一。

李蒙没打算出卖我，他虽然觉得我天真，但也同意应该瞒着警察，以免引来报复的理由。他跟医院请假专门来照顾我，医院也很理解，只打来两次电话把他叫回去处理非他不可的一些紧急情况。

林固是在第三天来医院的。被我无意救下的女中学生比她早到一步，带着鲜花、父母和记者，闪光灯与询问声里我只能继续做我并不想做的那个英雄。但有一点让我觉得有意义：女中学生以及那些相信这个故事的人会因此而认为这个世界上总有好人存在，而她的感激也让我对人性多了一些相信——人们需要相信来喂养希望。

林固对我说的第一句话也是“谢谢”，她和我一样怀疑撞我的家伙是那天晚上被我打趴下的两个男子，她谢谢我没有说出真相让她陷入困境，并同时相信我确实是真心为她考虑。

“我会回学校去继续读书，直至拿到毕业证。”她把承诺当做报恩，我也不再纠正她的错误观点。

“她真像你那个时候，像极了。”林固离开之后，李蒙若有所思地说。这句话化解了我们之间最后的几分尴尬，我大笑。

“是很像。”

只是那时候的我比她走得更远，简直就是一只在悬崖边上吃草的羊羔，却自以为是一匹天性凶残、彪悍矫健的野狼。除了打架之外，我还飙车、离家出走和男人们拼酒赌博、憎恨女人，同时又不肯让男人好过。于是女人们远离我，男人们害怕我。我使劲地破坏自己的形象与名誉，让自己成为瘟疫，臭气熏天，认为如此才配得上我眼中虚伪肮脏的世界。

后来有一天我喝酒喝到胃穿孔，倒在路边。一位不知名的好心人把我送到医院，李蒙给我动手术，他救下的不止是我的命。

那时候的他还年轻，没有白发，干净的脸和干净的眼神，不爱说话。他问我要家人的电话，我装哑巴，直摇头不说话，晚上趁着护士不留神溜走。后来听人说是他为我垫付了手术费和治疗费，而医院不打算还他那笔钱——他们固执地认为：谁的病人谁负责。于是我又回去，跟他说会赚钱分期还他，其实我只要飙车一晚上就能赚回那笔钱，我故意要多见他几次。他起了疑心，跟踪我，把我从赛车场拽走，声明自己只要干净钱。我气得号啕大哭，但最终还是承诺了他，去肯德基做了服务员，一心要扭转在他心中的形象。后来半工半读，自考，最终在职业技术学校里做了名计算机老师，接着与他结婚，时间就这样过去了，十年。

如果不是遇上他，我也不会成为现在的我。想一想就觉得后怕，那些为了离他更近的努力，其实最终成全的是我自己。我身体里原本有个黑洞，它疯狂地吸食我的血肉与灵魂，原本我是要和它同归于尽的，如今也长出颜色与身体来了，它现在是一个平静的墓地。

李蒙是擅长于让人平静的，但他同时也是擅长于乏味的，笨嘴拙舌，沉默寡言，没有浪漫也没有激情。他喜欢看书练字，倒算是还有些情趣，可惜那情趣并不适宜分享。他讲起哲学便让我呵欠连天，我谈论小说则让他心不在焉。他不做家务，唯一会做的菜是番茄炒鸡蛋与番茄鸡蛋汤，职业上的精细与生活的粗糙形成鲜明对比。当吸引力被排斥感消磨干净之后，我一度陷入困惑：毫无疑问，以我过去的经历而言，我实在过于幸运地得到了人们公认的幸福，这幸福很难让人挑出毛病，我唯一应该做的是感激涕零，但我没有。我看起来就是人们口中所说的那种不知惜福的蠢物，李蒙竟然不愤怒，满足这个蠢物的所有无理取闹，包括离婚。这个蠢物直到濒临死亡的那一刻才明白自己为什么会这么做——我并不是真的想要离开，只是想逼出压抑在李蒙身体里的我从没有见过的那一面。我希望看到全部，我对于平静才有着真正的不安全感，生怕有朝一日平静被撕破之后露出我无法接受的真相。宽容与忍耐并没有消除我的不安全感，我一面扮演着李蒙完美的妻子，一面对这个角色深恶痛绝。我设置了生活的假想敌，然后先下手为强，但我那时并不知道，如果真的离开李蒙，我会更加痛不欲生。

这场车祸救了我，也救了我的婚姻。尽管李蒙仍然没有说出让人心醉神迷的情话，可是我如今很确定，失去我对他来说也同样致命。他一直藏起来的那一部分，仍旧是爱情，分量足够让我们渡过任何难关。

七

我梦见自己在沙漠里走着，寻找着水源。我很清楚自己在做梦，但梦境被我的大脑制造得十分逼真，我甚至可以感觉到被太阳晒得发烫的沙子磨砂着脚底的皮肉，一粒粒分明。喉咙里的干渴让我不停地咳嗽着，肺部几乎成了我最想要割下来的器官。我心不在焉地翻过一座沙丘，心里想的是，应该快醒了吧？但是我没有醒过来，我看见自己的皮肤裂开了一道口子，鲜血冒出来，但“滋”的一声就被烈日晒得蒸发掉了。我看见伤口腾出一道白烟，这真的把我给吓住了，我开始奔跑，仿佛这样就可以跑出梦境。当我意识到自己的愚蠢时我终于想起来大叫了一声，这一声喊出口，我就睁开了眼。

模糊的视线里，一个穿着白大褂的人快速地转身，从病房里跑了出去，我听见走廊上传来有人被撞倒的声音。接着，李蒙走了进来，揉着肩膀，脸色难看。

“怎么了？”我问。

“你怎么就醒了？不舒服吗？”他关心地摸了摸我的头，然后松了口气，“没什么，刚才有个人撞了我一下，特别没礼貌，对不起也没说就跑了。”

是那个从我病房里跑出去的人！我惊了一下，却很奇怪地不想跟李蒙提到这一点。

"是有急事吧？谁啊？"

"不认识，但有些眼熟，想不起来了。"李蒙摇摇头，显然没有发现那人是从哪里跑出来的，"也许是有紧急手术吧。"

从他的话里可以验证一个信息：那人确实穿着白大褂，但我的主治医生没有理由这样仓皇离开。

"今天晚上谁是值班医生？"

"陈阳。"李蒙又担心起来，"你是不是有什么地方不舒服？"

"没有。就是问一下。"

那个人当然不是陈阳，否则李蒙会指名道姓，是走错病房了吗？或者另有目的？第二种可能性让我背上一紧，恐惧感突然砸下来，令我想起十年前的一次飙车经历，在车子开到某段路时，我也突然感到一阵恐惧——和现在的恐惧非常相似。后来证明我的预感十分准确，轮胎飞出去了，我侥幸捡回一条性命。

八

我缓缓地走向钟昱。

他躺在一张比他的身体大不了多少的推床上，越发显出他的瘦，且脸色煞白，嘴角发乌。不知道是不是一种错觉，我觉得他看上去比活着的时候还要愉快些。

钟昱是我的弟弟，他是在五岁那年患上自闭症的，从此与正常人生绝缘。在他被送进疗养院之后，这十五年来我只去看过他三次，每一次见到他，我都觉得自己被传染了同样的疾病。走在大街上便要发抖，看见人就想要躲开，唯一可以安慰我的是速度。当我驾驶着车子绝望地飞驰在空旷的道路上，会让人觉得这个世界只剩下速度和死亡，我可以轻轻松松绕开很多人事就直达人生的终点。

他从疗养院的楼顶摔下来，头部着地。

我其实一直觉得他是自杀的，自闭是自杀的序曲，我曾选择不同的方式奔向同样的终点，但我比他幸运，我遇到了李蒙。钟昱却把自己封闭起来，不让自己有机会遇上任何拯救，断掉了自己所有的退路。

不管是自杀还是意外，疗养院都难辞其咎，我有权利索要补偿，但我不打算这么做。没人能赔偿给我一个弟弟，而死亡对钟昱来说未尝不是一件好事，我只要求他们负责丧葬后事的所有费用及杂务。

李蒙有些沮丧，他一直不知道我还有一个弟弟。

“你该多来看看他的。”

“他不认得我了。”我解释，但这当然不是唯一的原因，只是不想让李蒙认为我是一个冷血动物，“看见他令我难受。”

葬礼冷冷清清，这种冷清不是指场面太小，而是因为除了我与李蒙之外，其他人都是外人——他们并不了解钟昱，以后的岁月里也不会再想起他。

我多次望向门口，这个动作引起了李蒙的注意。

“你在等亲戚吗?”

我没有回答，我是在等一个幽灵，但我又期望它永远不要出现。

“总觉得你还有很多事没有告诉我。”李蒙抱怨。

后来，一个警察出现在葬礼上，这让疗养院的人很是紧张，他叫肖展，负责调查钟昱的死因。我们谈过几次话，他知道我刚刚遭遇了袭击，我觉得他想象力过于丰富了，没有人会谋杀一个自闭症的孩子，他的死不会对任何人有利，在这个功利的社会里，没有人会为没有利益的事情承担这么大的风险。

“你对人性了解多少?”肖展对我说，他的小眼睛像两颗子弹打出的孔，让人望而生畏，“大概只有魔鬼能说它最了解人类。”

他们查到钟昱过去从来没有去过楼顶，他死之前半小时有人看见他在疗养院的客厅里看动画片，最重大的发现是他们在钟昱的抽屉里找到一些并非属于疗养院里的零食。工作人员均否认代他购买，而钟昱也不可能外出购物，所以钟昱定然在疗养院里结交了一个他信任的朋友。警察怀疑这个人把他引诱到楼顶，然后将他推下了楼。这个人十分熟悉疗养院的环境，巧妙地避开了所有的监控摄像头——这也是工作人员未能及时阻止钟昱的主要原因。

“除此之外，我们还在楼顶发现了其他一些证明是谋杀的痕迹，这个技术性很强，就不跟你多解释了。”肖展说。

我被安排和所有的工作人员见面。虽然肖展没有明说，但我知道他们怀疑凶手就是其中一个工作人员。这些人的脸对我来说是完全陌生的。我最后终于号啕大哭，不是因为我没能给出任何线索，而是因为在我缺席的这些年里，我弟弟最熟悉的便是这些陌生的脸——如果不是因为我不在他身边，他也就不必把信任交给别人。

九

肋骨长好后，我回到学校，同事与学生对我比过去要尊敬许多。他们不知道真相，都认为我被车撞只是意外，而且由于报纸送给的光环，我还得到了加薪——大家都喜欢能带来安全感的人，我自然也不会去戳破这个幻相。

林固的处境比过去并没好多少，依旧是被排斥的对象。但她对我的承诺起了作用，没有再去那些和悬崖一样的地方，成绩也进步很快。我偶尔会私下给她开小灶补补课，她对我的友谊或者更准确地说是依赖也在递增。

“我可以先去做个前台，一边挣钱一边自考，考到专科文凭之后呢，我就再自考本科，至少要花四年时间吧？”她复制着我的经历，对未来有了明确的规划，但年龄的问题依旧让她焦虑不安。她认定漂亮女人的青春太有限，浪费掉得天独厚的资本实在是划不来，她认同学历是锦上添花，但仍然只是为她成为更高级的附属品服务。

“如果你全部依赖你所依靠的人，等那个人失去的时候，你也什么都失去了。”我提醒她。

“可是靠我自己更靠不住的，”林固的自卑比她的偏见更为根深蒂固，“等我老了，就没有地方肯雇我工作了怎么办？我又不想做女强人，女人不像男人那样能拼到六七十岁，那一点点社保养老金，够吃吗？有个人靠靠总比没有的强。”

我没办法说服她，只希望时间和教育能改变她。

其实她能成为现在这样我已经感到欣慰，比起钟昱来说她实在幸运太多了。我对钟昱无能为力，对眼前这一个还至少能存有些希望。

李蒙不敢提起钟昱，他猜测那是我不想被人触碰的伤口。但钟昱早就是个坟墓，倒是他的死亡把墓给掘开了，让我闻到了来自遥远过去的臭味，它们依旧有毒。我不想李蒙看清它们，尤其因为我自己也曾是那墓里的一部分。

钟昱死去了，我自己的幽灵在我的身边飘浮着，她与我对视，嘴角冷笑。

“你的幸福只是一张纸，一撕就碎了。”她说，“你以为李蒙能救得了你吗？他只会使你更脆弱。”

十

李蒙出事的那天傍晚，我在阳台的花盆里种下了各色风信子：白色，蓝色，紫色，桃红色。据说风信子的花语代表着重生之爱——重生，如此美丽的祝福，只是我对奇迹并没有太多信心。

千钧一发之际，他闪过了对方致命的一刀，被伤及的地方离脾脏只有0．5厘米。一个好心的路人把他及时送到了医院，李蒙的专业与经验救了他自己的命。在手术室外我崩溃大哭——其实我不止一次想象过生离死别，我以为可以很镇定地面对一切，但是当事情真正来临的时候才发现，那个自以为是的自己不过是我想象出来的。

肖展再一次问了我同样的问题：你得罪过谁？

这不是普通的仇恨，那两个被我打倒的男孩儿不会如此穷追不舍丧心病狂，从林固那里也可以证明这一点。警察早已去调查过那两个人，他们当晚都没有作案时间，而且两周前他们刚进了一家演艺公司，正在做着美梦，也不会有心思来恨乌及屋。

我终于想起了一个人名：韩金。

那是和我的过去一起封存在记忆深处的名字。严格来讲，他并不是十恶不赦，比起他所做过的坏事，他身上那种病态的偏执才是最让人感到恐惧的。我曾经在赛车场上赢过他，当然，是那种非法的赛车场。他就像跗骨之蛆一样缠上了我，于是我又故意输给了他一次，结果更糟，他决定亲自打瘸我的腿以作为侮辱他的代价。为自保，我只能花钱找人收集了他打人致残和盗窃的证据，然后偷偷寄给了公安局。最后，他被判处有期徒刑十年——我不确定他是否知道是我干的，但我知道世界上没有不透风的墙。

他是在上个月出狱的，由于表现良好，提前一年释放。我故意忘掉了自己最可怕的敌人，但我的潜意识没有，他出狱的时候正是我向李蒙提出离婚的时间。或许我对自己的命运有预感吧，我站在卫生间里，看着自己左边肩膀上的一个鞋型的伤疤，伤疤上曾经有个蝴蝶文身，在嫁给李蒙之前，我找人清除了它。那是一个剧痛的仪式，代表着我和过去的断裂，可惜的是，只是我的一厢情愿。

我依旧对肖展说没有。

我不相信警察，并非不相信他们有捉住罪犯的能力，只是不相信他们能处理所有的后遗症。显然，报复行动已经开始，韩金不是一个人，过去不是，现在也不会是，他有钱，有钱就可以买到欲望。这世界有太多被欲望奴役的奴隶，奴隶们身上都有个黑洞，吞噬自己也吞噬别人，不全部吞噬干净是绝不会结束的。

韩金可以再一次入狱，但金钱不会坐牢，除非他终止念头，否则我和李蒙永无宁日。

要让他收手并非完全不可能，我还有一次赌的机会。

“你输了你罢手，我输了我自杀，一人做事一人当，你不准动我的家人。”

韩金眯缝着眼看着我，他很严肃，他的手下也一起看着我，仿佛我是个怪物。我像是回到了十五年前，但我已经不再有当时的亡命气质，那个时候我不在乎死亡，但是现在我有了太多的留恋，于是我想我看上去很不可信。

韩金赌了，他是个赌徒，对所有的赌局上瘾，这是唯一让他感到公平的方式。而且不管结果如何，都不必有耻辱感，他比任何人都更害怕侮辱与伤害，韩金其实比软体动物更脆弱。

夜像一个滴漏计时器，一滴滴的黑色落下来，融进大地，那也许也是我的生命。

我坐在车里，发动汽车，藏起我的发抖。我没有必胜的把握，过去我是赢过他，以微弱的优势，但这么多年来我没有开过车。我努力忘掉的东西现在像一摊烂泥似的躺在脑子里，我憎恨它们，它们也憎恨我。

两辆车子在空旷的道路上疾驰着，我们选择的是一处空城——房地产开发商们扩张着城市的地盘，人们并没有像他们所梦想的那样蜂拥而至。高楼大厦里只有零散的灯光，入住率远低于购房数，无主的街道上只有路灯的灯光在飘浮，像一群孤魂野鬼。

风在尖利地笑，我的身体很重，压着它的是我的欲望——求生的欲望，幸福的欲望。车子仿佛被恐惧拽住了尾巴，我达不到我想要的速度。

韩金似乎也好不了多少，他豪气地赌了，但是我能从轮胎与地面的摩擦声中听出他的怯意。他已不再是过去那个疯狂的韩金了，我因为得到而恐惧失去，他也许因为失去而懂得了恐惧。

我一侧头就能看见他的侧脸，我们的车子像一对生死恋人似的紧随彼此。

他向我冷笑，以此壮胆。

我想，即便输掉，至少我保住了李蒙。

这个想法毁掉了我的镇定，我开始哭泣。我没有留下任何遗言给李蒙，还逼迫自己相信自己，同时我也真的不想让李蒙知道真相，否则他将来想起我的死，会认为那是我在为他牺牲，他的下半辈子不该活在愧疚里。当然，我也必须阻止他向韩金报复，可此时我真的很想跟他说最后一句话：对不起，请原谅，我爱你，谢谢你。

轮胎发出了一声巨响，大概是碾过了什么尖利的东西，车身剧烈地颠簸着，方向立刻偏了。我用尽全力控制着，但也只能不让车子再撞上什么——韩金已经领先我一百米，败局已定。

那辆车春风得意地驶向十字路口，过了那个路口有一个大型超市，那就是我们设定好的终点站。

我的视线仍在颠簸，世界在颤抖，临终前的挣扎，即便现在能侥幸活下来，过一会儿还是要死的。

愿赌服输。

我犹豫地放开方向盘，接着马上又抓住它。

给我一条活路吧！我大声喊，泪流满面。

几道白光从左右的街道窜了出来。

警笛声大作。

十一

肖展一直在跟踪我。

他从来没有相信我。

“你活在自己的世界里。”他说，“你始终都没走出你自己的世界，别人不是你想象出来的，他们有血有肉有思想，不会按照你的安排去高兴或者幸福，这是独裁。”

我明白他指的是李蒙，警察还没有通知他，这是肖展的意思。

这是很高明的一招儿，我把和韩金的恩怨悉数招供。

韩金当然不肯承认是他派人刺伤李蒙，一时半会儿，警察也没有证据证明这一点。

“放心，短期内，他是不敢再出手的。”肖展说，“他出来，不是为了再进去的。”

那么之后我们该怎么办呢？离开这个城市，出国，移民？李蒙放弃他的事业，我放弃自己的努力？一切都从头开始？没那么容易，我们注定与过去绑在一起，没有冒险的实力。我的大脑一片混乱，一年，两年……韩金迟早会算这笔账，警察不可能保护我们一辈子。

为了像我这样的女人，李蒙付出这样的代价是否值得？

“韩金知道你有弟弟吗？”肖展的关注重点和我完全不同。

“当然不知道。”

那个时候我不叫钟兰，在那个我赶着去死的世界里我叫自己白风，没有过去的白，没有根的风。那时的我离家出走差不多已经三年，我用假的身份证，连钟兰的名字都几乎忘掉了，又怎么会去提起钟昱？

我只在离开过去那个家之前、韩金入狱之后和嫁给李蒙之前去见过钟昱三次，直到第三次才向院方表明我和钟昱的关系并留下联系方式。韩金没有任何途径知道钟昱是我的弟弟，而且钟昱出事的时候，他还在牢里。

“他不必亲自动手。”肖展说，“不过，依你和他的恩怨，他确实没必要杀死你的弟弟。他有承认是他找人刺伤了李蒙吗？”

我沉默。我找到韩金的时候并没有问这个问题，韩金也没有提起这个话题。我早认定了是他，没有废话，匆匆忙忙地直奔主题，直奔死路，直到肖展把我从那条路上拽回来。

“他统统都否认。”肖展说，“他也真的不在现场。”

没有人会承认，我苦笑。正如肖展所说，他不必亲自动手。

“他是个疯子。”我说，“他喜欢折磨敌人，他知道怎么逼我。”

“你认为他是知道了真相来报复你，为什么他在这个时候知道真相？他出狱这么短的时间就查到了真相，”肖展问道，“你不觉得奇怪吗？”

是有些奇怪。他如果真想查，人在监狱的时候也可以进行，只要肯花钱，外面有的是人做这件事。他应该早就知道了，如果他想要撇清，那么还在监狱的时候就是最好的时机，横竖都不用亲自动手，为什么偏要出狱之后做这件事呢？

“如果你出的车祸也与他有关，那么他的第一目标就是你，应该继续找你，而不是找上李蒙。”肖展继续分析，“这逻辑太混乱。”

他是个疯子。这是我唯一能给出的答案，他之所以答应我的赌局，是因为想借此同时洗刷前耻。

赌的规矩是必须坚持到最后一分钟，不管什么理由，我们都没有抵达终点，所以赌局失效。我无法责怪警察的多管闲事，我后悔了，老天给了我一颗后悔药，我不能太不要脸。

我想韩金也不可能再赌一次，现在我只能把未来交给命运了。

“当年帮你搜集证据的人都有谁?”

我说出了两个名字，郑彤和管新，这两个人都是收钱办事的。据我所知，我要他们做的事是他们接下的最后一单生意，之后两个人就移民了。

“任何事都不可能完全保密，这件事也许有第四个，甚至第五个人知道。韩金不是警察、法官，他不需要当面对质，他只需要知道有这种可能性就行了。”我说，“他不需要你们那么多程序。”

这次轮到肖展苦笑。

十二

我回到医院，李蒙在睡觉。在我离开的三十六个小时里，他醒过两次，还发了一阵儿小孩儿脾气。医生给他注射了镇静剂。

我坐在病床前的椅子上，看着他发呆。

他的腰部还包着纱布，纱布下面是一个凶狠的伤口。如今它只是让他疼痛、卧床、脆弱、愤怒，但不致命，将来呢?

非法赛车不是死罪，也关不了多久。如果警察不能找到进一步的证据，韩金还会被放出来，他的仇恨将会是双倍的。

我们的时间不多了。

我坐了一夜，回忆起这些年，我突然发现，原来平淡只是这婚姻里最微不足道的问题，我们错过的又岂止是激情？我把他当做解药，当做避风港，当我习惯了他给出的东西之后，我却忘记了感恩。我从没给他织过围巾，从没给他送过花，从没想过要去爱上他所热爱的话题，从没有真正融入到他的生活，从没想过要给予他浪漫与激情。我给出的那些，是从别人的经验中模仿而来的行为，并不是出自我的内心。我以为在报恩，但我给他的却只是我的一厢情愿，并不是他真正想要的。我从不知道他真正想要的是什么，我从没问过他。

“你最想要什么？”李蒙再次醒过来的时候，我哭着问他。

“不分手。”他斩钉截铁，毫不犹豫。

我买来红玫瑰放在他的床头，我给他织了一条围巾，我列出了一张他读过的书单，我制订了一个出境旅行的计划——做完这一切只需要几个月的时间，很容易，但我必须分手。

离开是保护他的最好方式——两个人都活着，才会有希望。

需要等待，在韩金认为时机成熟的时候，他定然会向我再次下手。假如我足够幸运，警察能在韩金下手时抓住他并且取得所有证据，我便得到一线生机，只有到了那个时候，我才能够再回到李蒙身边。

我很清楚，李蒙不可能同意我的计划，我也不能让他背负临阵脱逃的恶名，他必须什么也不知道。所以我必须要在他面前先做一个恶人，将来或有水落石出的一日，但李蒙不一定能够原谅我的隐瞒，也不一定能接受我的离开，水落石出之前也可能会爱上别人——这是最让我害怕的风险，却也是我不得不面对的风险。

比起这种痛苦来，我倒宁可接受死亡。

我看着面前的湖，鳞片似的微澜，像一条硕大而温和的鱼的脊背。它是一个可怕的诱惑，我感觉自己随时会跃进它的腹里，解决掉所有的危险和痛苦。

肖展说："你的控制欲太强，你连别人的感受都想要控制。"

是的，他看透了我，我就是这样，我需要控制一切。

我克制住死亡的冲动，回到医院。再过几天，李蒙就要出院了，在完成我给他的弥补之前，我们还有一段好时光。

"你可以不必走。"林固给我出主意，在把她从那个烂泥摊里拉出来的时候，我并没有想过有朝一日她会成为我唯一的听众，"反正都要冒险，不如你主动去做诱饵，引他出手，再让警察抓住他，这不就成了？"

这是一个可怕的计划，它的可怕就在于它确实可行。这个念头并非没有闪现在我自己的脑子里，我压下它是因为我仍然在期望着清白，清白是我能在李蒙身边生存的必要条件。韩金固然是个恶人，但是诱惑出别人的恶念跟这个人本身是个什么人没有关系，这个行为本身就是对恶的认同。

"永远不要再有这样的想法。"我恶狠狠地警告林固，"想想你将来会爱上的那个人，你希望在他心里是个什么样子，那就千万不要变成另外一个样子。否则，你会后悔！"

十三

"我能要一支烟吗？"

我拿起肖展递过来的香烟，但是尼古丁并没有让我镇定下来。脑子里像是被什么轰炸过一般，手脚都在发麻，我很庆幸它们不是在发抖。

"是的，我认识他，我们以前是邻居，差不多有七八年的时间。我不知道他的全名是什么，那个时候我只叫他孙叔叔。他好像在钢铁厂上班，妻子得癌症死了，也没孩子。"我不停地说话，尽量多说，让自己看起来像是言无不尽，让肖展看不出我的恐慌，“我十五岁的时候，我们就搬走了，搬走之后再没见过他，他的情况也就不了解了。”

孙继文住在另一座城市，肖展对这案子的关注是非同寻常的。他没有告诉我孙继文是什么时候死的，我只知道有人用铁棒打碎了他的头，他死前，曾经被软禁。肖展给我看了他死后的照片，身上有多处淤青，有疑似鞭打的痕迹，很明显，在死前他受过非人的折磨。

最让我惊讶的是，他们竟然查出我曾与他相识，虽然那已经是十二年前的事情了。

“他家里有一本旧相册，里面有你家人的照片。”肖展作了解释，“你和那时候的样子没什么差别。”

原来如此。我感到愤怒，他为什么要留着那些照片？

我没有问，肖展也不可能知道答案，我更加不想节外生枝。

“你们是在2001年搬走的吧？住得好好的为什么突然要离开呢？你妈妈还开了个杂货铺，生意好像也不错。”肖展真是个狡猾的家伙，他一下子就抓住了重点，而且显然已经下了不少工夫，“你当时也正准备考重点的吧？”

“我妈精神有些问题，”我的手心里全是汗，“她有被害妄想症，总觉得有人要害她。她非要离开，我们也没有办法，我们都还只是孩子，只能她说什么是什么了。”

“她受了什么刺激吗？”

我摇头：“不知道，她从来没说过。她不跟我们说这些，我也不知道发生了什么事。”

“跟孙继文有关吗？”

我继续摇头：“没有，孙叔叔对我们还是挺照顾的，我妈也算是信任他。”

“你弟弟是在那前后得的自闭症，对吗？”肖展问道。他当然查过钟昱的病历记录，上面明明白白记载着起病的时间是2000年，这一点我没办法撒谎。

“对，我想他大概是被吓坏了。”我一字一句地说道，“毕竟他只有五岁。”

“你妈妈发病的样子很吓人吗？”肖展又问。

“当然。”我想我的脸色已经发白了，“但她从来都没在外人面前表现出来过。”

“是什么样子？”肖展开始变得像个魔鬼了。

“别让我说。”我简直要抓狂，“我不想说！我不愿意去想！”

肖展同情地看着我：“那她现在在哪里？”

十四

我慢慢地走近那个女人，在离她还有十米左右时，不得不停下来喘气。

她的背影依旧窈窕，只是头发几乎已经全白——我和她之间隔着十二年的时间。

“你要有心理准备，她不一定认得你。”护士的话不无讽刺。是的，在她眼里，我显然是一个不折不扣的不孝女，把母亲扔在精神病院数年，从没来看过她一次。

她不知道，如果可以选择，我希望这一辈子都不要再见到那个女人。

“沈丽西！”护士叫着她的名字，她迟钝地转过身来。

我发出了一声呻吟，她的容貌让我窒息——你很难想象一个精神病人竟然会有那样一张脸，时间像是在她身上停顿了，她仍然是个美丽的女人。

这是个诅咒吗？我像是一下子就回到了十五年前，我愤怒而无奈地站在她的面前。她把我推倒在地上，烟头杵在手臂上，皮肉被烧得嗞嗞作响。我咬着牙忍耐着。

“都是因为你！都是因为你！”

我闭上眼，阻止我的怨气冲出来，那个失去记忆的女人打量着我，露出了一个微笑。

护士问她：“你认识她吗？”

她摇头，继续傻笑。

“她喜欢你，”医生在一旁犹豫地建议，“你可以试着抱抱她，她不伤人的。”

周围都是鼓励的眼神，我只觉得胃肠翻滚。

肖展一直沉默着，他在观察我们。

“还是不要了。”我苦涩地说，同时把气都发在肖展的身上，“你看到了吗？你满意了吗？她就是这样，什么都帮不了你！”

“未必呢。”肖展不说话，他开始查看医生递给他的病历。

她是五年前才被送到这家精神病院来的。在那之前，她过得并不差，还有一个叫谭燕的忠诚闺蜜。她把钱交给谭燕投资，赚了不少，而后者在她发疯之后，用那笔钱支付了她的医疗费。谭燕也找过我，只是我拒绝来精神病院扮演孝女的角色。

肖展让她看孙继文的照片，她接过照片沉默了一分钟，然后毫无表情地把它撕得粉碎。

我暗暗松了口气，但肖展似乎对这个结果并没有什么不满意。

“你不想说你们之间发生了什么没关系，母女之间没有隔夜仇。”离开医院的时候肖展貌似好心地劝我，“你们又不是不共戴天的仇人，对不对？”

当天夜里是来不及赶回去的，我只能住在宾馆里。

为了防止客人寻短见的行为，窗户只能打开四分之一，下窗框上钉着一颗钉子，阻止窗户滑动。我很怀疑，对于真正想要去死的人，一颗钉子能起什么作用？窗外是我熟悉的小镇，街道和十五年前没什么差别，它像个自暴自弃的老人，终究没能跟上外面的节奏，连煮豆花的香味都和记忆里的一模一样。这简直是个噩梦，让我觉得自己始终没能逃出它的魔掌。

她偏偏被送到这里的精神病院，冥冥中真有一股掌管一切的力量吗？

凌晨的时候我接到院方的电话，这是他们第一次打给我，同时也是最后一次。

她自杀了，用一块不知道从哪里捡来的生了锈的铁皮。她藏在被子里割了腕动脉，因此直到早上才有护士发现了她，做什么都来不及了。

医生很是懊恼，她显然骗了他，否则依照平日的表现，断不会因为我们到访就作出极端行为。肖展找到了她藏匿铁皮的地方——床板下的一个缝隙，缝隙里还留有一些锈迹，说明刀片是早就准备好的，自杀是早有预谋的。

我看着尸体发呆，她是在等我吗？等我来了，见上一面，便撒手人寰，见面即是告别。

如果是这样，她为什么装作不认识我？或者，这是她的惩罚，惩罚我离开了这么多年，因此不再给我后悔的机会。

我一直以为她的死对我不会再有任何影响力，但是我错了。我突然感到一种从未有过的孤独，我和这个世界原有的某种联系被什么砍断了，世界成了汪洋，而我无法把根扎进滔滔水流之中，它们试图淹没我，而她像是一道闸门，一直阻碍着那汹汹波涛。我一直以为她的死会让一切结束得更为彻底，而我也将因为她的死而获得真正的解脱，但是我错了，原来她也是在扛着的，如果没有她的分担，我早就被那个秘密压垮了。我以为自己无辜，但事实上并非如此。

我在停尸房里号叫了一声，肖展后来形容说，我简直像头野兽。

十五

葬礼一天就结束了。

我奔向李蒙，我已经没办法再忍受失去他了。

“我们去旅游，”我在网上疯狂地搜索着。世界那么大，有许多足够遥远的地方，有许多足够消耗掉时间的地方，“任何地方都可以。”

李蒙惊喜之后沉默了，说道：“我原以为你会说再见的。”

他脸色蜡黄，唇色惨淡，他的身体还经不起长途跋涉。

我知道肖展一定在监视着我，我的秘密与青天白日只隔着一层肚皮，就像是迫不及待地要出生的一个胎儿。我以为埋葬了它，但却是用我的血肉孕育了它，如今它的力量强大到可以把我一撕两半。

逃不掉的。

李蒙不知道这一点，他给自己收拾了一个小包：“任何地方都可以。”

我看着墙壁发呆，世界和它一样苍白。

“你可以说出来。”李蒙拍着我的肩膀，“任何事情。”

我摇头，并非所有的心事都必须要有一个听众。有些事是瘟疫，它会传染无辜的心灵，我不想让他变成另一个我。

“明天我会搬去学校宿舍住。”最后我说。

十六

林固没来上课，我感到不安。

我们上一次的谈话不欢而散，之后我一直没有时间和她沟通。

她发来的最后一条短信是在十六个小时以前，凌晨四点。

“一切都会解决的。”

我不明白她的意思，又隐隐能猜到一点——她希望能赢回我的友谊，虽然她并没有失去它。我最怕的是她要将那个可怕的计划付诸实施，不过不是让我去做诱饵，而是用她自己。

我没能在任何地方找到林固。

她已经很久没有兼职打工了，酒吧里换了一帮人，没有任何人认得她。

她的舅舅不肯报警，狼来了的故事上演了太多次，他已经没有耐心去分辨真伪。更何况鞭长莫及，他事实上也做不了什么。

我拨通了肖展的电话，他答应帮忙，可我不知道他能做什么。第二天，林固还是没来上课，我彻底慌了神，请了假，找到一个在电视台工作的朋友，希望能借助新闻媒体的力量找到她，但被婉拒了。因为这个事件没有他们所需要的新闻性，假如这只是一个叛逆少女的恶作剧，他们不必为这种行为浪费人力物力。

我找到一家调查公司，付钱请他们帮忙去打听韩金的情况。他是在一周前被放出来的，我得到的消息是他第二天就离开这个城市，买了一张去云南的飞机票。前天晚上在韩金以前常去的酒吧里，确实有人见到一个和林固长相极为相似的女孩儿，在向人打听韩金的情况，并到处跟人说韩金欠了她的钱。

“可以肯定的是，飞机票和火车票购买记录都没有她的名字。”肖展的调查结果并没能让我心安，因为这只能让她的失踪显得更加扑朔迷离。

我自然不会告诉肖展林固出走的真实原因，那既是出卖，也确实会让她的处境极为不利，她的人生也许会因为这件事被毁掉。不过，肖展仅凭经验就猜出了七七八八。

“这个女孩子个性有些偏执，她大概是为了你去找韩金做蠢事。”他忧心忡忡地说，“但目前的情况是，她还可能遇到了其他的麻烦。”

当然，一个漂亮年轻的女孩子，怀璧其罪，黑暗中的觊觎者是不可能绝迹的。警察不可能及时出现在任何地方，密集如网的摄像头也总有看不见的盲区。一直以来，我们其实都在依靠着幸运与人性中的善良，原来，什么都是不可靠的，什么都抓不住。我感到前所未有的恐惧。

我战战兢兢地回到学校为我提供的临时宿舍。这个教工宿舍并不和学生宿舍在一起，由于大部分教师都在外租房或是买房，所以整个宿舍区事实上只有两三个人，显得十分冷清。

简陋的家具是冷漠的，它们从一棵生命变成一种物件。死亡不过是转换了一种形式，它们没有我们那么多可以失去的东西，所以也就没有那么多的情绪。

我没有洗漱就上了床，裹在被子里，室内气温二十八摄氏度，但我觉得手脚冰凉。

但我仍然睡着了。疲倦是一个强大的敌人，它无视我的愧疚与恐惧，我睡了差不多三个小时——直到被疼痛惊醒。

我的嘴被一只大手捂着，我的手臂上被人割了一刀，现在那把刀抵在我的脖子上，对方用丝袜蒙着脸。我看不清他的五官，他也不跟我说话，只是把刀往肉里割——我立即意识到，他并没有别的目的，只是想让我死。但他不想让我在睡梦中死去，所以弄醒我，他要我清醒地看着自己死去。

我拼命挣扎着，双手死死抓住他拿刀的胳膊，同时用脚踢他的下体。他愤怒了，我的力气一点儿也占不到上风，我感到脖子上被拉了一条大口子，血在往外涌。正在这时，门被踹开了，袭击我的男人立刻敏捷地奔向窗户——窗户大开着，那正是他进来的地方。

“救命！”我大叫，“我要死了！”

踹门的人立刻开了灯，他目瞪口呆地看着我，我也目瞪口呆地看着他——肖展。

十七

由于抢救及时，我捡回了一条命。

肖展没能抓住袭击者，在那个时候，他只能在救人和追捕之间作一个选择。

不得不说我很幸运，那家伙估计是白天进入学校的，一直躲在学校的某个偏僻角落。等到半夜才潜入宿舍区，他弄坏了窗户的插销，而我却因为心不在焉一直没有发现这一点，让对方轻而易举地进入了我的房间。

“从你搬进学校那天起，我们每天调了学校的监控录像来看。”肖展能救下我并非偶然，“我们发现有个人的行踪很诡异，他进入学校五次，摄像头从来没有拍到他的正脸。最后一次，除了大门能拍到他之外，其余的摄像头都拍不到他。所以我们怀疑他是在熟悉环境，等到时机成熟之后就会作案。”

他们之所以能认出他，是因为在摄像头里，这个人是个跛脚。但很明显这是他的伪装，我亲眼见到那家伙敏捷逃跑的样子，根本就是个健康人。

“这是他给自己留的后路，如果事情不顺利，他可以换个装束，换种步态，这样可以大大增加逃跑的成功率。”

录像中的男人头发浓密，戴眼镜，留着八字胡，有一个背包。大家估计那是备用的衣服，因为案发那天夜里没有任何人在附近见过有相似特征的家伙，所以头发、眼镜和胡子极有可能是伪装。

这是一张陌生的脸，不是韩金，也不是我认识的任何一个人。即便去除了假发、胡子和眼镜，我也不知道他是谁，我猜测他大概是被雇佣的。

警方记录了他进入学校的时间，到晚上十点学校关闭了前后大门，他都没有再出来。于是肖展便和另外一个便衣进了学校搜查，但没有发现他的行踪。他竟然一直躲到凌晨四点才动手，幸亏肖展没有放弃，所以我才能大难不死。

“从他对付你的情况来看，应该是他自己和你有很深的私人恩怨，而不是为人卖命。”肖展说，“不然的话，趁着你熟睡动手，成功概率要大得多。”

“那会是谁呢？”我问，“可是我真的不认识他。”

肖展意味深长地看着我：“答案在你那里，不在我这里。”

十八

林固的尸体是在城东的湖里被发现的。

我在停尸房外止住脚步，我没有勇气看她，她在河里已经被泡得变了形——她曾经是那样美丽的一个女孩儿。

我没有见到她的亲人，他们已经离开了，肖展有意不让我们见面。

她和我没有血缘关系，但我却觉得自己又失去了一个亲人。

我曾经那样想把她从另一种命运里拯救出来，如今，我倒宁可她选择的是她曾经所选择的那种命运，至少她不必死去。

她死于毫无疑问的谋杀。

三天前，一把匕首捅进了她的心脏，然后把尸体直接扔进湖里。直到几日后浮起，被散步的路人发现。

案发当夜，曾有人看见一辆可疑的蓝色轿车停在湖边，那车是云南牌照。附近交通道路上的摄像头拍到了车子的车牌号，证实车子属于云南昆明的一个租车公司，而租车人正是韩金！在我出事的那天晚上，附近也有摄像头拍到这辆车！

从昆明开车到这里，只需要十几个小时就够了。

也就是说，有这样一种可能性，韩金先买飞机票去了云南，之后又租车悄悄潜回杀死林固，再来袭击我。

肖展对这样的分析嗤之以鼻："林固是一个关键人物吗？他为什么要费尽心力亲手杀死一个八竿子打不着的小姑娘？有这种心机，第一个对付的人应该是你。"

事实上，正如他所言，袭击我的人也不是韩金。

"你还要保守那个秘密吗？"肖展强忍着他的愤怒，"也许就是你的秘密在杀人！"

我打了个寒战。

"你为什么要这么说？"

"韩金是你的敌人，但不是唯一的敌人，他对你的仇恨，也没有到需要机关算尽、同归于尽的地步，你不了解坐过牢的人，杀死林固的人绝不可能是韩金，这里面有别人插了手，这个人和你有着深仇大恨！现在我希望你能告诉我，你和你的家人，到底曾经得罪过什么人？或者说，伤害过什么人？你母亲为什么会精神失常？你弟弟为什么会得自闭症？孙继文和你们家到底有什么关系？2000 年，到底发生过什么事？"

十九

2000年，我十六岁，钟昱五岁。

父亲是1999年去世的，死于癌症，留下的遗产是一大笔债务——房子是早就抵押出去了，杂货店的铺面是违章建筑，随时可能被拆掉。

人们不为我的母亲担心。漂亮的女人，尤其是那样漂亮的女人，是不会缺乏献殷勤的男人的。男人们会心甘情愿地掏空腰包，只为博佳人一笑。

流言蜚语从未绝迹，不论男人女人，都巴不得把她的名誉踩到泥水里。男人是为了把她拉到可以堕落的世界，女人则是为了让男人对她避而远之。

女人几乎都不去她的杂货店买东西，并自觉形成一种坚不可摧的联盟，导致已婚的男人也只好避嫌，因此，来买东西的多是单身汉及路过的外地人。孙继文既是我们的邻居，也是杂货店的常客，常常热心帮忙——他的心思不难猜，母亲似乎对他也有些意思。我不太确定，但回想起来，如果没有发生那件事，他不失为一个好的托付对象，勤快、老实、宽厚、踏实、嘴严……但也恰恰因为这些特质，他才被一起拖进了地狱。

“那天晚上来了一个陌生的男人，大概是快十二点的时候，平日那个时候我和弟弟已经睡下了，可那天我肚子痛，钟昱也不太舒服，我们两人都没睡着。房间不太隔音，我们能听到他们说话，但具体说些什么听不清楚，直到后来那个男的渐渐没有了声音。之后我听到母亲出了门，大约过了几分钟，她带着孙叔叔回来了。两个人径直进了房间，好像在不停地搬东西，又不停地进入厕所打开水龙头。钟昱好奇，非要跑出去看，我也跟着他跑出去……”

回忆实在是场噩梦，一想到那天晚上我仍然会发抖。

我们看到了这个世界上最难以置信也是最可怕的场景：我们美丽的母亲和我们最熟悉的邻居，正在处理一具血肉模糊的尸体，两个人的表情都狰狞如魔鬼。

钟昱那晚之后就再没开口说过话。那种摧毁力不是一个五岁的孩子能够承受的，在最初的几天，他只肯躲在衣柜里，看见我也会吓得发抖。

“那个人是谁？”肖展的表情变得柔和起来，他同情地看着我。

“我不知道。”我从来没有问过母亲那人是谁，也不想知道，我只知道她是一个恶魔，摧毁了四个活人。母亲很快就变得神经兮兮，她搬走的时候孙继文也没有挽留，我想他大概也无法接受那之后的自己，更别说是幸福。我自然也没有考上我需要的重点高中——当母亲都可以变成一个恶魔，还有什么东西值得我追求和留恋的呢？

我知道我不能去报警，永远不能。作为一个名誉败坏的女人的女儿，已经让我活得比别的孩子辛苦，如果再是一个杀人犯的女儿，我无法想象。除此之外，我也不能把自己的母亲送进监狱，我知道自己做不到，那是另一个地狱。

我们彼此憎恨，彼此折磨，用以消减心里的罪孽感。可是死人活在我们中间，他发臭的气息让我们也跟着一起腐烂。

“我想应该跟钱有关，”我说道，“那之后，债主就再没上过门，我想她大概用一大笔钱把债务都还清了。那笔钱应该是那个男人的，那个时候我正需要一笔学费，我想也是原因之一，所以她恨我。”

为了让她更加憎恨我，我离家出走，拼命堕落。她为了表达自己的愤恨，也从没来找过我，我连一张寻人启事都没得到。

肖展始终没有表现出意外的神情，仿佛这个故事早就在他的预料之中。

二十

雨声有节律地敲打在树叶上，又被风给吹乱了。

我看着窗外的街道，人们在急匆匆地行走着，藏躲着。

这一场雨来得很是意外，天气预报也没能预测出来。

追查真相的时候我们未必能够得到真相，但等时机到了的时候，谁也阻止不了真相浮出水面。

我知道，我一直不曾去寻找的谜底就要出现了，而故事也将要结束了。

第一次见到肖展的时候，我心里曾有过极为奇怪的感觉，现在我明白那是为什么了——肖展就是那个会揭开谜底的人。

“你看看，认识他吗？”

我看着录像带里的男人，摇着头，那是把受伤后的李蒙送进医院的好心人，但是医院的任何一个摄像头都没有拍摄到他的正脸，见过他的人也没能提供出更多的线索，因为他把人送到急诊室门口就匆匆离开了。

我们也曾经试图寻找这位恩人，但一无所获。

然而肖展对他感兴趣肯定不是因为这一点，他不会浪费精力。我在心里分析了一阵子，再结合最近所发生的一系列事情，忽然醒悟过来。

那人并没有把李蒙送进离出事地点更近的那家医院，而是直接把李蒙送进了他工作的这一家。另外，摄像头无法拍摄到此人的正脸，说明他对医院的环境非常熟悉！

李蒙当时已经神志不清，身上又没有任何可以证明他身份和工作单位的东西。

莫非，那个人认识李蒙?!

如果是李蒙的朋友或熟人，是没有必要这样遮遮掩掩地逃走的。

我记得给李蒙做手术的医生曾对我说，幸好那一刀刺偏了，幸好送来的及时。

如果是真的要刺杀李蒙，不会只刺一刀，刺偏了可以再刺啊，除非是有人阻止了他。

李蒙遇刺的时间是晚上十一点，那个路段很偏僻，而且当时在下雨。李蒙说街上基本上没有行人，歹徒十分凶悍，很明显练过武，他根本不是对方的对手。警方后来也证实了这一点——附近没有人目击这起案件。

也就是说，那个路人是唯一的目击证人，他如果要阻止行凶者，势必要冒很大的风险。按照常理，会有一番搏斗，但是摄像头显示那路人毫发无损，只有两种可能性：第一，他是个比歹徒更高明的武林高手，毫不费力就赶走了歹徒；第二，歹徒一见了人就胆怯撒丫子跑路了。

可惜李蒙被刺伤后就晕过去了，他并不知道自己是怎么获救的。但李蒙说歹徒的脸上蒙着丝袜，也就是说，那家伙应该不存在害怕被人看到真面目的问题。

我突然想起了那个曾经从我的病房里仓皇逃走的男人。

“你真是应该早一点儿告诉我的。”肖展听我讲述那晚的情形之后抱怨道，“这是一个非常重要且非常关键的信息!”

二十一

蓝色的轿车终于被找到了。

车子被废弃在一条山路上，车子被狠狠清理过一遍，车牌号也被摘下来了。警方没有发现指纹和头发，只在后车厢里找到一些衣物纤维，证明属于林固。

“除非林固真是韩金的债主，否则，他没有任何理由杀死林固。”肖展仍然坚持他之前的判断。

我找来了韩金的所有档案。看着他的过去、他的童年、他的家人。他生活在一个贫穷、罪恶、贪婪的环境里，正是那样的环境养育了他的愤怒和脆弱。他和我是两条平行线，我们一直生活在两个世界，如果我不去赛车，根本就不可能和这个人的人生发生任何交集。

肖展则要去了李蒙自从医以来所有病人的记录。十天后，我再一次被要求去警局协助调查。在那里，我见到了两个嫌疑人：一个叫段致和，一个叫段致远，他们是兄弟。

“他们的父亲叫段强，是个小肥皂厂的会计。2000 年的时候，卷了公款后失踪了，至今杳无音信。你母亲曾经去过那家工厂进货，知道段强和他老婆的关系很糟糕。还有，段致远在 2005 年的时候曾经得过肠癌，是李蒙给他动的手术，还帮他募捐，救过他的命。”

肖展不必再多说，我立刻明白过来。

段强就是那天晚上被我母亲杀死的男人，是我母亲拿走了他卷走的公款。

那年，段致和十六岁，段致远十五岁。

他们的生活同样被这个噩梦摧毁了。和我拼命逃避不同，他们拼命地追查着真相，最后找到了孙继文。他是在我第一次被撞之前一个月出的事，被杀前他说出了一切，可是他不知道我母亲的下落。

这并不能阻止复仇的步伐，他们终于找到了我，并制造了第一次车祸。我并非是大难不死，而是他们想利用我出事把我母亲引出来，而此时，段致远也意外发现我是他的救命恩人李蒙的妻子。那天晚上正是他来到了我的病房，逃走的时候看到了李蒙，但李蒙没有认出他。

“我站在你身边，看着你想，你和我们都一样，是无辜的。你是个好人，你在那个时候都还想着救那个女学生，所以，你不可能是帮凶。”

他犹豫了，可是他的哥哥却义无反顾。

他在钟昱的疗养院做了一名临时清洁工——很奇怪，从不信任任何人的钟昱竟然特别信任他。当段致和得知我们的母亲从未去探望钟昱后，立马失去了耐心。他杀死钟昱，其目的也是希望我的母亲在得到这个消息之后能够现身。

用肖展的话来说，这个时候的段致和，已经是个畸形人。

他找不到最该死的那个仇人，就把怨气发泄到李蒙身上——因为我不配得到幸福，他要仇人的女儿尝一尝失去幸福的滋味。好在段致远及时阻止了他，并把李蒙送到了医院。

再后来，我母亲自杀。段致和终于通过我找到了她，但是却永远不能从她身上得到报复的快感。于是他的愤怒只剩下一个出口，那就是我。他也想要结束，但这个结束必须以我的死亡作为标志。他同时开始为自己进行善后的工作，绑架并杀死了韩金，利用后者的身份证租车返回；又杀死了林固，因为林固曾经声称她是韩金的债主——他想要利用这一点把警方的视线引向韩金。

他的目的是，警察去找一个永远不会出现的死人，而自己与弟弟离开这里开始新的生活。

这个计划原本可以成功，假如他不是画蛇添足地非要在我死前把我弄醒。

正因为这个破绽，肖展开始分析袭击者的原始动机，同时对送李蒙入院的好心人起了疑心。他在病历里找到一个眼熟的名字，这个名字的主人被证实和疗养院里的某个清洁工有着密切的关系。找到兄弟俩后，又开始搜寻兄弟俩的过去，一段可怕的往事被扯了出来，一切真相大白。

这注定是一次很艰难的会面。

警察能保护的仅仅是我的安全，而我要面对的不止是我的安全。

“你凭什么得到幸福？”段致和恶狠狠地说，“你为什么不死？你为什么可以得到幸福？”

是的，我凭什么得到幸福？

他们至今不知道他们的父亲被埋葬在哪里。

他们或许走上了歧路，但这条歧路的源头是我的沉默。

十五年的沉默，十五年的歧路。

沉默最后成为另一种摧毁，我以为自己付出了代价，结果却是我们谁也没有得到解脱。我想要保护的那个真相也不过是个疯狂的幻影，最后还搭上了更多的无辜者，李蒙，林固，甚至韩金。

韩金并不知道当年我出卖了他，他也不曾找我报复，是我自己主动找上了他，把他拽入到这个旋涡里来。

我不无辜，因为沉默。

我看着召唤着我的湖水，死人们在说，死亡不可怕。来吧，来吧！

它们的声音很温柔，比我接下来要面对的这个世界温柔得多。

“我一直觉得你有自残的倾向。”不知道什么时候，肖展已经站到了我的身边，和我一起看着黄昏下那充满诱惑力的湖水，“你所做的一切事情都好像是为了摧毁你自己的幸福，可你发没发现，其实你一直在惩罚自己。”

“你觉得我无辜吗？”我问肖展。

“你知道潘多拉吗？”肖展没有正面回答我的问题，他问。

当然，那个打开了魔盒、放出灾难与瘟疫的女人，一个众神造出来的、美丽到极致的女人，她本身就是诱惑，灾难就是她的使命，所以由她打开那个可怕的盒子是再合适不过的。

“你认为所有的错都是我母亲造成的吗？有没有可能那只是一个意外？”我问。我曾经不止一次想象过，她是不得已才杀死了那个男人，她是为了保护自己。可是我始终没有勇气去问她真相，现在这个真相也永远无法得知了。

“你知道谁是潘多拉的女儿吗？”肖展仍然不回答，他继续问。

我愣住了，摇摇头。

“潘多拉嫁给了普罗米修斯的弟弟埃庇米修斯，他们的女儿皮拉嫁给了普罗米修斯的儿子杜卡利翁。在希腊神话里，杜卡利翁是方舟的建造者，他和皮拉，是那场大洪水唯一的幸存者。”

我觉得心脏被什么轻轻地敲击了一下，眼睛开始发酸，但没有眼泪流下来。

“这个世界上没有不应该被救赎的人，只有不想被救赎的人。”肖展说，“救赎是从忏悔和原谅自己开始的。”

代达罗斯的迷宫

一

丁河穿过一条肮脏的小巷，说不清成分的臭气像河水一般地从墙面与地面冒出来，乞丐一般地缠上来。丁河直直地从它们的身体里走过去，觉得似乎有一部分就那样留在他的身体里了，混合着他的汗臭味，让他加倍感觉到自己与它们如出同源的贫贱处境，他为此感到愤怒。

巷子连接着一条小街，街两旁是一些长着上世纪八十年代面孔的小铺子，它们的老相精力充沛、淳朴可爱。店铺老板们坐在门前的凳子上，摇着蒲扇，微闭着眼，并不刻意要等待客人的样子。他们的表情和气质都与铺面的布局一样，出奇地相似。

出于某种不可知的原因，这是一条没有门牌号的街道，对在此居住的人来说，门牌号是没有必要的，他们以宅主人的名字来代替号码：张勇家的，王大胜家的，陆小莲家的……地址与鲜活的面貌联系在一起，连邮差和快递员也常常觉得人情味十足，也就不去抱怨他们的习惯因此而受到破坏。但事实上这种貌似温情的错觉和诸多同类的幻象一样，经不起考验，当人们真正深入到这表象之下后，就会发现，这里的人，尤其是他们的行为，并不比那些冷冰冰的号码更加温暖。

很多本地年轻人都不住在这里，外面的世界有更具吸引力的可能性，而这里就连空气也是过时的，而外来的年轻人看上去和这里的老人有一种惊人的相似性，除了外表几乎都是一样的：被长期的贫困压榨出的懒惰狡猾、由无所事事所养育出的斤斤计较、在毫无希望的野心上生长出的贪婪嫉妒、被八卦是非兼冷漠挑剔所占据的舌头以及唯利是图的头脑，这些与土地、房屋、为了多占一平方厘米而故意堆砌在门口的杂物混合在一起，形成了一个硕大的迷宫。

你向他们问个问题，他们不会回答，在他们的沉默之后藏着的是外来人无法触摸到的不可告人，打开的门比关上的门更擅长拒绝。他们像狡黠的猎狗，总能凭借精准的直觉和熟悉的习惯来判断安全与危险、是与否、行与止、何时何地何种方法。

丁河走进一家棉絮店，他感到宅主人陆小莲的眼神尾随着他，直到他掀开隔开店铺与住宅的那一块蓝底白花布做的门帘，进入到堆满了肮脏发黑的棉絮就连空气里也漂浮着棉纤维的院子里，两条狼狗凶巴巴地叫了起来。

和它们的主人一样，丁河到这里四年，仍能感觉到一种天然的排斥，人和动物都对他抱有警惕的态度。他们闻出他的格格不入，闻出他不是他们的同类，因此在某种意义上，他也就是危险的隐患。

丁河对这一点倒觉得安慰。

他走进院子左侧的房间，这间房里有一张小床，总是躺着一个年轻人，二十来岁或是三十岁左右。他不太在乎这其中细微的差别，那些黝黑发亮的肌肉与散漫的眼神也躺在那里，空的零食袋子与方便面的袋子就堆在离床头不远的地面上，散发出食品添加剂调配出来的特有的香味。

这些年轻人不和他打招呼，他们只是冷漠地瞟上一眼，像是人肉的二维码扫描器，只需要几个关键的特征符合他们的记忆，他们就不必再在他的身上浪费更多的时间了。他们更愿意把意识注射进手机或是 ipad 的屏幕里，是的，注射，丁河对于自己偶然想到的这个动词感到满意。一种有去无回的消耗，他们注射进自己的时间来补充那个没有生命力的玩物，它发出怪响，虚拟出来的现实。废毒与精髓混合出来的思想大杂烩比应试教科书更可怕，他们寻找适合自己的经验与乐趣，同时注射进自己的空虚、怨气和恶毒，最后他们成了彼此的毒品，共同生活在被他们自己制造出来的混乱的虚妄的满足里。

在房间的另一侧，地板上有一个方形的洞口，一道木梯通往地下室。它像一张永远渴求着食物的大嘴巴，掉光了牙齿，滑稽而恐怖，以致每次丁河艰难地抓着木梯扶手一步步往下走的时候，总觉得这是在自杀。

这个入口只在一种情况下关闭，那就是当可疑的陌生人进入这个院子的时候，躺在床上的家伙就会将入口的盖板盖上，拖过放在房间最右侧的一张写字桌，掩盖住一切痕迹。

到目前为止，丁河还没有看见它被盖上过。

地下室里有明亮的灯光，比地面上的那个房间还要明亮，空气里弥散着旧瓷片、粘胶、消毒水、釉浆及原料的味道。他穿上蓝色的工作服，系上围腰，走进一个摆了七八排架子和两张大木桌的房间。他常常产生一种回到过去的错觉——除了没有窗户，这里和他自己曾经拥有的那个工作室很像。事实上，在这间屋子里的生活也和他曾经拥有过的那种生活很相似——唯一的不同在于，前者已经一去不复返了。

他小心翼翼地把那些旧瓷片拼在一起，它们身上带着死亡的味道，带着被岁月侵蚀过的沧桑。绝大部分瓷片都来自于某个古墓，泥土、水、微生物都是致命的敌人，它们终于也慢慢死去，釉面剥落、粉身碎骨——丁河常常觉得自己是一个通灵者，与这些幽灵对话。

这是一个耗精耗血的工程，比拼图更难，因为碎片与碎片之间也是有缺损的，几乎不能完全弥合。他得对每一个空隙负责，他把残余的釉色洗掉，重新勾画图纹，造款，在 X 光下照射做旧。重生是对死亡的抵抗，所以这个过程比新生更痛苦也更漫长，有时候一个巴掌大小的瓷器要花去好几个月的时间，但最后肯定是物有所值——这是他一直被雇佣的原因，经他修复再造的瓷器骗过了很多文物专家，骗过了放射性衰变测试仪器，在拍卖场上都有不俗的战绩。他有时也为此感到欣慰，但随之而来的是更为强烈的失落感，假如没有发生那件事，他自己的作品肯定会进入到拍卖场，而且是以自己的名义——那些是真正的生命力旺盛的造物——完全属于他的子女，他的血脉，他的精神。

而现在，他的生命被注射进尸体里，他的精神与死亡混合在一起。

四年时间他挣了五十万元——让很多人眼红的报酬，但仍然比不上他全盛时期一年收入的零头，更别提那前呼后拥的光彩，人们爱他，年轻人、老人、女人、男人、孩子……他是一个征服者，用他的天赋和艺术。

他在他的女人面前任性，在他的学生面前任性，在同行面前任性，在媒体面前任性，人们允许天才的任性，给他特权。谁需要公平？把公平送给平庸者，让我与众不同，独享宠爱。

丁河把这五十万现金放在床下、地板下、卫生间的吊顶隔板上、用塑料袋密封了泡在浴缸里的水里。他无法把它们存进银行，假身份证存不了钱，也无法租到高档小区的房子。他的对面住着一个吸毒的瘾君子，他能在楼梯间里闻出窃贼、妓女、骗子、色情狂的气味，他不能总是搬家，他搬到哪里都觉得一样。

丁河打了个哈欠，开始工作，他负责重造一个宣德的青花盘。这东西的原物就剩一个带款的底座，盘边全残了，但就这个底太难得，很有升值空间，若是做得好，能卖上百万，甚至几百万。可难度系数太大，他实在没什么把握，为此他还买了不少参考书恶补了一下相关知识。

已经快中午十二点了，老江还没有来。

老江是丁河的搭档，他手艺还算不错，在匠人里算是高明的，但仅仅只是匠人而不是艺术家；他能仿造出绝对优质的以假乱真的文物，但不能为它们注入生命。他像是一架专为此而存在的机器，精准、耐心、任劳任怨，他是丁河最深的恐惧，他就像是一面镜子，照出的是未来的丁河，丁河为此常在噩梦中大叫着惊醒过来。

他有些释然地看着对面的空位，虽然这意味着他的工作量将加倍。隐隐的，他甚至有点儿希望老江永远不再来了。

为了把自己的态度表达得更清楚，他露出冷漠的表情，不去问任何人老江为什么没来。当刘阳问起老江的下落时，他只是无所谓地摇了摇头。

刘阳是监工，三十五六岁的样子，有丰富的文物知识，甚至有不俗的审美，这是他能做监工的原因。丁河相信他动不动就骂出的脏话后藏着的是一段他极力埋葬的经历，和自己很像，他们两人有时会聊上一两句，竟出乎意料地默契。

刘阳表现得很气愤，老江根本没有向他请假，一个电话一个招呼也没打。他咆哮了一阵之后，声称要换掉老江，不管后者怎么求情都没有用。

刘阳抱怨了一会儿后便离开了，整个工作室又只剩下丁河一个人。他突然感到了某种久违的自由，他起了一个念头，把尿撒在用消毒水泡着的瓷器上。当然，这本来也是一种造假的通用方法，只是由自己亲自来做的时候，他感到畅快无比。

他放下手里的瓷片，拉开老江桌子的抽屉，把这家伙的东西都扔进垃圾筐里，虽然并没有多少：一个杯子、一包纸巾、一盒火柴、半包中华烟，在抽屉的尽头有一小卷宣纸，丁河把它们拿出来的时候就惊住了，宣纸卷有一半被染成了红色——宣纸还有些潮润，红色带着腥味，分明是血。

丁河朝着抽屉最里层、原来放着宣纸的上方空间摸了一把，桌顶也是潮润的，指上倒没有染红，但是仍然沾染了令人惊惧的气味。

丁河觉得头皮麻了一下，他仔细地看着桌面：桌面上干干净净，隐约带着消毒水的味道；桌子很破旧了，在前端有一些很不明显的裂纹。丁河把自己水杯里的水倒在桌面上，几分钟之后，那些水以一种极为缓慢的速度沿着裂缝渗到了抽屉里。

"吃饭了！吃饭了！"

丁河听到刘阳在门口吼着。

那卷带血的宣纸刺着他的眼，血染的痕迹有点儿古怪，像一个被拉长了变形的人头，有鼻子有嘴，抽象派的风格。他把它扔进垃圾桶又立刻捡了出来，索性塞进自己的抽屉里，用钥匙锁上了。这是一个直觉性的动作：他不想让第二个人看见它，也不想让任何人知道他看见了它。

接下来，他又手忙脚乱地把他刚刚扔掉的那些东西一一塞回了老江的抽屉。

"吴滔师傅，吃饭了！"刘阳突然走进工作室，和气地叫着他的假名，"冷了伤胃。"

丁河估计自己的脸色是很难看的，刘阳立刻就觉察出了异样。

“你不舒服？”

“腰酸背痛的，好像有点儿感冒。”丁河撒谎，“没什么胃口。”

“要不，吃点儿药吧？”刘阳皱了皱眉头。

“不用。还是自己扛过去的好，”丁河说道，“药吃多了不好。”

他不想离开工作室，突然之间他觉得他有了一个随时会给自己带来麻烦的秘密。

“那我把饭盒给你拿过来，怎么也得吃点儿。”刘阳说完便急步地离开了。丁河坐回到椅子上，真的感觉有那么一点儿腰酸背痛——那是脊背上的肌肉绷得太紧了的缘故。

他看着抽屉上的将军锁，这是个欲盖弥彰的蠢家伙。

得把它处理掉，他想，同时想起了昨天的老江，后者没有表现出任何异常，一切都和平时一样。丁河比他先离开工作室，老江手里的活儿还没做完，他手里有一个明代青花残瓶，差不多做了六个月。丁河估计就这一两天收尾，由于花纹是满瓶身的，所以活儿特别细。老江今年五十五岁，小眼睛，大鼻子，视力极好，除了爱抽烟，没什么坏毛病。丁河自己也是个烟鬼，这是他对老江仅有的了解，他们从来没有聊过天，尤其不谈家人，不必明白表示出禁区。但大家心照不宣，他们只愿意在技术性问题和鸡毛蒜皮的琐事上有那么一点儿交集，老江管他借过打火机，他让老江帮忙买过烟，有时候会分吃一包饼干。

他到现在都不知道老江的全名。

血是老江的吧？丁河一面想一面阻止自己去想，他不想接触到危险的东西，最好对它真的一无所知。可是这很困难，他的脑子里不断地浮现出老江的脸、老江的动作、老江的声音。昨天老江坐在他的位置上，一如既往地慢条斯理，看上去没有心事，也不像是那种第二天有事会离开的样子。

老江的技艺不如丁河，但是耐心比丁河要好。丁河对于这种没有创造性的活计多少有些鄙视，他鄙视的方法就是不尽全力，收尾的时候常常会显得有些潦草浮躁。好在他的画图很有灵气，就算是仿造也活泼大方、个性十足。他做出的东西非常好销，竟然更容易蒙混过关，所以他也就一直被雇佣并重用着。

他有些恍惚地看着那张空桌子，渐渐地，他能看出一个人若隐若现的轮廓。他趴在桌面上，左脸朝下，双目圆睁，被压着的那一侧头部正在流血，血沿着桌面流着，渐渐形成一摊；另一股血沿着桌子的边缘滑动，滴落到地上。他很仔细地看老江的脸，那张脸越来越清晰，浓眉、大眼、罗马人的鼻子……何场！

"啊！"丁河骇然地叫了一声。

"吴滔师傅?！吴滔师傅?！"

丁河转过身，看见刘阳不知道什么时候已经站到自己身边了，他更是受了惊吓，几乎要从椅子上跌下去。

刘阳比他更吃惊："吴滔师傅，你睡觉是睁着眼睛的呀?！"

丁河这才意识到他竟然做了个梦，当然，那只能是梦。

"怎……怎么会?！"他仔细地打量和分析刘阳的表情，然后确认对方并没有说谎，他便慌张起来，就像是他的一个秘密被窥破了一般，而它与他藏得最深的那个秘密是一对连体姐妹，姐姐跑不了，妹妹也跑不了。

刘阳却并没有意识到这一点，在丁河的面前晃动着他那粗糙的大手："你眼睛睁着的，我这么这么使劲晃，你都看不见，叫你半天也不答应。"

"哎呀呀！"丁河只能这么说，"不可能，不可能！"

刘阳干笑了两声，以缓解尴尬："以前我就听人说，有些人是睁着眼睡觉的。你自己怎么可能知道呢？肯定没人跟你说过吧？”

丁河想，这又是一句探访隐私的，能看见他睡觉的是什么人呢？只有他最亲密的家人和朋友。以前从来没有人跟他说过他有这个毛病，如果他真的有，肯定早就有人告诉他了——这说明这个毛病是后来染上的，只能是在他离群索居的这些年发生的。这四年，没有任何人看见过他睡觉的样子，所以自然也就没有人能告诉他这一点。

为什么会得了这个病呢？丁河认定这与那件事有关，那件已经折磨了他四年并且毁掉了他一生的事有关。

“可能最近压力太大了。”丁河终于及时找到一个解释，“这个东西不好做啊！”

“你不要紧张，慢工出细活。”刘阳立刻安慰他，但这是虚伪的，因为他皱起的眉头已经明显地表现出他的不满意与焦虑：“现在的人都精，一个细节没做好就可能被瞧破了，不过我看好你。要是卖得好，我帮你向上面多申请点奖金。”

刘阳把盒饭放在丁河的桌子上之后就出去了。

盒饭是在附近的小餐馆里买的，油的味道很可疑，丁河一直怀疑是地沟油，他很不喜欢吃盒饭，午餐通常吃得很少，他现在住的地方有厨房，他会给自己做精致的早餐和晚餐，他学会了烤面包和做蛋糕，他还会做布丁和比萨，二十六道川菜，十七道粤菜，还有八道鲁菜，只有这些食物能让他感觉到尊严，这是他还没有被毁掉的东西，让他同恶劣的环境与梦魇暂时隔绝，他像个虔诚的教徒一样感谢这些食物并享用它们。

他感到莫名其妙地饥肠辘辘，身体像是刚刚经历了一场大饥荒般虚脱，连双手都在颤抖，他狼吞虎咽地吃了十几口后，理智让他停了下来，他想起自己正在扮演一个病人，他的行为必须与他的谎话一致。

他把盒饭放回塑料袋，打上结，想了想，又打开它，并让饭盒的盒盖隙开，以便待会儿可以让刘阳能够确信他没有吃完这些东西。

他闻着那饭菜的香味，很奇怪他竟然会对这样的东西产生了强烈的欲望，饥饿占据着他的大脑，他完全没有办法集中精力进行手上的工作，于是拿出两块饼干来吃。

刘阳一共出入工作室八次，他拿走了剩下的盒饭，倒了垃圾，又给丁河买来一些感冒药，半劝说半强制地让后者吃下，他的话比以往多上一倍，来的次数远超出过去的习惯，这引起了丁河的警觉，他一会儿觉得这可能是刘阳因为担心他的疾病影响工作进度，一会儿又觉得刘阳大约是因为觉得看见了自己的秘密而感到内心不安，但是最让他排斥又最让他忐忑的是他认为刘阳很可能与那带血的宣纸有关，后者进入到这里来，就是因为他感觉到了某种东西的存在。

丁河相信每个人都有第六感，而艺术家的第六感比常人要强大得多，如果不是这样的敏感，他们发掘不出常人难以觉察的美与启示。

他觉察到刘阳身上藏着一种比不安更深的恐惧，这种恐惧与抽屉里的秘密互相呼应。

丁河很苦恼，他一直没有机会处理掉抽屉里的血纸，它在那里很明显是不安全的。

他用朱砂调出了一盘红色的颜料，但是按照现在修补的进度他还根本用不上任何颜料，于是在刘阳再一次进入工作室的时候，他谎称自己突然想到了曾经看见的一幅文物书画落款的红色可以加入适当比例的红珊瑚粉末调出来，他想立即试一试，以免以后把这个灵感忘掉了。刘阳对他想要进行的实验不置可否，而丁河故意装作头晕手软打翻颜料，让颜料漏进抽屉，“刚好”润湿那一卷宣纸。他把被再次染红的宣纸与一包香烟从抽屉里拿出来，揉成一团后，当着刘阳的面扔进了垃圾筐。

事实上丁河确实感到有些头晕，而且困意重重，那是因为吃了感冒药的缘故，在帮着丁河清理了被颜料污染的桌面和抽屉后，刘阳劝说丁河先回家休息，第二天再来工作。丁河离开时“顺便”拿走了垃圾袋，倒掉了垃圾，他在返回出租屋的途中突然意识到刘阳之所以给他买药，很可能就是为了把他支开，以便自己一个人留在那间工作室里。丁河越发确认在工作室里发生了一起命案，死者就是老江，而凶手就是刘阳。

凶手会回到现场，他想起了一些遗漏的必须要处理的细节，他会试探现场出现的可能会识破他的人，反反复复，像个强迫症患者。

丁河并不是从书上学到这些知识的。

他没有给自己做晚餐，一回到家里，那古怪的食欲就古怪地消失了，他吃了两块冻在冰箱里的奶油蛋糕，把厨房的门关上了。

他睡了一觉，凌晨三点的时候醒过来。梦境稀奇古怪，完全记不清，但很肯定他没有梦见何场。

他完完全全地想起了何场。

何场是个小个子，不到一米七，有一双修长的手，发际线很高，显得头有点秃，他的五官很西洋化，尤其是鼻子，有点像意大利人，走在街上有时候会被误认为外国人，他说普通话时带一点家乡的口音，他对色彩很敏感，且用色大胆，有时候会调配出令人惊艳的效果，因为与丁河沾了一点亲戚关系，又确实有些天赋，所以丁河才破例收他做了入室弟子。

何场没有进过艺术学院，连艺专也没上过，理论基础差得要命，说出来的话常常让人觉得好笑，丁河的其他学生为此而不大瞧得起何场，后者并不因此就自卑，他始终不谦虚，他的天赋是一个事实，但是丁河的学生也都是有天赋的人，除了争宠之外，他们彼此之间也明争暗斗得厉害，丁河是从那个阶段过来的，觉得这并无大害，于是睁一只眼闭一只眼，只是在教学的时候尽量一碗水端平，并不偏私哪一个。

何场会时不时地私下送些礼物给丁河，主要是家乡特产，他没有经济实力投其所好，不过比其他学生都送得频繁，丁河起先不习惯，后来也就觉得没什么了，但也并不特别照顾何场，在他的概念里，他能留下何场做学生就已经是莫大的人情了，依着他的地位和人脉，何场只要自己争气，前途是没有什么问题的。

何场做了一只彩虹色的瓷瓶拿给丁河看，丁河感到很惊讶，因为这配色方式与他当时正在琢磨的一系列作品很是相似，这些作品他没有给任何人看过，丁河问了些细节，发现何场确实是自己构想出来的，纯属巧合，这在艺术圈里也不是什么新鲜事，丁河带着何场看了自己的作品，何场当时也没有什么特别的反应，后来丁河的那系列作品入选了威尼斯的双年展，口碑颇丰，丁河并没有想到这竟然会成为何场憎恨他的原因，他那个时候站在高处，享有太多的善意和包容，因此也就很难对人生出戒心，即便经常看见那些为了名利财富而厮杀恶斗的新闻，他也从未想过那样的事情会发生在自己的身上，不认为别人会觊觎他的人生——那不可复制的人生，觊觎也无用，谁能偷得走他的天才？他太爱自己，也太顺利，认为得到的一切都理所当然，直到那一天醉酒的何场歇斯底里地喊出那些话，他才突然醒悟，自己欠了这个世界很多的感恩。

他从何场的嘴里听到了他有生以来听到过的最恶毒的谩骂与诅咒，有人曾说过他仅仅只是存在就是一种祝福，但在何场的眼里，他仅仅只是存在就是伤害，哪怕他并没有施加一点恶意在他们的身上，丁河第一次意识到何场那张英俊的面孔扭曲成他毕生没有见识过的丑陋，他身上沉睡多年的恐惧被唤醒了。他的愤怒也被唤醒了，丁河至今仍不知道自己当时为什么会那样的愤怒，是为了那些不堪入耳的脏话？还是当何场说他的生活与艺术都是虚妄和欺骗的时候他被刺痛了，或者仅仅只是知道何场的存在就会引出他体内最为可怕的一面？或者何场的肮脏传染了他，把他拉进了他们的世界？

他不知道。

等他清醒过来的时候，水果刀已经在何场的身上扎了十次。

丁河在那时明白了一个道理，一个人会杀另一个人，并不一定需要一个很确切的原因，或者说，也许自己都不知道是什么原因。

何场比他年轻，比他力壮，他的手里还拿着一把匕首，可是他却毫无反抗力地死在了丁河那把小小的刀下——酒精吸走了他的大部分力量，而谩骂耗尽了他最后的体力。

丁河无比清醒地看着尸体，这清醒与之前的恍惚一样斩钉截铁。

他的工作室在本城最豪华的一栋写字楼大厦里，为了保证工作环境足够安静，他在装修上颇花了一些钱，把隔音效果做到最佳。正因为这样，何场的惨叫声没有传出工作室的大门。

他守着尸体一直到凌晨四点。

他想出了七八种种毁尸灭迹的方法，每一种都可行，但是他没有实行，他也不知道自己为什么会这样，任由尸体躺在地上，原封不动。

他换了一套平时运动穿的衣鞋，从抽屉里拿了几千元现金揣进衣服内侧的兜里，直接走出了工作室。

在离开大厦之后，他开始狂奔。

他听见风从耳边呼呼地过去，听到自己的脚步声和喘息声，但这奔跑并不是逃跑，他的心里没有内疚、没有懊悔也没有恐惧，当他晚上坐在桥洞下面瑟缩着身子打着喷嚏的时候，也没有感到不甘心，他心里那种异乎寻常的平静简直近乎狂妄。

他伸出手触摸冰冷的大地，发现了自己的黑暗，比何场更深的黑暗。他看着自己的光明被它们吞入吐出，吐出吞入，像个玩物，比虚妄更加可笑，他接受了这样的自己。

他把杀死何场的那把刀扔进了河里。

他时常回到现场——用他的意识，几乎所有的细节都被回忆起来。他想起了朝南侧的窗户外被风刮得乱晃的树枝在白色工作台面上的投影形状，他想起了一只从洗手台的下水道口窜出的蟑螂，他想起了何场躺在地上，左边裤脚的裤边略略卷起，有一根过长的黑色线头露了出来……他幻想自己清理了现场，把何场拖进卫生间，脱光他的衣服，放在淋浴头下冲洗，他调好石膏，把石膏抹在尸体身上，他可以依着他的体型创造出一棵石膏树，在树上刷上彩虹的颜色，他可以不让任何人进他的工作间，他过去也经常这么干，他可以等到石膏干透之后，再找人把这棵石膏树运出去，他可以说这件艺术品送给了别人，但它会永远地消失在这个世界上，连同里面丑恶的秘密一起。

他计划用消毒水擦洗地面，用消毒水清洗何场的衣服和他自己的衣服，然后把它们剪成碎片，扔进垃圾桶里。

他以前没有犯过罪，但是他的大脑就是知道怎么做，就像是个天生的罪犯。如果他那么做了，他知道，自己就会是一个完美的罪犯。但他压抑着回去的冲动，一直到最后的机会都消失掉。

奇怪的是，他一直没有被通缉。

没有通缉令，电视上、新闻上也没有任何报道。但他不存侥幸之心，他相信警方肯定确认他就是凶手，那天晚上，在工作室里只有他们两个人，大厅、电梯、走廊的录像都可以说明这一点。工作室里有他换下来的血衣，卫生间里有他洗手后留下的血迹，到处都是他的指纹，唯一欠缺的只是动机，他有时候会想，警察一定为此感到头疼，也许他们会倾向于认为他是误杀；甚至是自卫杀人，也许人们因为爱他以及他的作品而不愿意剥去他的光环，便给他寻找了很多的借口和理由。

他也一直没有出现在任何寻人启事上，父母与妻子都没有找他，这是应该的，丁河想，一个杀人犯不值得再回到他们的生活中，而且，他们一定也不愿意他像一个罪犯那样死去。

丁河努力地回想亲人们的面目，但是它们越来越模糊，他甚至无法精准地画出来，有几次从睡梦中醒过来的时候，他会怀疑自己根本不曾有过那样光明可爱的过去，有过那样的一些亲人，那个过去不过是他在脑子里创造出来的，丁河这个人物也不是现实中的人物，只是他用以对抗他所厌恶的现在的一种工具。

唯一真实存在的是他的天赋，它们激情四溢，甚至比以前更加激情四溢，因为压抑太久而饥渴万分，他感到能量们即将从他身体的容器里满溢出来，它们急切地想要成为一个形状，但是丁河不知道自己要做什么，大量的精力被消耗在伪造假货的活计上，他感到他的天赋在呜咽，但是他只能压着它，并且为此感到欣慰。

他知道这是他对自己的惩罚，他不敢把自己交给别人去审判，他对自己的审判是最合适也最严厉的。

丁河趴到地上，开始练习俯卧撑。

他有着不错的腹肌和手臂肌肉，这身材完全不像是五十几岁的人，他一直记得自己第一次杀人时的孱弱，在逃亡的第三个晚上，他对着镜子看自己松弛的腹部，觉得那是个威胁，逃犯需要好身体，于是健身成了第一个计划，当肌肉们渐渐凸显出来的时候，他感到它们给他的不止是安全感，还有一些被他忽视了很久的野性。

二

第二天，丁河在地下室的饭厅里和大家一起吃饭。饭厅里只有八个人，七张熟脸，一张生脸。

原本地下室里一共有九个人，分成四组，加上自己一共八个工匠，只有刘阳一个监工，生面孔叫古安，却并不是来代替老江的人，他替换的是擅长花鸟书画的匠人老李，老李那组人主攻书画仿制，古安个年轻人，四十岁左右——在这个行业里只能算是年轻人，刘阳没有提及原因，也没有人问，就连老李的搭档黄海也是一脸冷漠，仿佛对自己突然被换掉同伴毫不在乎。

其实不管哪种人生都应该如此，丁河想，所有的别人都只是过客，天下无不散之筵席，你不能主宰无常，就要对所有的离别都觉平常。

他这样想着的时候就觉得释然，老江不管是死还是走，都已经无所谓了。

刘阳却比前一日更加反常。他的呼吸里都是焦躁，似乎比前一日来得更频繁，而且显然忘记了他曾说过要再找一个人来顶替老江的事。

他心不在焉地询问丁河进度，他的眼神是漂移的，总是试图在屋子里寻找什么，他观察丁河，那是心虚者的观察，想要看出丁河知道多少，知道什么，丁河比他训练有素，绝不暴露任何招疑的行为。

丁河不需要去检查老江的抽屉就知道里面的东西一定被动过了，地板至少又被拖过两次，老江的桌面上有一块漆皮掉了，截至昨天他离开时，那一块都只是微微有些剥离，这说明桌面被狠狠地又擦了一遍。整个屋子包括他自己抽屉里的东西都被移动过了，虽然它们后来又被一一放回了原位。他能感觉出刘阳的疑心正在以一种近乎变态的快速膨胀着。你是没有办法阻止人类的疑心的，这种膨胀是黑洞式的，会吞噬掉所有的理智和逻辑，然后是整个人囫囵地被吃掉，奥赛罗就是毁灭在这样的疑心下，刘阳自然比不上奥赛罗，所以他连挑拨离间者都不需要就自己掉进了黑洞。

刘阳的眼圈深重，肤色暗淡，口气难闻，脚步发虚，他不停地喝茶，这是失眠者的典型症状，丁河想，这个人撑不了多久了。

四年来他第一次想到要离开，他很奇怪为什么之前他从来没有想过这一点，他已经有五十万元了，这笔钱虽然不算很多，但也足够他在一个更好的环境里生活相当长一段时间，在这个念头出现之前，他像是被什么力量给囚禁在这里似的，觉得这就是他必须要过的人生，而在这个念头出现之后，魔咒就轻轻松松地消失了，离开的欲望瞬间就变得急不可待。

丁河当然不让他的想法表露出来，他以前是个很随性的人，直到五十岁时都还像个孩童一样喜怒上脸，但这四年他已经学会了山崩海啸不动声色的本事，所有的一切情绪都被牢牢实实地镇在他苍黄坚毅如山石的皮肤之下。

首要的就是不带走任何东西，甚至要留下些什么东西会更好，好让人认为他还会回来，做得够好的话，可以为他争取到足够的时间，他想来想去决定留下手机，这手机四年来他只用来和刘阳通过话，但没有人知道这一点。

丁河和往常一样平静地对待手里的活计，他慢条斯理地将胶水抹到碎片之间的缝隙里，小心翼翼地黏合。碎片们似乎也觉察到了什么，它们竟比以前更顺眼些，效率出奇的高，刘阳有时候会站在丁河旁边看着，一站就是十几分钟，丁河保持住镇定，连眉毛也不多跳一下。

丁河在这样表演的时候，他想起了老江，也许后者也和他一样，在某一刻突然起了要离开的念头，然后他就这样做了，老江也是个表情不多城府不明的人，他是在逃走的时候被发现了吗？怎么会被发现呢？丁河被手里的碎片扎了一下，手指尖出了血，这个还没有形状的盘子以一种狰狞的面目与丁河对视着。

啊！那个瓶子！丁河对自己说，我真傻！那个瓶子快要完工了！老江是不是起了贪念，决定把那个瓶子带走呢？如果找到合适的买家，老江所得到的钱就远远超出他的工钱，那笔钱可以让他和他的家人过上令人仰视的生活。

人为财死。丁河想，他忽略了一个最原始的动机。

为了防范工匠偷走珍贵的东西，这里是有规矩的，每天工匠在离开前需要把手里正在制作的物品交到监工的手里，然后由监工放进保险柜里，第二天再拿出来交给工匠继续制作。

老江不可能在没有交出花瓶之前离开，唯一的可能性，他交出了一个仿制品。

丁河回忆着这四年来与老江有关的所有细节，他记得老江之前所做的几件瓷器都是大尺寸的，只有这一次是小尺寸的，如果老江早起了异心，那么这就是一次相当难得的机会。

老江一直都穿着肥大的棉麻裤子，但丁河很清楚，老江并不胖，如果是我的话，丁河想，我就把仿制的花瓶绑在小腿上，轻轻松松地带进来，再把真品带出去。

虽然他与老江每日朝夕相对，但总有不在一起的时候，他去上个厕所的时间，就足够老江偷龙转凤了。

但刘阳是个行家，仿制品要瞒过他的眼是很难的——除非仿得和真品一模一样。那怎么可能呢？世界上不会有一模一样的造物，即便是双胞胎，而刘阳有一双扫描仪般的眼睛，他肯定能立刻看出不同，老江是没有可能蒙混过关的，老江也清楚这一点，他那样冷静的人，应该不至于被冲昏了头脑。

另外，如果是交瓶子的时候被看穿了，那么冲突就应该发生在刘阳的办公室里，而不是在这儿。

丁河站起身来，在房间正中的空地上来回走动着，这是他的习惯，工作一两个小时就走动几分钟，活动一下肌肉。他否定了自己的推测，他控制自己不再去探究真相。

房间里只有他一个人，不知道为什么，他突然有一种正在被窥视的感觉，他不太确定这是不是心虚的缘故。他开始有意识地往四处打量，同时想，如果我是老板，也会在这里安装一个摄像头的。

但如果有摄像头的话，那老江在偷龙转凤的那一刻就肯定已经被抓住了。这个念头让丁河稍稍放了心，他回到自己的座位上，被窥视的感觉还没有消失，他觉得有一双眼睛正盯着他的背。

这种感觉是突然出现的，丁河看了看钟，时间指向 6 点 33 分，过了 7 点他可以自己决定离开的时间，虽然是个伪造文物的组织，但并不把他们当奴隶使唤，相反，他们很尊重这些老匠人，一个健康的匠人使用期限会更长，他们犯不着做杀鸡取卵的蠢事。

丁河背后是一排木头架子，架子上放着工具和原料。空间很大，东西不多，如果有摄像头的话会一眼就看到。

架子的左侧有一盏射灯，丁河不转过头去，在大脑里回忆这一盏灯的构造，手掌大小，黑色外壳，灯泡被置于玻璃罩子里。玻璃罩子需要用螺丝刀才能打开，这盏灯如果打开的话，光线主要集中在架子上，只有一部分会照到他的背上。也就是说，如果摄像头被安在灯罩里，至少可以看到他的半个背以及他在工位上大部分的活动。

等到7点，丁河开始收拾东西，他先把工具收拾起来，放回到架子上。他用眼角的余光瞟了一眼那盏射灯，但不确定自己是否看到了可疑的东西。丁河决定对着他不敢确认的摄像头继续表演，他先把手机放在工作台上，然后从抽屉里拿出一包空了的烟盒——他一直计算着抽烟，把烟盒里的烟抽光后把空烟盒揉皱了扔进垃圾箱正在他的计划之中。

接着，丁河把桌面上的卫生卷纸扯了几圈，站起身来走出门去，他准备先去卫生间，然后从卫生间直接离开，如果遇上人，他就说出去买包烟。

丁河前脚刚走进卫生间，刘阳后脚跟着走了进来。丁河很确定这不是巧合，刘阳的双眼满布血丝，口气换成了酒气。

“吴滔师傅，你也是想走吗?”他揪着丁河的衣领，把他抵在墙壁上：“你以为我不知道吗？你当我傻?!”

丁河没有被识破了的慌张，他很镇定地回应刘阳，“你醉了。”

“他在哪儿?!东西在哪儿?!”刘阳咬着牙，他掐住了丁河的脖子说：“你们是一伙的!”

丁河不去想刘阳的话说明什么，他从自己的衣兜里掏出一把水果刀，直接在刘阳的颈动脉上割了一刀，手法干净熟练得像是他早就为这一刻做了千百次的演练。

血喷出来，刘阳捂住自己的脖子，不相信似的摸到自己的伤口，连叫都没有叫一声便在震撼中往地上坐，丁河扶住他，把他放到地板上，他一面冷静地看着刘阳的抽搐一面脱掉自己沾了血的蓝色工作服，并且打开自来水管洗了一把脸。等到确认自己身上没有任何令人惊惧的东西之后，他才疾步走出卫生间，走上木梯，守密道的年轻人正坐在床上玩手机，丁河经过他身边的时候说："我去买包烟。"

那年轻人便连头也没有抬。

狗又开始狂叫，比任何一次都叫得猛烈。

丁河走出棉絮店的时候，侧头看了一眼陆小莲，她也拿眼观察他，两个人都流露出很明显的彼此厌恶的神情。

他在心里说了声"再见"。

在离开棉絮店相当一段距离之后，在确认那些店铺的主人都看不见他之后，丁河才开始跑起来，跑过那条臭气熏天的小巷子时，他大喊着："再见，再见。"

他住的地方离这里并不远，他一路跑回家，用最快的速度把两件外套和他的钱打包进一个旅行袋，他觉得脑子里有一架闹钟在计时，仿佛有一个限时设计，过了那个限时他将会后悔，这种预感如此强烈，以至于他最后放弃了被他砌在墙里的十万元钱——那要花去至少半小时的时间砸开墙面。

他没去公车站，而直接叫了一辆出租车，让出租车把他送到离此地大约 100 公里的柳镇，出租车路过了他进出了四年的那家棉絮店——这是一条必经之路。他戴上了帽子，吃惊地看着两辆警车正停在棉絮店的门口，门口挤满了人，出租车必须减速行驶，司机也很想看这热闹，丁河催促他，告诉他自己正在赶时间。

丁河看见一个警员走出门口，手里拿着一个巴掌大小的青花瓷瓶——丁河一眼就认出来，那正是老江一直仿制的那一个。

他的心头微微一震，但只是微微一震。

司机终于加速了，丁河看着前面的路，他的过去已经是过去了。

三

丁河在柳镇只停留了一个小时，他买了一瓶矿泉水和两包饼干、一把剃须刀和一瓶剃须膏；在一个公共卫生间的镜子前刮掉了下巴上的胡子，然后上了第二辆出租车。

司机问他目的地，他说出的是成都，他四年前逃离的地方。

司机不肯去那么远的地方，丁河提出车费加倍，两人后来商量了一个折中的方案。他一路换车，不住旅馆，在出租上吃饭睡觉。清醒的时候就看着车外的风景发呆，山路、公路、高速路……直的路，曲的路，平整坦荡的路，坑坑洼洼的路，镇子与镇子是相似的，城市与城市没有区别，路上的人与车也都是彼此的复制品，比那条小街更广大的空间里容纳的仍然是相同的狭窄，他逃了四年，只是在一个硕大无比的迷宫里兜了一个圈子。

他想，早就注定的，他迟早是要回来的。

他看着司机头顶上方的镜子里自己的，那是一张和他离开前没有太大区别、只是多了几条皱纹的脸，泄露秘密的眼睛里藏着他的黑暗，比何场死去那个夜晚的黑暗更坚固些。

五天后，他回到了成都，回到了曾经住过的别墅区的大门前。

保安早就换了几批，自然没有人认得丁河，他也不知道该怎么说，很巧，他过去教过的一个学生，名叫陈晖均的也住在这个小区，陈晖均在门口认出了自己的授业恩师，又惊又喜地与他拥抱，哭得像个小孩子。

这不是丁河设想过的场景，他想这大概是那个镇上的警察还没有把他与杀死刘阳的凶及与杀人逃窜的丁河联系在一起，但那也是迟早会发生的事情，既然警察已经发现了那个地方，陆小莲和其他人马上会出来指证他。

但陈晖均看起来根本不知道他是个杀人犯，他以为丁河为了创作去隐居了。事实上大多数人都这样认为——这是丁河的妻子兰雅亲口告诉大家的，丁河不敢相信警察竟不对工作室的学生进行排查询问，也不相信世界上会有不透风的墙。

他迷迷糊糊地被陈晖均送回家，妻子兰雅开了门。他们四年来的第一次见面，兰雅看上去依旧和四年前一样美丽优雅，丁河没有在她的脸上找到任何惊讶的表情。

“怎么提前回来了？不是说还要几天吗？”她一面微笑着说，一面把丁河与陈晖均迎进屋里。

丁河感到一阵梦境般的恍惚，他在沙发上坐下的时候明确闻到了自己身上熏人的汗臭气，也看见了自己脚上灰尘仆仆的皮鞋，这提醒他多日来的奔波并不是虚幻。

陈晖均很兴奋，想要和他畅聊，不停地问问题，而丁河沉默着，是兰雅一直在替他回答，说着一个连他自己也完全都不知道的故事。

陈晖均突然提到了何场，他感叹说这几年也一直没有何场的消息，不知道后者怎么样了，当年大家年轻气盛，不怎么待见那个人，现在老师的学生都有了各自的成就，只有他还销声匿迹。其实想起来，何场其实还是有些才华的，未免可惜了。

何场的名字让丁河的脸都扭曲了起来。

但更让他惊讶的是兰雅的回答。

“上个月去武汉，在街上见到他了。我去跟他打招呼，他一开始还没把我认出来，”兰雅叹了口气，并且转过头，意味深长地看了丁河一眼：“没说几句话就走了，他也不肯说他现在住在哪儿，在做什么，我看他的情况不是很好，他好像还有很大的怨气，觉得是我们亏待了他。”

陈晖均点点头：“他那个人，就是气量小了点，不然也会有一番成就的。”

兰雅一面娴熟地应对着陈晖均，一面催促丁河赶紧去洗澡。

“知道的说你去采风了，不知道的还以为你进了猪圈呢！还不赶快去洗洗，”她笑着拍了一下丁河的手背：“是不是太累了，要不晚上的饭局我们推了吧？”

丁河梦游般地提着他的旅行袋走进浴室，他把自己泡进浴缸，他把水温调得很高，但是他的皮肉像是一层壳，皮肤发红，他只感到麻木而不是难受。

他泡了差不多一个小时才走出来，中间睡过去了几分钟。

丁河穿着浴袍，提着旅行袋走回客厅。兰雅不在客厅里，陈晖均显然已经被她打发走了，保姆也似乎出门了。

整个房子里仿佛只剩下他一个人，空空荡荡的，就像是他刚才的梦境一般。

是在做梦吗？一直都只是在做梦吗？或者他一直生活在自己的幻觉里？

难道他没有杀过人，那个可怕的夜晚不过是他幻想出来的，或者只是他做的一个噩梦。他把噩梦当作了现实，或者现在的他仍在出租车里，这里的一切是他在出租车里睡着时所制造出来的梦境？或者，他如此幸运地进入了另一个平行空间，而在这个空间里，他真的是一个清白的丁河，还是那个没有被黑暗征服的丁河，笼罩着光明光环的丁河？

丁河往楼上的卧室走，主卧里没有人，次卧的房门从里面被锁上了，他把耳朵贴到房门上，隐约能听到兰雅在里面哭。

他没敢敲门，他很怕一敲门，他的梦就醒了。

丁河往自己的工作间走，就在第二层的最西边，朝西的是一扇硕大的落地窗户，下午的时候整个房间都会被暴晒。他就喜欢那种热烈，腐烂与真菌都无处藏身，白晃晃的阳光灌满每一个角落。

他站在窗前，把脸微微仰起来，闭上眼睛，仍然感到光线的刺目，他觉得自己身上藏着很多畏惧这热度的东西，它们惊慌失措地从他的毛孔里涌出来，四处逃散，没来得及逃走的则被阳光捉住，噼啪爆裂开死去。

工作间里并没有像他认为的那样落满灰尘，它仍然保持着原样，而且被仔细清理过，做陶器用的泥、釉的原料，全都是齐备而新鲜的，工作服、围腰都被洗得干干净净，就像是他从来没有离开过一样。

他伸出手，抚摸他以前的一件作品。他的手一触到它光滑细腻的外表，便立刻能感觉到强烈的交流欲望，它在述说思念之情，而他则在感慨万千，几乎是同时，一个非常清晰且异常庞大的灵感从他的大脑里面升了出来，它的身体充满了整个房间，它向他伸出触角，紧紧抓住他的意识和手脚，他脑子里跳跃着五彩光线，他有一种奇怪的虔诚的臣服感，它就像是一个突然诞生的神灵，是他的主宰，他竟然想要跪下来，亲吻它的足，并且心甘情愿把生命和剩下的岁月都献祭给它。

丁河迫不及待地穿上工作服，调好泥料，揉面团一样地把它们揉出他要的状态。他在旋转盘前坐了下来，泥坯在他的手里不断变化着形状，他对自己要做的那个东西是如此的清楚，简直就像是以前就把它做过千百次一样，他感到手里生命的搏动，与旋转的速率是一致的。他觉得自己既是造物主，而自身也同时被手里即将诞生出来的造物所塑造，他的双手像是另外两个大脑，拥有和他并行的意识，不需要通过感觉的传导，不需要下达命令，它们便能精准地捏出一个个形状，不需要他再设计或是演练，每一个细节都符合他的需求，甚至超越他的需求。这是一种真正的生命的延续，一种与 DNA 的延续不同但是价值相等的延续，过去他也曾这样形容过自己的作品，但是此时此刻他在创造的，他觉得才是真正能配得上这种说法的作品。

他迷醉着，忘情着，时间的流逝简直是不可觉察的，他不知道自己做了多久，当他终于从筋疲力尽中回过神来的时候，他发现工作台上放着凉透了的饭菜，显然兰雅或是保姆已经进来过了，或者是别的什么人，丁河想，没关系，即便是梦境，也让我继续待在里面，完成我必须要完成的。

饭菜做得很精致，也都是他爱吃的，他潦草地吃了几口，稍微地补充了一下体力，便又重新回到了创作中。他完全没有睡意，脑子里的每一个细胞都在欢呼雀跃，他害怕灵感会逃走，但是这个担心完全是多余的，它强壮坚硬如钢筋铁骨，在地下生了根，还将要长出一座通天塔来。

早晨兰雅来送早饭，她站在丁河的旁边默默地看了一会儿，在临走的时候才说了一句话。

“是啊，你最好能做出一件可以说服他们的作品来。”

丁河花了几分钟时间琢磨她的话，他不是很明白她的意思，但他不打算浪费时间在这件事上，他把注意力继续集中在手里的艺术品上，它现在是比他自己都还要重要的生命，他对它的感情就像是母亲对腹里胎儿的感情，他可以为它赴汤蹈火，也可以为它失去自我，自我在这样的爱里被消融了，它因此而成为他的另一个自我。

锒嵌、镂、堆、塑、雕刻、烧制………每一个步骤都非常复杂而繁琐，感谢四年来在地下室的工作，使他非但没有失去技艺，而且在不知不觉中打磨了耐心，提升了技艺，治愈了性格中的傲慢与浮躁，虚妄与天真，否则他根本不可能完成这件作品。

丁河越来越感觉到，他所有的过去，过去的所有经历，似乎说法，但被兰雅用一笔钱封了口。

有一个细节让丁河格外震惊：兰雅把他的血衣和何场的衣服都剪成了布条和碎片，她把它们拼出了一幅皮影风格的画，这幅画后来自然也被拿出工作室烧掉了。

丁河为在兰雅身上找到这个共同点而感慨，他想那一定是一幅杰作。突然，他莫名其妙地想起了那个被警察拿在手里的青花瓷瓶，那个他以为应该遗失了的瓷瓶，不由得心头一动。他努力压下一些念头，专心听兰雅讲述他离开之后的故事。

何场的家人当然来找过何场，但那时丁河的学生们已经解散，兰雅只说何场拿了学费之后就再也没有消息了。何场一直就是我行我素不跟任何人交代的个性，所以他的家人也就没有起疑，后来也就没有再来过。

李黎让兰雅做好丁河会突然回来的准备，兰雅在见到他时那精彩的表演正是她一直训练的结果。

他们联手保护着这个秘密。

丁河去参加了葬礼。来参加葬礼的人很多，大家都说这是天妒英才，然后他们在葬礼上交换名片，继续各自的生活。

死亡的气味无处不在。丁河现在很清楚为什么兰雅会崩溃，李黎会选择死亡。这些年来让他们坚持下来的力量是爱，他们在保护所爱之人，这是能战胜内疚与恐惧的力量，丁河看了最近四年李黎的作品，他偏爱用对比强烈的色彩，尤其是黑白色，这让他的作品具有了鲜明的个性特征，在丁河的理解里，这是一种成全，就像生命正帮助他成全手上的作品一样。

如果丁河没有回来，他们可以在一个顶着爱的光环里自欺欺人，他们可以想象丁河已经畏罪自杀，他们认定丁河不可能苟且偷生，他们认为丁河至少会惩罚自己，他失去的名誉地位及前途已经是一种惩罚，他必然将在余生过着一种比死刑更加可怕的生活，所以他们保护的只是丁河的名声，这无伤大雅，但丁河回来了，杀人犯恬不知耻地活着，逍遥法外，他们看着这个自私、凉薄、残酷的灵魂，他们感到恐惧。丁河的归来是一道深渊，他们跌进去，看见自己的黑暗。

丁河早就不感到内疚，对于他们的判词也不觉得羞耻，他早就接受了自己的黑暗。

四个月后，当丁河看着成品的时候，他以为会在它面前痛哭流涕，但是没有，他很平静地看着它，只是觉得欣慰。

这是一个很大的白色罐子，外壳刻意做成残缺不全的，在缺失的部分露出罐子的内部：里面是一个迷宫，一个白色的右旋莫比乌斯环形成了整个迷宫的外墙，迷宫里满布着纵横交错的道路，分不清起始和终点，层层叠叠的楼梯出现在最不该出现的地方，密密麻麻的房间能让人直起鸡皮疙瘩，房间的门是由一个一个的骷髅头拼起来的，它们大小不一，各自有着表情，倒是困在这迷宫里的十三个人，他们的脸部连五官都没有，只是白茫茫的一片空白。

毫无悬念，《迷宫》很快就引起了轰动。丁河不断出现在艺术界新闻的头版头条，身价倍增，各种邀约蜂拥而至，丁河推掉了所有的专访，拒绝了所有的定制或收藏的请求，他把被人开出天价的《迷宫》无偿捐给了省博物馆。

一天早上，丁河推开了兰雅所住的次卧房门。后者躺在床上，脸色苍白，双目呆滞地与他对视，她已经不咳嗽了，但丁河知道她也快要死了。

五

肖展在博物馆里看到《迷宫》这件作品时，一个四五岁的男孩子正在这件展品前号啕大哭，他的父母感到丢人，连骂带打地把小孩子拖出了展厅。

肖展觉得很遗憾，偌大一个展厅，如此多的观察者，竟然只有一个孩子认出了它的本质。

他们被这件作品的复杂和精细所震撼，有一部分人惊叹于它的哲学含义，有一些人感应到了黑暗，但他们只认为那是作品想要表达的东西，还没有认出它来自于这件作品的主人。

肖展见过类似的东西，他从警已经有十几年，他常常能在犯罪现场感觉到这种黑暗，有时候也会在普通人的身上看见它一闪而过，它们就像是出入无踪的幽灵，但可以肯定的是，每个人的身体里都有这些黑暗，正如月球有正面和背面一样。它们也是你自己，有时候它们会放肆地侵袭过来，像是烈性的传染病，肖展想起一些很痛苦的日子，他审判自己身体里的它们，审判者比被审判者更加痛苦，最终他平静下来，是的，你看着它们，选择与挣扎，也许会有一点点光，保住一些你想起来就忍不住会真心微笑的东西，这就是生命的意义。

肖展的手里有一张杀人嫌犯的画像，这个被人称为“吴滔师傅”的男子与近日来风头正盛的艺术家丁河实在太像了。

一开始，他对于把这两个人联系起来还有犹豫，丁河的名声与社会地位都叫他不得不犹豫，他想不出一个不缺钱的大艺术家会出现在那个肮脏憋闷的地方的理由，想不出他杀死一个臭名昭著的文物走私犯的理由，那一刀如此精准冷酷，连一丝憎恨一丝愤怒一丝恐惧都找不到，就算是嗜杀多年的职业杀手身上也很难看见这样的冷漠，他一直在想，这是怎样一个人呢？

看见这件作品之后，他已经完全确信了，吴滔与丁河，就是一个人。

他调查了丁河的过去，这个人隐居了四年，而在这四年，吴滔就在那个地下室里制造了十几件假冒的文物。

四年前一定发生了什么重大事件，肖展完全不相信丁河的妻子及其生所说的那个理由，那个现在被报纸媒体大肆渲染和赞美的所谓“艺术的苦行”。

可惜，就差那么一点点就抓住他了，也许还能阻止一次谋杀。

警方是在接到匿名举报电话前往那个造假窝点的，他相信打出电话的人一定曾经是这些人的同伙，否则不会知道如此多的细节，而这个人的目的也绝不是为了惩恶扬善，警察们在地下室的保险柜里发现了一个青花瓷瓶，文物专家花了不少时间才鉴定出这是一件仿冒品。如果这些人把瓶子卖给那些疯狂而富有的收藏者，肯定能赚上一大笔钱。他们还在棉絮店的后院里找到一具尸体，那是以前在那里专攻书画仿制的工匠，人称“老李”。除了陆小莲与死去的刘阳之外，其他人都不知道老李已经死了，陆小莲收了刘阳一万元，与后者一起把尸体埋在了树下，刘阳在第二天就找到了老李的替换者古安，而与“吴滔师傅”一起工作的“老江师傅”却一直不知所踪，在两人的工作室的架子后发现了少量未被清除的血迹，可以确定属于死者老李，目前尚不清楚此人为什么会死在他人的工作室，但从死亡时间和相关证人的证词判断，杀人者却并非是刘阳，极有可能是目前行踪不明的老江师傅。除此之外，在每个工作室的射灯里都发现了摄像头，这些摄像画面连接到刘阳的电脑里，后者拷贝了录像，并建立文件夹记录时间，但只有两天时间，可以推测这些摄像头都是在老李死后才安装的。

肖展认为最合理的解释就是，老江师傅偷走了一件重要的东西，一件非常值钱的东西，这是刘阳在每个工作室立刻紧急加装摄像头的缘故，大概由于太为重要，以至于刘阳无法向上面交差，所以后者选择了沉默，老江很可能是被“老李”发现而杀了后者灭口，而老江也很可能就是那个打来匿名电话的报警者——目的是借警方之力除掉整个文物造假集团，让自己能够彻底从漩涡中解脱出来。当然，他没有想到自己杀人一事也会暴露，他算定了刘阳一定会毁尸灭迹，但没算到刘阳竟会在警方到达造假窝点之前被人杀死。

天网恢恢。肖展在心里说。

肖展的脑子里有一张拼图，大部分已经完成，他确信最后一片在丁河的手里。

肖展没有任何困难地在丁河的工作室里见到了后者，不知道为什么，他有种感觉，丁河一直在等他，他做了简单的自我介绍之后，他在工作台后的椅子上坐了下来。

丁河正在摆弄着一堆瓷器碎片，他用它们在桌面上拼出了两个一模一样的瓶子。

肖展沉默地看着他摆弄这些瓷片，一句有关案情的话都没有说。但是他在丁河的动作里看到他一直在寻找的答案。

老江最近被委托制作的是一个青花瓷瓶，在刘阳的保险柜里他们找到了这个青花瓷瓶。专家鉴定出这个瓷瓶的底有三分之一是真正的古物，假如这个底以前是百分之百的古物，那么老江偷走了其中的三分之二，然后由这三分之二造出另一个一模一样的瓶子来。届时，他再把它卖给藏家，得到的报酬自然远高于他的工钱。这个诡计在他做瓶子的第一天就必须施行，否则就会被行家刘阳看出破绽，他本来可以瞒天过海直到最后，但老李却不知道通过什么途径知道了这个秘密，很可能老李想要分一杯羹，于是到工作室来与老江摊牌，老江不同意，于是杀了老李仓皇逃跑。

肖展在他的大脑里推测故事的可能性，这个时候丁河忽然抬起头来对着他笑了笑，那是一种会意的笑，暗示丁河也做了同样的推测。

肖展给他看“吴滔师傅”的素描，心理战正式开始。丁河说怪不得你来找我，这个人长得还真像我。丁河的眼神像一潭深水，肖展看不出他的恐惧与惊慌，而且丁河一点也不多话，肖展问什么他答什么，所有的答案都经过精心的准备，毫无破绽。肖展知道自己遇上了一个对手，他必须要打长期战。

在肖展临走的时候，丁河问了肖展一个问题。

“在你们警察眼里，是不是非白即黑？”

肖展回答说：“这个世界上从来就没有非白即黑的东西，警察从来不会那样认为。这个世界有内在的秩序和外在的秩序，内在的秩序靠自己守护，你可以选择混乱或是有序，外在的秩序警察倒是可以帮点儿忙，帮着把这个世界变得有序一点，仅此而已。”

“你不觉得世界的本质就是无序吗？”丁河很不同意肖展的观点：“这个世界其实是一个大迷宫，到最后，你会发现所有的一切都是不过都是我们用意识造出来的幻象，最终困住了我们自己，永远都无法解脱。”

肖展突然想起了一个希腊神话里的人物，代达罗斯，他也是个艺术家，由于嫉妒外甥的才华，他害死了后者，之后不得不逃到克里特岛上，他的艺术才华让他得到了国王弥诺斯的尊重，代达罗斯为国王建造了一座迷宫，供牛头人身的巨怪弥诺陶洛斯居住。这个迷宫极其复杂，建成后连代达罗斯也几乎找不到出口，尽管受到重用，但代达罗斯并不愿意在孤岛上虚度一生，他用鸟类的羽毛做成飞行器，带着自己的儿子伊卡洛斯飞离了克里特岛，伊卡洛斯却在途中坠入大海身亡，代达罗斯最终来到西西里岛，依然成为国王科卡罗斯的座上宾，他兴修水利，建造城池，为当地培养了很多的艺术家，成为西西里土著文化的奠基人，最后他死在那里，据说是郁郁而终。

“你的内在世界是怎样的，你所看见的世界就是怎样的。”肖展说完这句话后走出了丁河的工作室。他在走廊上看到一些丁河以前作品的照片，那些作品没有《迷宫》令人震撼，却带着天真任性的气质，看了神清气爽，是那种你愿意宠爱着、想起了也会微笑的东西，当然，毫无疑问，《迷宫》是真正的艺术品，不管是专家还是他这样的外行，都必须承认这一点。

他以为自己看到了真相，但是他看见的只是自己。肖展想，明天我得再去博物馆看一看。

在走廊的另一面，是丁河学生的作品照片，肖展在李黎的照片前驻足，他记得这个年轻人在不久之前跳楼自杀，他的作品风格也是从四年前开始转变的。四年前，到底发生了什么呢？肖展点燃了一根烟，陷入沉思。

工作室里的丁河也点燃了一根烟，他走到窗户前，阳光十分刺目，令他不得不眯缝着眼睛。

那个警察一定还会再回来的。丁河竟然有一点儿期待：一切都要结束了。

坦塔罗斯的儿子

一

周海放下电话，沉默地看着徐极山，这沉默是平静的，没有沮丧的表情，也闻不出失败的味道，徐极山甚至看到了那么一点儿得意——因为从一开始，周海就做过预言：这是绝对不可能成功的。

周海是那种肉长得很扎实的胖子，每一寸都足料，不是那种松松垮垮虚占空间的脂肪，让人一看就觉得诚实可靠，童叟无欺。他做的肉夹馍也随主，馅儿把饼撑得合不拢口，一咬下去便立刻汁液四流。

做食品生意的都有自己的拿手绝活儿，口味倒不一定是唯一的卖点，有的靠品牌，有的卖方便，有的只是灌输概念就能把钱收进腰包。然而，这些周海都不擅长，他的特色就是量大，当然也只有量大这一个优点，就连这个也并不是有心的策略——人们总是习惯用自己的尺寸来丈量世界，幸而结果还不错，因此吸引了一批忠实的买家，比起口味来，他们更在意分量。除去房租成本，周海的小铺子每月为他带来七八千元的收入，在这个城市里过着不好不坏的日子。他自己是很满足的，但新娶的娇妻徐曼亚不高兴，六十平方米的旧房无法跟朋友亲戚炫耀，商场营业员的倒班生活无法摆脱，就连打个麻将也常常捉襟见肘，不能尽兴。她虽然基于安全感的需求而选择了周海，但本质上仍然是个赌徒，更何况，周海带来的安全感完全压不住她的欲望和野心，徐极山正是看中了这一点——这正是最好的合作对象：他同时需要贪心的冒险者与忠诚的合作者，不够贪心不会参加他的计划，不够忠诚他就无法操控全局，但这两种特性不可能出现在同一个人身上——周海夫妻简直就是绝配。徐极山是在牌桌子上认识徐曼亚的，在看过周海的形象与馅饼之后，徐极山想到四个字：奇货可居。

徐极山制订了一系列计划：包装、炒作、贷款，以“胖师兄”为品牌的一系列连锁店、系列产品、加盟费、上市……他口若悬河，徐曼亚两眼发光，两个赌徒从四面八方围攻周海，周海只剩下点头称是的资格，尽管他一点儿也没有被吸引。

总有些人会固执地认定自己永远不可能得到好运，如果前景看上去过于美好，反而会觉得那是个陷阱——周海就是这种人，整个过程中他一直惶惶不安，他害怕徐极山，他看后者的眼神就像一团在砧板上的肉看着拿刀的手。

否定的结果于周海是一种解脱，可以一直安于现状是他最为满意的未来。

求仁得仁。徐极山想，人们就是这样给自己定制了牢房。

徐极山平静地吸完一支烟，然后离开了周家。

徐曼亚还没有死心，她的胃口被徐极山勾勒的前途撑大了，现在饥肠辘辘，她向徐极山索要更多的计划与希望，失望让她更加激情四溢。

徐极山给不了她，他只能逃。

银行不肯贷款，他的计划就是个肥皂泡，仅靠他们手上的现金，砸下去也是白砸，估计连肥皂泡也砸不出一个——他曾经是个出色的精算师，他知道金钱在什么数额能促成质变。他分析风险与利益，并让二者达成微妙的平衡，这几乎就像物理定律一样严苛，如果这个数字是1，那么0.9999也不会被通融。

他拯救过一家几乎要倒闭的保险公司，他的手中曾经掌握着数十亿的金钱利益，但现在，他的荷包里只有不到两百元的现金，且不知道什么时候才能挣到下一个两百元。

他坐到电动三轮车的驾驶位上，一个七十岁的阿婆向他招手，他把三轮车开过去，对方要去一公里外的小区，他要价六元，阿婆跟他讨价还价，只肯给出五元，他掉头就走，不给对方任何机会，不仅仅因为这个过程让他感到悲伤和屈辱，也因为他今天必须要找一个人来被他拒绝，就是现在。

二

徐极山看着湖水上的鳞片纹，它们像烟雾一样弥散开去，柳树上的翠色因此而更鲜媚，它炫耀着它的骄傲。

世界依然是美丽的。

世界一直都保有它的美丽之处，不过十年前的他并没有像现在这样看得真切。那时候的他还有很多的钱，很多的机会，以及很多的蝇营狗苟与尔虞我诈，它们完完全全在他的视线里，以至于其他都成了盲区，所以，他没有时间看清楚这些美丽。但是现在，他终于可以彻底地看清楚这些美丽了，却反而觉得加倍的悲哀。

他深呼吸。被他拼命压住的东西从鼻孔里呼出去，头脑似乎也清楚了许多。

他的计划原本是没有任何问题的，他有着完美的征信记录，按道理他应该能够顺利拿到贷款，但是连续七家银行都拒绝了他的申请，就连那些小贷公司也不约而同地堵死了他们的道路。

他想不出问题出在哪里，他想大约就是因为运气太差——但这比任何理由都更可怕，因为剥夺他东山再起的力量是他无法控制和影响的。

出狱三年，每一次他看见希望了，接下来就是失去它。

他一直努力成为精明的控制大师，他也从不靠运气活着，他热爱数学、计算、调查与计划，他一直相信他的天赋与能力能让他摆脱任何困境。

然而事实证明，一失足成千古恨才是亘古不变的真理。

他无法回到过去，即便是那蝇营狗苟钩心斗角尔虞我诈的过去。他身败名裂，被那个世界踢出了局，行业里没有人会聘请上了信誉黑名单的人，更何况，他还有更可怕的严重伤人犯罪前科，这让他就算找一个普通的职业都是困难的，厄运并没有随着他的被释放而离开：他改名换姓，被人揭露；代人炒股，被人告发；他卖杂货，供货商的假货连累他欠了一屁股债；所有的好友都成陌路，亲戚们望风而逃，他殚精竭虑地发掘各种项目，好不容易找到人愿意资助他，只要对方一了解到他的背景就会反悔；只有一次他终于得到了机会，但却在去签合同的途中被车撞断了腿；除此之外，他还曾经被房东在大冬天赶出家门，在市场推着小车被城管猛追，被合租者偷走了全部的积蓄……现在，他尝试着把周海推到前台去，结果仍然是一样的，显然，他的霉运甚至传染给了周海。

湖水是个诱惑。

现在，此刻，任何不拒绝他的都是对他的诱惑。

它展开双臂，温柔妩媚，且没有同时向他索求付出。

只需要一点点时间，一分钟，两分钟，五分钟？徐极山计算着死亡，他没有经验，所以无法得到准确答案，但不会太久——只要没有多管闲事的家伙。

与他想要逾越的困难相比，死亡实在是宽厚得多了。

然而，人类总不会相信轻易得到的一切，死亡的背后藏着他无法看见的东西，他不清楚那是不是比活着的时候所支付的烦恼更好，他总是宁可相信能够看得见的代价与收益——哪怕那不值得，譬如，他用十年的自由换来仇人的长睡不起。这当然是他最糟糕的交易，败得一塌糊涂，他从没料到自己会被抓住，他的算计第一次没有成功，在被戴上手铐的那一刹那，他觉得自己完了，铁定是要死在监狱里了，然而他竟然熬过来了。他还活着，健康不算糟糕，脑子也还没有废掉，就因为这可拿出来一赌的资本还在，所以就连野心和欲望也在狭窄逼仄的出租屋里死灰复燃了，烦恼压不住它们，它们还可以把他掏成深渊，或者成就他。

三

徐极山与姚胜对视着，后者的眼神迟钝愚迷，没有思想，也没有情绪。

植物人也有睡眠和清醒的周期，只是这二者之间的差别仅仅是睁眼闭眼的动作。

十年之前，他和他曾经都是英俊的男人，意气风发，前途似锦，而现在却都像是正在干枯的河流，只剩下细细的一缕，一块不大不小的石头就能轻易将它们截流，而旁边裸着的河床里填满了淤塞、腐烂、衰败与羞耻。

徐极山回忆着他开车把姚胜撞倒的那一个瞬间，他听见姚胜的身体在车头上迅速地轰响了一下，他扛过了本能的惊恐，踩下了油门。在疾驰中，他感到车子右边的后轮胎被什么垫高了两秒钟，他至今仍然不确定那是不是姚胜的身体。他没下车，没回头，甚至没有用眼角的余光去打量车窗外的情形。他一直开了五十多公里才停下来，发现自己置身于一个从没有去过的小镇，下车后他呕吐了一阵，但他搞不清楚那是因为晕车还是因为杀人后的罪恶感。

他的计划其实很周密：他花了半年的时间旅行，从一个城市到另一个城市。到了海南，他租下了写字楼，注册了公司，发布了招聘信息，雇佣了十来个工作人员，花去了大部分的积蓄，做出一副虽然经历挫折但却没有灰心丧气且要创业自强大干一场的姿态，人人都相信他会如此。他用电脑视频指挥公司的运作，并成功地让员工认为他在家中带病工作，但事实上，他正开着一辆从其他城市偷来的车回到了这个城市。一周时间留出的大络腮胡让他看上去与平日的样貌判若两人，作假的车牌成功地瞒过了所有人。他不住旅馆住在车上，他只在没有摄像头的小杂货店购买食品，而与此同时，他新交的女友正拿着他的信用卡在海南各大商场里留下刷卡购物的证明……

他反复推敲了所有的细节，时间精确到秒，预先设计了每一句话，对每一个变数都做了备用方案，可他还是被抓住了。

证据是一系列的：他偷车时的录像、撞人时的照片、与女友的聊天记录……很明显他一直在被人跟踪，或者更准确地说，对方一直在等待他犯罪，在有了十足的把握之后，这个人把所有的证据都交给了警察。

警察当然不会告诉他那个人是谁，他出狱之后也没有去寻找那个人，一是不想引起警察的怀疑，君子报仇，十年不晚；另外，复仇是需要经济基础的，他一直忙于生存。

徐极山俯下身子，让自己的脸离姚胜更近一些，他狞笑，姚胜的眼珠子在眼皮下转动了一下，他有觉察到靠近的恶意，但是他无法理解。

这是另一种类型的监狱，而且是不可能越狱的那一种，姚胜并没有因为徐极山的坐牢而被免除惩罚，现在也仍然在接受惩罚，他的刑期比徐极山要长，至少有一个仇人得到了应有的下场，这让徐极山深感安慰。

他仇恨姚胜，后者的罪是不可饶恕的，不仅仅因为姚胜陷害了他，更因为姚胜背叛了他——他很少欣赏一个人，从来没有信任过一个人，包括他的父母妻子，他的父母拒绝为他支付高中的学费，却把钱都拿去买了股票；他的妻子叶嘉美认识他的时候，他已经功成名就，虽然是他追求的她，但由于她最终没有拒绝，他也就认为在她的选择里也包括了攀附的因素。

他和姚胜是在一次商务会议上认识的，两个人都是精算师，一起吃了顿午饭，随口聊了聊便觉得惺惺相惜相见恨晚，经历爱好无不相近，这友情持续了五年，其间两人从无金钱利益纠葛，姚胜自己的事业也是风生水起，从未求徐极山帮过忙。

那个圈套设计得精妙。

最开始他以为和以前一样，不过是两个好友一起吃顿饭，简琳的出现完全是个偶然，

他那时并不知道简琳就是竞争对手公司的市场部经理，以为她只是姚胜的故交或是暧昧对象。于是，第二次再遇上两人一起他也没有怀疑，之后简琳声称在职读研，拜托两人帮忙对她的论文提出建议，这于徐极山不过是举手之劳，事后简琳单独给他送了厚礼，他也没有拒绝——他向来是主张有功需受禄的，这一点姚胜是再清楚不过的。徐极山直到发现卡里无端多了二十万元时才惊觉不对劲，但已经为时已晚，公司因为谈判底价被人泄露而输掉了生意，而他接受简琳礼物时的照片则被寄给了董事长林察。他做了百口莫辩的替罪羊，被开除之后，丑闻传遍了整个行

业，他一夜之间成了过街老鼠。

简琳的死让整个事件变得更加糟糕，尽管最后证明她的死因是自杀，但谣言却并不因此而放过徐极山。当他费尽周折终于找到最后的证人姚胜时，后者早已做足了准备，完全撇得一干二净，声称他与简琳也不过是萍水相逢，他从不知道简琳给他送过礼。他也同样精通计算，徐极山找不到对方的任何破绽，当然更无法明白其动机，他只能从对方闪闪烁烁的眼神里得知不构成证据的部分事实。他付钱找人跟踪姚胜，依旧一无所获，姚胜却即将办妥移民手续，徐极山知道要报仇只能趁早，他等不及证据了——现在想来那真是一件蠢事，姚胜的背后肯定是有人在指使他的。姚胜本人与他并无仇怨，让一个没有动机的人发生动机，不是利益就是威胁，姚胜不过是一枚可耻的棋子——很可能也正是这一双幕后黑手把他撞伤姚胜的证据交给了警察。

他看着姚胜病床边挂着的输液瓶，一滴滴液体流下了，一滴滴进入姚胜的身体，那都是他的钱——法庭把他剩下的积蓄几乎都判成了赔偿金。

他的钱在维持着仇人的生命，同时也维持着仇人的痛苦，有那么一瞬间，徐极山的脑子里闪过另一个计划——在不被任何人知晓的情况下拔掉维持姚胜生命的设备，但那也就意味着他释放了姚胜。

这让徐极山感到十分矛盾，姚胜的大脑里藏着那个人的名字，但是即便有朝一日姚胜能醒来，也未必能记起那个名字。

这真是莫大的讽刺，徐极山想，阻止我找到那个仇人的人是我自己。

四

五十岁的生日，徐极山给自己买了一块价值八元的蛋糕，吹蜡烛时他许愿，如果在找到那个仇人之前能够找到徐学晨，他就立刻放弃复仇。

徐学晨是他的儿子，假如还活着，今年应该二十岁整。

叶嘉美出车祸去世的时候，他正服刑到第三年，徐学晨十三岁，之后他由外婆抚养了三年，没能顺利度过叛逆期，离家出走——这是大家更倾向于相信的说法，虽然被人拐带的可能性也存在，但认识徐学晨的人都不认为人贩子能招架得住那样一个小魔头。

徐极山很难相信这些评价，在他进入监狱之前，徐学晨是一个顺服、谨慎、懂事的小男孩儿，甚至还有些腼腆，偶然见到他的同事，说话时总要脸红。他不像其他的小孩儿，很少主动索要礼物，每年父母的生日，他自己还会省下零花钱买小礼物送给他们。除此之外，他对待小动物也是友好的，他会用自己的食物去喂食路边的流浪猫狗。

人们是惯会夸大其词的，为了吸引到足够的注意力以及扩大影响力，他们甚至会不惜制造出各种证据。徐极山在童年时便承受过这些谣言的伤害，他们先是认定徐极山的父亲徐心原是一个赌棍，之后便推断正是徐心原败落掉了徐极山祖父挣下的家产。但事实上那些财产并不多，是被正常消耗掉的，而徐心原只是爱打麻将，赌得也不大。当一些知情人站出来声明时，造谣者便更加卖力。少年时的徐极山好动贪玩，身上常有因不小心撞伤而留下的青紫，当然也有闯祸时被父母惩罚的伤痕，这些人便四处传言说徐父滥赌虐待妻儿。他太小，也渴望被关注，有时便糊里糊涂地被利用了。后来，徐极山仔细回忆这段经历，发现这很可能就是父母待他冷漠的原因之一，他们早就认定徐极山终究是个靠不住的背叛者。

同样的情形很可能也发生在了徐学晨的身上，他是一个罪犯的儿子，人们会试图在他身上找出或者强加上罪犯的特征。他们会拿着显微镜观察他的一举一动，同样的行为如果是由别的男孩儿做出，也许只会被判断为淘气，但对徐学晨来说那可能就是邪恶的证据。徐极山能想象出这种压力对一个男孩儿的影响，它们会让他自卑，也会逼迫他强大，当被逼到墙角的时候他当然会反击，任何人都会，但这种反击势必也会成为人们加倍诟病他的理由。

人类的文化中，传递危险信号会占据交流的相当份额，虚报危险信号也很少会付出代价——人们会自动维护这种自远古就流传下来的习性，宁可信其有不可信其无成为绝大多数人的自保手册，舍一保十是千年不变的交易法则。于是，此类谣言最乐于被纵容，但凡涉及整体利益，个体人是否受到冤枉是不重要的，重要的是这个机制必须得到支持。

事实上，有一部分恶人正是在人们齐心协力的愿力下被创造出来的。

徐极山当然不愿意相信徐学晨已经成为这些规则的牺牲品，他不断祈祷并鼓励自己相信徐学晨不会堕落到哪里去，顶多是走了些弯路，那孩子善良的本性最终会把他带回到正轨，同时，也会帮助他获得好运气，健康平安不会被残酷的现实所吞没。

徐极山没有财力复仇，也没有财力雇佣私家侦探去寻找儿子，即便有了钱，也未必有人肯接单——在十几亿人口里打捞一张没有见过的脸，这不是工程，是妄想。

他甚至没有一张徐学晨现在的照片，没人寄给他，他一进监狱叶嘉美就带着徐学晨回了老家江西，回到她母亲所住的地方，一个贫穷而愚昧的地方。他只去过一次，那一次让他十分不适，他完全记不住门牌号，只好把信寄到村部的大致地址。这些信和他寄给其他人的信件一样，全都没有回复，直到他出狱找过去，才知道叶嘉美的死讯，而她的母亲在徐学晨失踪后就搬走了，谁也不知道她去了哪里。

他从没有被人探望过，当然更没有人送递换洗衣物，监狱外的所有人，尤其是那些曾经亲密无间、他所信任所依赖的人齐心协力地遗忘了他，偶尔会有狱警或是出狱的狱友愿意替他打听或是传递消息，但他得到的所有信息都来自于偶然。监狱不止是监狱，更是一座孤岛，而孤独则是另一种酷刑。

他印象中的徐学晨仍然是十岁时候的模样，要低下头去看，那是还没有长开的蓓蕾的样子，声音也还是娇娇嫩嫩的童音，但男孩子最终会有很大的变化，眉毛、下巴、喉结、胡须、身高——饮食和运动会在很大层面上改变一个人的外形，经历也是。徐学晨注定有着不同寻常的经历，假如能够幸存，痛苦和流浪会把他磨砺成什么样子？徐极山很怀疑自己是否能在人群中认出他来，哪怕他们擦身而过。

关于徐学晨最有用的信息就是他左臂上的一个疤痕，那是他六岁生日时候发生的意外，他不小心撞到了一根钉子上，钉子深深刺入肉，留下的疤痕是接近圆形的，虽然在他入狱之前那个疤痕仍然存在，但谁知道在经过十年之后那会是什么样子，也许早就消失了。

被徐极山吹熄的那根蜡烛冒出了一缕白烟，更像是幻灭的征兆，他明白过来自己的许愿其实只是煽情，用来给自己一分钟的感动和希望，同时养育出更加强烈的仇恨。

五

徐极山把林察列在了仇人名单之中，虽然他曾经一直试图原谅这个人——当年那些证据和调查结果是明摆着的，按照商场的运作规则，作为一个董事长，林察是得那样做，而且他一直器重徐极山，待他不薄，因此对徐的背叛更不能容忍，换位思考，换了徐极山自己坐在那个位置上，大约也不会作出另一种选择。

可假如林察对他的信任更深一些，假如他能在当时花更多的精力彻查——他原本可以那样做，也有实力那样做，但他仍然选择了相信表面证据，他草率地对待了徐极山的命运，他欠了徐极山一份清白，徐极山有权向林察讨回公道以及索要补偿——这也是徐极山能想出的，最快解决资金问题的办法。

再一次站在山德保险公司的大厦楼下，徐极山比自己想象的更为冷静，情绪上的激动与失控并没有发生。他冷冷地看着那些进出大厦的业务员和客户，山德的生意还是那样兴隆。防御危机是人类的本能，而转嫁风险则是人之常情，同时也是赌性，安全感永远是比新鲜感要稳固得多的需求。保险业实际上是深挖人性的伟大发明，人类通过研究自己来利用自己，经济与政治越发像是一场游戏，人们构建出的虚拟在控制着现实，仅仅是荧幕上的几个数字变化就足以定下大局，谈笑间，或诸强崛起，或灰飞烟灭。他在尘埃里。

员工几乎已经全换了，跳槽的、解聘的、改行的、另立炉灶的、死去的……流水的人事铁打的更新，年轻而陌生的面孔上仍旧是他当年的野心与激情，是疲惫劳碌也压不住的热烈。

他们热情地接待他，向他推销产品，一心一意地要从他的口袋里掏出钱来。徐极山喜欢这样，这让他感到平等，意外对人也是平等的，而且在他的计算能力之外。人们对于意外除了赌之外，没有任何应对措施，当然，更重要的是，他因此顺利地来到了五楼。

林察的办公室在五楼。格局并没有什么变化，他仍然有三个办公室，靠东的一间办公室开小会，靠西的一间会客，藏在最南边的那一间是私人空间。他仍然有两个女秘书，一个负责接待，一个负责处理文件，前者坐在接待台前，正面带僵硬的微笑，技巧性地拦阻某个来电。

“……董事长现在正在开会，没办法接听您的电话，麻烦您留下姓名和联系方式，我会帮您给他留言……”

徐极山趁她拿笔记录的时候往最南边的房间狂奔，现在是中午一点，如无公事，林察通常在这个时候小睡一下。接电话的女孩子急得脸色发白，简直要把电话扔出来，等她笨手笨脚地追过来时已经太晚，徐极山已经站在了林察的沙发床前。

两人四目相对。

“董事长，对不起，我刚才在接电话，这个人他……”

林察还是有大将之风的，他向秘书挥了挥手，并未对徐极山流露出恐惧。

“没事，出去忙你的吧，我们是老朋友了。泡杯茶进来。”

徐极山简直要有一瞬间的感动，假如不是觉察到了林察眼里的一丝鄙夷的话。

“好久不见。”林察说，“出来多久了？”

“三年了。”徐极山说。

林察没有表情，点点头：“出来就好。坐。”

徐极山在他对面的沙发上坐下来，林察声势浩大的镇定压住了他原本已经准备好的话。林察看上去如此坦然，毫不愧疚。

女秘书端了茶进来，满腹狐疑地把茶杯放到徐极山旁边的茶几上。

他们在女秘书离开之后才又开始对话。

“有什么需要我帮忙的？”林察说道，徐极山已经闻出他心里的盘算，盘算花多少钱能把他打发走。他立刻感到受了侮辱。

“当年你原本可以帮我的。”他发现自己的声音被气得发抖。

林察居然讶异地看着他："帮你什么？"

"我没有受贿，是别人陷害我。"

"谁？"

这对话和十年前的对话一模一样，徐极山仍然被同一个问题给问住了，他不知道谁是幕后主使。

"以你对我的了解，你该知道我做不出这样的事来，我帮了你那么多年，做了那么多的事，可是你没有帮我查，你连一个机会都没有给我。"

"上周我跟一个老朋友断交了。因为我抢了他的一个客户，手段很不光明，但我需要那笔业务，那是一个很好的朋友，二十年前的我甚至会为他两肋插刀。"林察的话意很明白，人都是会变的，连他自己在内都不是完全可信的。

他这样说，表情是遗憾的，但并不后悔也不内疚，那是一种对残忍的认同，他坦承自己的自私，但并不认为那是一种罪恶。徐极山以为自己会愤怒地跳起来掐住对方的脖子，而林察则应该在他的愤怒面前跪下来泪流满面以求原谅，但是事情和他想象的完全不同，他是匍匐在巨大的林察脚边的一只蝼蚁，两个人是一个成功者与一只弃卒的姿态，他的愤怒因为脆弱而平静，却只能更加证明他的卑微。于是，他的愤怒变成了嫉妒，他嫉妒地看着林察的气场，它们塞满了整个空间，它们压着他，使得他渺小。他看着林察放在沙发床边的书架，书架上摆放着《道德经》、《论语》、《孟子》、《大学》、《中庸》，他把它们都翻得卷了边儿，但是只要一遇上选择，他一定只选择对自己有利的那个方法，狼道蛇道不拘，道德圣贤们如果挡了他的好处，也会被他毫不犹豫一脚踢开。他的虚伪也如此强大，强大得让徐极山目眩，让徐极山觉得林察目前所得到的一切都是有理由及有实力的。他是如此渴望成为对方，包括拥有那一份残忍与虚伪，还有那平平稳稳的浩大的孤独，他也可以忍受，假如能够成为像林察这样的人。

“我走了以后，谁获得的利益最大?”徐极山问。他自己并没有答案，太多人眼红他的位置和薪酬，但是他们都明显缺乏实力，精算师是稀缺人才，他们不缺肯花大价钱的雇主，所以徐极山并不确定那个幕后主使是为了利益，但是除了利益之外，他又实在想不出别的理由。他放弃了原来的目的，只是想给自己找点儿有用的信息，像抓住稻草一样抓住它，总之不能白来了这一趟。

“你要往前走。我有个朋友，也坐过牢，比你还久，差不多有十二年。他现在开连锁餐馆，上个月，在武汉开了第七家分店。”

林察的话听起来像是安慰及鼓励，但反而更刺激了徐极山。是的，这个妖艳魅惑的名利场，有人能回去，有人回不去，他分明是回不去的那一种，而他回不去不能怪任何人，只能怪自己不够强大，也就是无能。林察也许是好意，这好意里掺杂着鄙夷，徐极山的敏感是一种催化剂——怎么都能催生出沮丧与耻辱。

徐极山只想逃了，再坐下去，只能让无力感把他吞噬掉。是的，他来错了，他看起来是来要债，但实际上是来乞讨。男人的世界里自有一套规则，要么凭自己的本事另辟一条出路，要么拿出刀子杀死眼前人，否则他所做的一切都不能拿回他的尊严。

林察的手机响了，打来电话的是他幼子的老师，显然那小家伙闯了祸，林察完全站在老师一边：“……罚得好，就是要他吸取教训，知道什么叫尊师重道，谢谢老师，这孩子让您费心了，谢谢您帮我教他，有您这样的老师是他的幸运……”

徐极山感到一阵剧烈的头痛，像是什么把他的大脑撕裂开来，他知道林察的话是真心实意的，他真心实意地喜欢这些美德，但林察的虚伪与残忍同样也是真心实意的，而且丝毫不会因为他喜欢这些美德而被妨碍。

徐极山忍不住想象林察的那个孩子，他很快就会长大，他会看清楚这一切，他会发现那些让他学会美德的亲人师长自己从不是美德的执行者，他们身体力行地教导着的，实际上是谎言而不是真理，到那时他必然会困惑，会失望，然后他会渐渐看懂并适应这个自相矛盾的社会。在徐极山的想象中，那个孩子的脸逐渐成为自己的脸。他就是这样，渐渐成为他所鄙夷所疑惑中的一个，成为制造鄙夷与疑惑的一个，他们在双重标准间游刃自如，他们正常的躯体下是完全扭曲的，他们是在支离破碎之后重新拼贴出来的弗兰肯斯坦，他们依赖并憎恨着他们的再造者，于是他们把自己变为更加扭曲的祭品，也把他们的子孙后代复制成同样的祭品，裹着真善美华袍的弗兰肯斯坦们。他们以为自己聪明无比，以为可以操控一切，以为自己能占尽一切便宜，以为世界的主宰者真的会上当受骗享用这貌似鲜美的祭品，但实际上最满意的只是魔鬼，众神也会嘲笑人类的愚蠢。徐极山觉得自己就是神话里那个疯狂的坦塔罗斯，众神早就识破了他，但是众神会把他的儿子完整地还给他吗？

“谁在恨我？”徐极山大声喊：“你一定知道谁在恨我！”

林察的眼里终于流露出一丝同情与感慨，做老板的人当然清楚下属间的这些办公室斗争，明枪暗箭，笑里藏刀。他很清楚人性，有时候要毁掉一个人并不需要恨，只是那么一点点动机就足够了。他的脑子里确实有几个嫌疑人的名字，但他不打算把他们说出来，他只要不介入过深，不思考过深，那就永远只是怀疑，就不必卷入，也不必承担任何责任。于是林察摇头。

徐极山没有看见林察摇头，他已经跑出去了。

六

徐极山没能如愿以偿地快速逃离他的尴尬，一跑出山德保险公司的大楼，他就感到呼吸艰难，体力不支。他扶着保险公司大楼的侧墙喘着粗气，他一直起身子就扭了腰，只能傻兮兮地一步一步地挪，车辆行人快速地超过他或是与他擦身而过，他深切地感到与这个世界的格格不入。在路过一家酒吧的时候，他觉得更加难堪，酒吧尚未营业，但即便时间合适，他也没有足够的钱进去买醉消愁，他连一个像样的颓败姿态都得不到。徐极山坐在公交汽车站的座椅上，呼吸着刺鼻的汽车尾气，恨意汹涌。这种仇恨在他站在公交车上始终等不到座位只能随着颠簸东摇西晃，并被一个人踩了脚却得不到道歉的时候达到了巅峰，他给了那人一记狠拳，打得对方出了鼻血。这时候他脑子里闪过的挨打对象是林察，他憎恨林察甚至超过了那个把他陷害到现在境地的家伙，这是一种从骨子里冲出来的怨恨，居然使得他觉得如果不摧毁掉林察的一切就永远不可能得到宁静。

他在自己的租屋附近下了车，但不打算回去，他不想面对房子里的冷清、简陋以及湿霉气，他不想在那张掉了漆的单人床上躺下来，直觉告诉他，一旦他躺下来，他就再也起不来了。

于是，他只能在附近流浪，买了一个面包坐在绿化带的长椅子上吃掉，看着光线由明到暗，看着街上的行人从多到少，从少到无，幸而气温还不算低，他的姿势不必蜷缩得像一个流浪汉，可以保持寥寥的体面。他尽量不去思考，但发呆也不是件容易的事，总有什么跳出来分他的神，从树上跌下来的落叶，直立着在垃圾箱前翻找食物的猫，门可罗雀的店铺……他听到有人的脚步声迅速从背后接近他，没有想到这与他有什么相关，对方第一拳就砸在他的眼睛上，他惨叫着倒下，一阵眩晕，脚在他的背上踢了几下，准确地命中了他最疼痛的部位。那家伙抓着他的头发往地板上撞，他咬到了自己的舌头，喊不出救命，甚至发不出求饶声，这突然冒出来的殴打就像十年前的那一劫，毫无预兆，但冲击力十足，也没有任何人来帮他，即便有行人大概也被吓跑了。

“有人要我告诉你，管好你的嘴！”

打人的家伙说完这句话之后就离开了，徐极山自始至终没有看见对方的脸。

他的鼻腔口腔里都塞满了鲜血的气味，他吐出一口带血的唾沫，唾液顺着他的下巴滑到脖子上，他绝望地躺在地上，眼泪涌出。他看得见自己的耻辱，现在他只看得见这个，在大约一分钟的自杀冲动过去之后，他爬了起来，这时才开始咀嚼那句留言。看起来，他挨打是某个想要让他保守秘密的人所为，有人在忌讳他所知道的东西，但到目前为止，他自己对此一头雾水，他脑子里有这样的东西吗？他目前的生活圈子里没有人拥有需要雇人威胁来保守的秘密，十年前倒是有过，“没有任何一家公司经得起彻查”。他记得这是林察的原话，那个时候徐极山还是林察的心腹，接触到很多可说及不可说的东西，那些当然对林察是有影响的，哪怕是到了今天，也可以给他带来不小的麻烦。真奇怪，他竟然从来没想到要利用这一点。这十年他也从没跟任何人提起这些事，他竟帮一个自己本该憎恨的人义务保密了十年！

徐极山相信，如果他开价，林察肯定是会同意他的条件的，徐极山回忆着白天时林察的表情，后者是不是本来以为他是去敲诈的？徐极山有些懊恼，他错过了一个好机会，但同时他也存有些怀疑，以他对林察的了解，林察并不像是会做出雇人威胁的行为的那种人，但是也说不定，林察不是自己说做出了他以前从未想要做过的事情吗？徐极山在各种猜测中摇摆不定，林察明明看见他正处于情绪失控的状态，又怎么会蠢到来刺激他，促使他做出这十年他都没做过的事情呢？但如果不是林察，又怎么会这么巧，偏偏在他去找了林察之后发生这样的事？徐极山闪过一个念头儿：当年陷害他的幕后人会是林察吗？但他随即否定了这个想法，因为那个时候正是林察用得上他的时候，事实上徐极山的事件使得林察损失不小，股东们甚至召开大会批判林察用人不当。或许，这就是目的？徐极山想，有人想要扳倒林察，他是遭了池鱼之殃。

不管怎样，徐极山都决定憎恨林察到底，他守口如瓶这么多年，不管是因为他忠诚还是因为忘记了，林察都应该要给他一点儿补偿的，但他没有，而且他还羞辱了自己。仅凭这一点，徐极山认为自己做什么都不过分，或许，他可以借此东山再起，也许会比林察站得更高——等他击倒了林察之后，他就比那家伙更有资格生活在那个强者的世界。

徐极山兴奋起来，他就像是服用了一剂能量，连身体上的疼痛也因这全新能量的输入而减轻了。

七

徐极山设计了一个精算模型，他把它称之为“火烈鸟”，意为浴火重生——复仇之火。

他了解十年前的林察，而了解十年后的林察也不需要花费太多功夫，在有了一个明确的目标之后，收集数据是相对容易的。

他要让自己一击即中，以最小的风险获得最大的收益，他不想做那种只图一时快意却葬送掉下半辈子的罪犯——在这方面他是有教训的，如果七年牢狱没能让他学会些什么的话，那才真是彻底浪费了。

他更加深入地研读了相关的法律，而在他为林察专设的庞大的数据库里，记录着林察所有的信息：电话，住址，汽车号牌，身份证号，社会保险号码，银行账户，电脑密码，健康状况，性格特征，教育背景，饮食习惯，优点，缺点，软肋，喜好，忌讳，家人，下属，情人，朋友，仇人，潜在的朋友，潜在的仇人，利益关系，生意往来……他可以根据这些信息和数据分析出林察现在的心理状况、行为模式，可以分析出他设计步骤中林察的反应以及会出现的风险，分析出成功的几率、意外的概率……没有一个信息是多余的，那些数字与曲线是如此神采奕奕，比他的全盛时期还要让他着迷。

从某些数据可以看出林察目前在股东会里的支持度处于上升趋势，过去五年中有两个对他不满的老股东离开，三个新股东融资加入，从业务来往的频率可以分析出其实这些人都是林察的傀儡。而从他新拓展的两个房地产金融项目的顺利程度可以看出，他已经弥补了当年在税务和法务上的两个重要瑕疵，这本来是一个重头把柄，现在徐极山只能选择不在此点继续浪费时间。林察集团公司旗下的山德保健品公司有着不可忽视的疑点，这个品牌的保健品在十年时间里的销量平稳——永远保持在低水平的盈利状态，而依照林察的野心，他大可以关掉这家公司，扔掉这块鸡肋，把资源投入到其他能获取更多收益的行业里去。徐极山很快查到这家分公司的总经理何平与前任总经理戚雷是表兄弟关系，而去年一年，何平的保健品公司向戚雷名下的广告公司支付了五百万的广告费——毫无疑问的利益输送，这让徐极山认为有百分之八十的可能性，当年的那件事情并没有处理干净，基于林察吝啬的本性，戚雷很可能一直在利用这件事得到利益，换句话说，他一直在敲诈林察。

十年前，山德保健品公司曾推出一种清肠排毒茶，第一批产品上市后一个月，两名用户因肾衰竭死亡。虽然尸检并未显示死亡与这种产品直接相关，但产品说明书里确实没有指明一些关键配方和注意事项，而其中一项未公开的配方药物确实有导致肾脏损害的可能性。尽管关于这项药物于肾功能有损害的研究论文在产品推出后才发表，但是公司依旧有不可推卸的责任，一旦事态恶化，后果不堪设想。更何况当时林察的公司正准备上市，内斗也正值白热化，为了避免丑闻影响，在私下用一百五十万安抚了两名死者的家属后，公司停止了生产，暗中召回及派人在市场上大量购回已经面市的产品，并且用另一知名品牌的清肠产品换上山德保健品的包装，以瞒天过海。

最后这新产品的项目是以成本问题为借口终止的，但仍然需要一个背锅者，戚雷在公关方面有功无过，而且他掌握着关键性证据可以证明林察对此事当承担最大责任，因此，林察是不敢动他的。本来徐极山与此事并无直接关系，但由于林察选中的替罪羊，也就是当时山德保健品公司的财务经理韩典是徐极山的老同学，于是最后由徐极山出面说服韩典担下成本预算失误的责任，韩典因为妻子重病急需用钱而通过徐极山向林察索要了一大笔“报酬”，这一笔交易成功，双方都是出于自愿。在这之后，徐极山便再也没有插手保健品公司的任何事，也就不清楚戚雷与林察之间还有什么不为人知的故事。徐极山不认为他受到袭击会与此事有关，毕竟他参与的程度太低，对林察最有威胁的戚雷还没有被除去，轮也轮不到他。

依照别人对戚雷的评价，那家伙应该总能想到办法不让林察这条大鱼脱钩而去，两人被绑死在一条船上，由于利益关系太过密切，简直就是唇亡齿寒的程度，徐极山不指望戚雷会帮助自己，而且这个人有隐藏的不可知的势力，他不打算冒险，于是他在戚雷的名字上画了个大叉。

韩典是另一个知情人，而且作为财务人员，他应该知道更多内幕，当年他拿到钱扛了事，但那笔钱并没有救下他妻子的性命，他颓废了很长一段时间，大约在五年前才有了转运，在一家建筑公司任职财务总监，很得器重，这家公司今年也准备上市了。徐极山不确定韩典会基于同学情谊帮他，毕竟人家现在混得如鱼得水，没必要给自己找个死对头，更何况当年那件事情是一个愿打一个愿挨，他也没有理由反悔，徐极山更没有足够的利益促使他出头，唯一能让韩典就范的，也只有威胁。财务人员的信誉是最为重要的，假如他威胁韩典要说出当年的交易，韩典肯定会非常恐惧，比起得到，人们总是更恐惧失去。

相比较而言，对付韩典的风险和成本都是最小的。

这当然是残忍的，徐极山想，但是生活本来就是残忍的，它对自己也不曾慈悲。

徐极山决定采用单刀直入法，他不想给对方任何防备时间，人在突然发生的袭击前总是缺乏防御能力的，他必须要利用这一点。他径直走进了韩典的办公室，当然，耍了一点儿小花招，他穿了一套伪造的税务工作人员的衣服，成功地瞒过了前台，使其不敢拒绝他的来访或是索要预约证明。

韩典脸上的愤怒远比徐极山想象的要多，他目瞪口呆地看着徐极山，后者锁上门，坐在韩典办公桌前的椅子上，但正如徐极山所预料的，韩典果然不敢戳穿他，他咬牙切齿地听完了徐极山的威胁。

“你真是不可救药！”这是韩典现在能说出的狠话的极限，他不敢过界。这话只能让徐极山耸耸肩，他从韩典办公桌上的名片支架上取出一张韩典的名片，那是一张做工精致的名片。

“做到这个位置不容易吧？现在外面这么好的工作可不好找。给你三天时间准备，12 号晚上九点我到你家里去，我知道你住在哪里。”徐极山气焰嚣张。

“12号不行。”韩典完全中了招，没想到自己已经泄露了底牌，他现在是完全被徐极山控制住了，“12号老板儿子生日，晚宴请了我。”

“就是12号，没商量。”徐极山不给他任何讨价还价的机会，他必须让对方知道自己的强硬，任何一点儿微小的让步都会让人心存侥幸。

韩典脸上的肌肉抽搐了一下，徐极山认出那是嫌恶与憎恨，同时他注意到韩典的头发与皮肤，他比实际年龄要老得多，他的身上散发出一股古怪的甜味，那是糖尿病人常有的味道，在办公室的某个角落里放着一个淡蓝色的小冰箱，徐极山估计他需要注射的胰岛素就放在冰箱里。

另一个引起徐极山注意的细节就是韩典办公桌上有一本书被放倒了，那是一本《财会法规》，应该是仓皇之中被错放的，极有可能是在他进入这间办公室之前所看的书，但他并没有理由这样慌张，那时他并不知道即将走进来的人是徐极山，而被一个税务人员看见自己在看一本正常的业务书籍当然不是什么危险。

徐极山走出韩典的办公室，另一个人正准备走进办公室。那是一个相当年轻的男孩儿，看起来只有十八九岁，发型是韩式的，刘海遮住半个额头，香水、休闲毛衣与皮鞋的品质都很高，闻得出富家公子与骄奢傲慢的味道。他好奇地打量着徐极山的制服，但眼神是冷的，嘴角露出的笑纹仅仅只是教养和礼节，他们擦肩而过，男孩子直接走进韩典的办公室，并随手关上门，里面很安静。徐极山故意放慢脚步，他忍不住要分析这个男孩儿的身份，因为他的穿着不符合工作人员的要求，而能自由出入财务总监的办公室而不被阻拦，又说明他是个熟人，但他手里没拿任何文件、笔记本，也没有背包，这透露了非常重要的信息——这男孩儿在公司很有地位，另外，徐极山觉得他很有些眼熟，这一点很快得到了证明：在他所搜集的韩典的资料里就有他与这个男孩儿的一张合照照片，他即是韩典所工作的舒能建筑材料有限公司的董事长苏洛的独子——苏云飞，在本市财经大学读财务管理专业，大三，可以推知其将来必然是要继承父业的，所以跟有经验的前辈多谈话多学些东西，也是顺理成章的。关于苏云飞的生日，韩典倒也没有骗他，确实是在 9 月 12 日，徐极山犹豫了一下，有种时机不当的预感，可能因此而引起某些不必要的阻碍，但他最后还是决定不改期。

他在 11 日上午十点给韩典打了个电话探口风，虽然如徐极山所愿，韩典答应在次日准时交出林察在保健品事件中的一些证据，但由于对方的声音过于平静，徐极山感到了深切的不安。在被这种不安困扰了一整日之后，他在第二天的上午十点来到了韩典的家门口，即便经济条件有了大幅度提升，韩典仍然住在过去的老房子里，这种旧式的住宅没有什么监控设施，徐极山用一根铁丝轻而易举地溜进了韩典的家里。这个技术是跟一个狱友学的，但他以前从来没使用过。

徐极山想要达到的目的很简单，他要把客场变成主场，这是心理战，而且是长期战，在他的计划里，韩典是一个需要被长期利用的角色，他必须在心理上完全征服对方。

韩典的家里有一股消毒水使用过度的味道，起先，他以为是钟点女工刚刚做了卫生的缘故，但看见卫生间里的垃圾桶后便否定了这个推测，除了垃圾桶里的脏纸没有倒掉之外，厨房也没有被打扫过，抽油烟机上腻腻的油与炉子旁的汤汁很明显地说明了这一点，散发消毒水气味最浓的地方是沙发旁的木地板和卫生间的洗手池。

卧室和书房的情形说明韩典一直过着单身汉的生活，这个人有着需要被人监督的卫生习惯。徐极山在韩典卧室的床头柜上发现一个礼品纸袋，袋子里装着一个红色丝绒的大盒子，盒子里是一块翡翠，购买翡翠的发票是在床头柜的抽屉里找出的，价格是一万八千元，购买时间是 10 号。这是一份临时准备的但不算寒酸的礼物，从时间上推断应该就是给苏云飞的生日礼物。

他为什么没有把礼物带去公司？徐极山感到疑惑，不安的感觉也更加浓烈。因为与自己有约，韩典必然要找个理由推掉晚宴邀请，但是他至少会把生日礼物先送了。是遗忘，是疏漏，还是别的什么缘故？

徐极山心烦意乱，表面上看来，这是个小事，可是结合了消毒水的刺鼻气味之后，它就像成了病症。徐极山习惯于分析，习惯于把他所看到的所感知到的东西联系在一起，依照严密的逻辑形成某个完整的设想，这是一种职业病——现在他所接收到的信息却不能形成任何东西，这让他有些抓狂。

他拖开沙发，沙发下也是消毒水的味道，木地板是湿润的，沙发后的墙壁也有被擦拭过的迹象，还有一处被类似刀片的东西刮除了，白色是崭新的，还没有任何污渍，可以肯定造成这刮痕的时间不会太长。

他注意到沙发套子也是新换的，带着所有新商品特有的气息。他在厨房的垃圾桶里找到了沙发套上的商标牌，他扒掉了沙发套，在沙发的白色内垫上，在贴近左侧沙发脚约五公分的位置，他看到了一团模糊的淡红色，它被反复擦洗过，但反而扩大了红色的面积，他没有闻到血腥味，但他毫不怀疑那就是一处血迹。他在冰箱里看见了韩典那个淡蓝色的便携式冰箱，里面还有四支胰岛素，韩典可能会忘记送上司儿子生日礼物，但绝不可能忘记他必须注射的胰岛素。

徐极山心跳加速，他隐约感觉到了一个可怕的现实，但他完全不愿意相信这样的巧合——就像他过去三年所经历的一样，成功在即的时候，总有那么一个致命的阻碍冒出来，使得他功亏一篑，这简直就是个诅咒。

韩典的手机处于关机状态，他拿出那一日从韩典办公室取走的名片，拨打了韩典办公室的分机号，也始终无人接听，最后他给舒能公司前台去了电话，得到的答复是韩典今日并没有去上班，而是在家休假。但徐极山没有找到韩典的笔记本电脑，也没有找到他的日程本——韩典在大学的时候有一个外号就叫做“日程表”，他永远离不开他的日程表，因为总是担心遗忘事情，他还习惯在各种地方粘贴便签。徐极山在床头柜边的墙面上找到了一张，上面写着：12 日上午十一点，报表审核。

这说明他原本是有工作安排的，若无特别事情不会取消，徐极山很希望韩典只是请假专门去拿他所需要的证据了，但他等到晚上七点钟，韩典也没有回来，徐极山知道自己必须做些什么了。

他在韩典的家里翻箱倒柜，很快确定了有人在他之前做过同样的事情，他没有找到任何 U 盘、平板或是录音笔之类的电子设备，这对于一个职场高层来说是不可能的事情，于是，他推断对方把这些东西全部带走了。在韩典的床下，有两只皮箱的锁都是被撬开了的，但那家伙显然太慌张也没有什么经验，并没有发现其中一只皮箱有夹层，徐极山打开皮箱的夹层，里面有一个牛皮口袋，口袋里放着的并非房本存折，而是一大沓照片——每一张照片都让徐极山汗毛倒立，心惊胆战。

每一张照片的主角都是徐极山，他走出监狱大门的照片，出车祸的照片，拉三轮车的照片，在湖边发呆的照片，跑出山德保险公司大楼的照片，被人殴打的照片……毫无疑问，他的生活早在对方的监视之下，他甚至能感觉到那一股子恶意扑面而来：韩典一面看着这些照片，一面狞笑，得意，满足——自己的失败与痛苦一直在被人消费，而自己竟然一无所知！

韩典为什么要这样？

韩典对自己的偷窥显然远在他走进那间办公室之前，这是一种近乎变态的仇恨，他做了什么惹来这样的仇恨？

比惊讶更多的是恐惧，徐极山发现自己对韩典了解得实在太少了，他分析了与这个人有关的一切数据，可是却没能窥探到对方真实本性的一点儿皮毛。他对人性了解得实在太少了。

他几乎是疯狂地搜查着整个房间，最后，他在电视机柜的后面找出了另一沓照片：十年前的照片。这些照片的主角仍然是徐极山：他偷车时的照片、撞人时的照片、寻找伪证证人时的照片——当年是同一批照片把他送进了监狱。

徐极山从没想过自己竟然会在这种情况下得知真相：韩典就是他一直寻找未果的幕后黑手！

他终于找到了仇人，但是种种迹象都表明这个仇人现在很可能已经死了。

两个皮箱里的衣物并不是叠好的，而是胡乱塞入的，而且塞得过满，远超正常容量，拖开床之后，能够通过灰尘印判断出床下原本应该有三个行李箱，一想到失踪的那一个可能装有韩典的尸体，徐极山便觉得寒意四溢，同时他也觉得沮丧，他很可能永远也无法得知韩典害他的动机了。他越发仔细地查找每一个地方，除了想要找出与动机相关的证据之外，他也必须保证这套公寓里不会留有任何可能导致他成为嫌疑犯的东西，从处理现场的手法来看，之前那家伙很毛躁，所以，保不准什么时候警察就会找到韩典的尸体——一个大活人就这么失踪了，他的亲戚朋友同事也可能去报案。假如警察看见了类似这些照片的东西，很难不怀疑他是谋杀韩典的凶手，更何况他又有过前科。徐极山发过誓，他宁可死也不会再回到监狱里去了。

徐极山在橱柜里找出了一个数码相机，放置相机的地点很可疑，但相机里留存的照片并没有他，最后徐极山仍然决定拿走相机。他在韩典的抽屉里找到一些简历的复印件，经历描述一直到现在，说明这些简历是最近制作的，徐极山有些意外，因为这表明韩典可能准备跳槽。但抽屉里同时还有一些移民新西兰的宣传资料，不少地方都用记号笔做了标注。在韩典的书架上有不少英语书籍和 VCD，抽屉里有一张 2015 年颁发的托福证书，这看起来更像是已经在为移民做准备了。

除此之外，徐极山找到一套不知地址的钥匙以及一枚方形的蓝色门禁磁卡——这钥匙与这套公寓的每个门锁都不匹配，由于它被放置在写字台多肉植物花盆下，所以徐极山认为这套钥匙十分重要。他把所有的物品都复原，仔细擦拭了所有可能留下指纹的地方，脱下鞋子把地板也仔细拖了一遍。他想自己在某种程度上帮了那个凶手的忙，因为显然他把对方的指纹也都擦掉了。

他不打算扔掉垃圾，而且他故意把沙发套的商标牌留在垃圾的表面——这是一条线索，警察也许能够通过这个东西找到购买沙发套的人，也就是那个真凶。

徐极山在韩典的公寓里一直待到隔天早上十点半，避开上班高峰期，他再次拨打了韩典的手机和办公室分机号，依旧没有人接听。他给前台总机致电，负责接听电话的前台工作人员告诉徐极山，韩典不在公司，可能是出去办事了。

徐极山从衣柜里取出一件韩典的外套，把衣领竖起来遮住下巴，他与韩典都戴眼镜，这对他有利，他期望在出门遇到其他住户以及门卫的时候可以不引起注意，但这完全不可能，韩典是个老住户，有人在楼道里朝徐极山点头打招呼，但立刻就发现认错了人，收了笑脸离开了。幸好徐极山的手里没有拿什么东西，照片和相机都藏在衣服里面，否则被当做小偷就更麻烦了。徐极山刻意跟着一群人走过大门口的保安亭，这一次没有发生他所担心的事，守门的大爷正趴在桌上专心抄写水电统计。

等徐极山回到家里，更觉得自己试图冒充韩典的行为蠢不可言。假如警察发现了韩典的尸体，尸检结果就会证明韩典的真实死亡时间，警察盘查附近住户，就会知道有人在韩典死后出入韩典的家，他们一定会全力查找这个可疑人物，他们很可能会认为那是凶手回到案发现场清理痕迹——事实上他确实帮了那家伙。

徐极山没办法不去想被人拿走的电脑和U盘，不知道韩典拍摄的关于他的照片会不会在电脑里有备份，对方会不会利用这些照片来敲诈他或是嫁祸他，那些照片至少可以作为作案动机的证据。

韩典是真的死了吗？徐极山不断地思考这个问题，他希望得出其他的结论，但是没有，尽管他知道他所有的推论也不过只是推论。会是谁做的呢？会是林察吗？他觉察到了自己的威胁，害怕韩典泄露当年的秘密，所以杀人灭口？可是杀人的罪过和风险远远高于当年那件事，所以徐极山不那么有把握。

至少有一点可以肯定，门锁在遇上徐极山之前是完好的，那家伙一定与韩典相熟，韩典是引狼入室。

徐极山翻来覆去地看着那台数码相机里的照片，照片是连贯的，都是对着一个大厦的某个窗户拍的，通过窗户依稀可以看见两个人坐在沙发上，但看不清楚脸。角度应该是居高临下的，推断拍摄者应该在这栋大厦对面的另一座高楼。这些照片几乎都是模糊的——正是这一点让徐极山明白过来：相机里的照片是被删除过的，拍摄清晰的照片都被转存到电脑或其他存储设备上了，留下的这些是没用的。照片的拍摄日期是在2016年9月4日下午三点十二分，徐极山查了日历，那是一个周六，非工作日。韩典没有在家休息，而是专门去拍了这些照片，肯定有着非比寻常的原因。

徐极山看见照片上有一处彩光，像是某个广告牌在玻璃上的投影。他把照片存到电脑上放大，确定那是一家顶楼餐馆的招牌——民生咖啡。

他查找了民生咖啡在全市各分店的地址，经过实地核查，有两家咖啡馆附近的地理环境与照片上类似。

剩下的是数学问题，被拍摄的楼层是在八楼，徐极山通过拍摄角度及反光特点计算出拍摄者应该是在对面大厦的二十六层，因此确定拍摄地点是在东门建设广场，被拍摄的大厦是甲级商务写字楼汇天大厦。八层所在的位置是一家名为精科文美的咨询公司，至于拍摄者所在的位置，则是名为华宇豪城的高层商住公寓，每层六户。徐极山利用在韩典家找到的门禁磁卡轻松进入公寓大厦的大门，保安见他有卡，也就不再把注意力放在他的身上。接下来的测试十分简单，只需要拨打六户人家的门禁电话，凡有人接听的都先排除掉——徐极山认为韩典在进行窥秘活动时应该不会有同伙，最后果然只剩下一家——2804，钥匙轻松插入，门开了。

这套公寓比韩典住着的那一套要豪华精致得多，但也可以看出全都不是韩典的品位。徐极山在卧室抽屉里找到了租房协议，租期是从 8 月 1 号才开始的，衣柜里全是空的，床单被褥全是新买的廉价品，走廊里有两盏灯坏掉，浴室的通风设备也有问题，一切都显示韩典对于居住环境的心不在焉——他的心思全然不在这上面。

房子至少有两周没有使用过了，屋子里有很大一股因为通风不良而造成的恶气，徐极山也没有发现任何被人搜查过的迹象，他没有再找到任何与自己有关的东西。在韩典的书柜里堆满了账本，都是舒能建筑材料有限公司的，徐极山很快就看出那是公司暗账的拷贝本——很多公司都有两套账，一套明账，是对外的，一套暗账，是对内的。这套拷贝本里所有的票据都是复印件或是照片，徐极山翻阅了其中两本，便知道这地方的水深程度不亚于山德公司，甚至可能更加严重。徐极山在一个账本里便看出至少三处贿赂及利益输送的嫌疑，精科文美咨询公司尤为可疑，仅2012和2013两年里的咨询费便高达八百万，他在最后一本账本，也就是9月份的账本里发现舒能公司向某小贷公司借款八千万。除了账本之外，徐极山还找到两本项目策划书，一个是服装项目，一个是玩具开发项目，这八千万就是要投入到这两个项目中去的，项目总的融资目标都超过两亿元。

太不正常了。尽管脱离他的专业已经十年，但是他仍然闻出了阴谋的味道，在实体市场如此不景气的时候竟然同时开发两个项目，简直可以称得上是疯狂。徐极山再一次分析了账本，得出的结论是惊人的——舒能公司在过去一年是亏损的，盈利数据全是假的！也就是说，他们在制造盈利假象，以便获得上市资格，至于上市之后是要大展宏图还是圈钱走人就不得而知了。一旦事发，作为财务总监必然难逃其责，而韩典留着这些见不得光的东西自然不是为了作退休纪念品。联系到在韩典家里发现的移民资料以及对面大厦的精科文美咨询公司，徐极山认为韩典极有可能是在搜集证据，是留退路，作盾牌，还是敲诈的筹码？不管怎样，谋杀韩典的嫌疑人多了一个——舒能公司的董事长苏洛，假如苏洛的居心更险恶些，那么杀死韩典的动机自然也就更充足一些了。

徐极山思考了片刻，拨打了舒能公司的前台总机电话，自称是几日前来访的税务人员，要求转接到财务总监韩典的办公室，前台工作人员很客气地解释说韩典已经离职了，并把电话转接给了代理财务总监，谭双。

徐极山挂掉电话，只觉遍体生寒。

事情已经十分明显了——韩典绝不可能是离职，舒能公司在撒谎，之所以撒谎，是因为他们对内情一清二楚，如果他们不清楚内情，与韩典的失踪完全无关，此时就应该心急火燎满世界寻找韩典——韩典家里是有座机的，在徐极山呆在韩典家里的那一段时间，座机一次都没响过，他也一直没有打通过韩典的手机。

如果真的是正常离职，那么就会有繁杂的交接手续甚至还有内部审查手续，在徐极山前去“拜访”韩典的时候，他没有在韩典的办公室看出一点儿交接工作的迹象，那不是一个处于离职交接期的办公室。

此外，韩典既然准备了昂贵的生日礼物，那说明他还没有和苏洛摊牌，还打算继续伪装成一个忠诚的臣子，他还没有开始实施敲诈计划。假如苏洛也不知道韩典的异心，那至少会在韩典缺席旷工的时候给韩典家里的座机打一个电话询问，他没有打这个电话，别人也没有打这个电话——这就更加可怕了。

螳螂捕蝉，黄雀在后。这黄雀是那伪装成蝉的黄雀。

失败的人是韩典，但感到极度沮丧的人是徐极山。他颓然地坐到韩典的沙发上，觉得自己又衰老，又无能，他以为自己已经有了在这种黑暗里争斗的资格，但始终人外有人，他也始终技不如人。

账本拷贝是从五年前就开始了——韩典从一开始就在算计，但他最终还是输了。徐极山忽然有那么一点儿了解韩典了，五十岁，虽然做到财务总监，但仍然是别人可丢可弃的棋子，仍然要冒着突然有一天一无所有的风险。徐极山曾经帮着别人利用他，尽管那表面上看起来是一桩公平交易，可那也是货真价实的侮辱，韩典那一年失去的不止是妻子，还有自尊，还有对这个世界的信任。徐极山想，也许正是那一次经历彻底改变了韩典，他发誓不要再做任人宰割的小角色，至少也要像戚雷——是的，他在模仿戚雷，他不要再被人利用丢弃，不要再因为一点点困境就被人收买了自尊，他想要成为戚雷那样的人，于是他不恨戚雷，而是恨徐极山，尤其恨徐极山，一个和他本该平等且以朋友相称的人，没有给予真正的帮助，而是与别人一起来利用自己糟践自己。徐极山分析着韩典的恨意：就像自己仇恨林察一样。这也可以解释韩典当年为什么要做那些事，一个人毁掉另一个人，也许仅仅只是因为一个念头儿。

徐极山没有找到其他的钥匙或是线索表明韩典可能还有别的地方藏有秘密。他拍摄了一些账册内页，冲洗成照片，连着公寓地址一起以匿名信的方式寄给了公安局。他相信韩典的事情终有一日会曝光，在经过太多阻碍之后，他不大相信自己有什么好运气，他不想到时候太被动。警方有了这些证据，自然会抓到真正的凶手，到时候即便自己私闯他人住所的事情被发现了，也没有什么大碍，不至于给他带来致命的灾难。

他相信警察迟早是要找上门来的。

八

找上门来的警察是肖展。

这是徐极山的旧相识，当年正是肖展亲手抓的他。

比起其他的警察来，他更喜欢肖展，虽然后者非常精明，而且很难对付。但他始终喜欢聪明人，当然，更重要的原因是，肖展对他的过去了如指掌。他知道徐极山曾经是一个非常出色的精算师，他知道徐极山不是一个普通的罪犯，这对徐极山来讲很重要，他不喜欢别的警察在看着他的时候流露出的把他和别的罪犯一视同仁的那种眼神。徐极山过去所获得的那些成就是一个很关键的自尊支撑，虽然那已经是过去式，而且是他自己把它们毁掉的，但是承认它们曾经存在过，或是有人知道它们存在过，会让徐极山倍感安慰——也许他的下半辈子就只剩下这一点儿值得回忆的骄傲了，他得靠它们活下去。

肖展开门见山，直接问徐极山最近有没有见过韩典。

既然有这一问，说明韩典已经在其注意范围之内了，舒能公司里有不少眼睛和监控摄像头，所以徐极山自然不会蠢到去撒一个立刻就会被拆穿的谎言。他坦白说见过，而且是冒充税务人员去见的韩典，原因是害怕对方不见自己，但他撒谎说目的是为了借钱。

“我现在情况不太好，需要点儿钱周转。”

他立刻看出肖展完全不相信这个谎言，但后者也没有立刻拆穿他——这是个无法得到证据的谎言，在没有明确证据之前，肖展不会跟他纠缠这个问题。

“找林察也是为了借钱？他没借给你？”

徐极山强压惊慌，永远是这样，警方知道的东西永远比自己期望他们知道的要多得多。

“不是。”徐极山说了一半真话，“我想问他知不知道当年谁有可能因为恨我而害我。”

“谁？”

徐极山摇头：“他没说。”

“你放不下过去，过去也就放不下你。”肖展半开玩笑半劝诫地说，在徐极山听来，这就是个明明白白的警告。

“我现在都想通了。”徐极山说，“我这种人，其实只适合过安分日子。”

“种瓜得瓜，种豆得豆。”肖展说，“不止说的是名利。”

徐极山连连点头：“是，是。我能问一下韩典出了什么事吗？”

肖展看了他一眼：“你怎么一开始不问？”

“这么些年，我习惯只是回答问题了。”徐极山狡黠地回答。

肖展哈哈笑了两声。

“他的公司报警，说现在的财务总监卷款跑了。”

“韩典卷款跑了？”徐极山有点儿懵。同时，他知道肖展在打量他的表情，琢磨他的思绪。

“不是他，是接替他的那一个。”肖展说。

肖展走了之后，徐极山呆坐了半天。事情的发展再一次出乎他的预料，是真的，还是烟幕弹？他没法儿从肖展那里套出什么话，只要他那么做，肖展就一定会怀疑他。最后，徐极山确定是真的，因为财务总监做了这种事，纸包不住火，警察不查账，股东也会查账，苏洛不会在公司上市之前闹出这种事，多半是新任的财务总监发现水深难测，索性趁乱捞了一票，想不到毒蛇竟然被毛虫算计了，徐极山既兴奋又失落。

苏洛如果真想借上市做些什么怕是无法得逞了，不过，有了他寄出的那封匿名信，警方应该很快查出真相了吧？

他不知道警察对自己知道多少，也不知道自己是否在警察的监控之下，但他一点儿也不在乎——他还没来得及犯下那些要叫他坐立不安惶恐度日的大罪，不过是些咬咬牙就能撑过去的小麻烦，他觉得心安。

徐极山给自己下了碗面，用辣椒油炒了肉末花生，和在面里，滋味美极了——这安分日子确实也没什么不好。

九

两个月之后，徐极山来到了医院，姚胜仍然没有醒。他平静地看着姚胜，心里的怨气似乎都消尽了。此时，苏洛也已经落网，一切正如他所推测的，苏洛早就想要放弃舒能公司，上项目以及上市都是为了圈更多的钱，然后就计划携款跑路。苏洛察觉到韩典一直在调查他，便雇佣公司会计林平在 11 号晚上去到韩典的家里，杀死了韩典之后，林平处理了现场，又搜走了韩典的电脑等物品，他把韩典的尸体装在行李箱内带出住宅区，驱车到远郊某村一个猪场的后院，烧掉尸体，埋掉残骸。

在新闻报纸上读到这个头条故事，徐极山有种恍如梦中的感觉——人与人的命运就是这样奇怪地被牵连在一起，如果他没有对林察起了那样的一个恶念，也许苏洛的命运就是另一种样子了。不过，现在他对林察的恨意也消失了，那些雄心壮志也都消失了。他觉得自己就像是正在慢慢消散的一团雾，这具血肉之躯终究也是会离开的，他能抓住的越来越少，力量也越来越小，现在他能抓住的，无非就是眼前的一点点，他不知道这是怯懦还是智慧，也不知道这究竟算不算得上好。

“外婆一直说，你就是专门毁人的那种人。”

徐极山转头看向说话的人，一个长相俊俏的年轻人，眼神里带着仇恨，他是认得的，苏云飞。

苏云飞把病房的门关上了。

“你要干什么？”徐极山紧张地高声叫起来——警方自然是采用了那封匿名信提供的线索，从某种意义上来说，是他把苏洛送进监狱的，苏云飞自然有仇恨他的理由。

徐极山无暇去想苏云飞是从什么渠道查到他就是送出匿名信的人，他只知道现在很危险，他急急忙忙地按下了护士呼叫铃。

苏云飞冷笑：“你到现在还没有认出我吗？我第一眼就把你认出来了。”

苏云飞脱掉了外衣，里面穿着的是一件无袖 T 恤，徐极山看见他的左臂上有一个圆形的疤痕，他瞪着苏云飞，脑子里一片茫然。

护士进来了。

“什么事？”护士狐疑地检查床上的病人，“怎么了？”

“对不起，不小心碰到了。”苏云飞替徐极山回答，徐极山沉默着。

“怎么搞的嘛！小心一点儿啊。”护士很不满地离开了，没有注意到两人之间气氛的异常。

“就是这么巧，”苏云飞说，“你又把我的生活毁掉了。”

徐极山还是没有说话，他不知道该说什么。

“韩典知道我是谁。”苏云飞继续说，“你知不知道他为什么知道？”

徐极山摇头。

“当年你进监狱那件事情，是外婆和他合谋的。”苏云飞冷笑，“外婆给了他钱。你知道你自己是个什么人吗？”

徐极山怔住了，他极力去想那个老妇人的脸，他不大记得她长什么样子了，甚至连她的名字都想不起来。

“为什么？”

“你从来没有尊敬过她。”苏云飞回答，“你去见过她几次？你瞧不起她，你知道她有多恨你吗？”

徐极山不知道，他设想过无数恨他的人，但从来没有想到会是她——因为他瞧不起她吗？他是瞧不起她，瞧不起她的鄙俗与粗鲁，瞧不起她那些令人厌恶的卫生习惯，瞧不起她那些上不得台面的亲戚，他把她隔绝在自己的生活之外，可是他从来也没有说出口过——他给过她钱，每年都给，通过银行。

“她一直是一个人住。”苏云飞厌恶地看着徐极山，“你从来没有想过她的感受，你从来都是只顾自己的。”

“韩典是她的一个远房表亲。你也不知道吧？”苏云飞继续说，“他们都恨你。”

于是他们一拍即合，要置他于死地，哪怕没有任何好处可得——不，老妇人赢回了女儿，她终于把女儿留在身边了，一个微薄的愿望。

“你什么都不知道。除了你自己之外，你到底关心过谁？我妈妈也恨你。没有你的那几年，她过得比较开心。反正你没进监狱的时候，她也基本上见不到你，你从来都不知道她在用抗抑郁的药吧？”苏云飞确实是来报复的，字字诛心，“所以我一点儿都不会怪外婆。”

“苏洛不是什么好东西，你跟着他迟早会出事。”徐极山终于知道该说什么了，他往前走了一步，但是苏云飞往后退了一大步。

“这么说，你的目的倒是为我好了？”苏云飞轻蔑地歪着头，“恭喜你成功了。”

他转身走出病房。

徐极山没有追出去，他的思维还停留在那件事上——韩典早就知道苏云飞的身世。他们的关系远比人们想象的要密切，他们掌握着彼此最要命的把柄。是苏云飞出卖了韩典吗？为什么韩典出事刚巧发生在他去找过韩典之后？为什么那么巧苏云飞出现在韩典的办公室门外？假如苏云飞在韩典的办公室里装有窃听器，那么他与韩典的对话就会全部落在苏云飞的耳朵里。假如韩典对自己说出苏云飞的身世，那么他就一定会放弃一切行动，只求要回儿子。但苏云飞怎么肯变回到徐学晨，从一个富家公子变成一个罪犯的儿子？要保住自己的地位，就必须保证韩典沉默。徐极山越想越心惊，新闻上说苏洛去年新娶的妻子已经怀孕了，这个孩子一旦出生，势必威胁到苏云飞这个养子的地位。虽然现在苏洛出了事，但瘦死的骆驼比马大，他还没有破产，苏云飞又已经成年……

徐极山奔出医院，正值下班高峰期，大街上人潮涌动，他的儿子是淹在里面的小芝麻，他想要知道答案，但又害怕知道答案——他仿佛看见了一个大漩涡，十年前由他亲手制造的大漩涡，现在它仍在不断地吞噬，扩大，他的儿子也成了那漩涡的一部分。

他在街上跪下来。

远处，赤红色的落日正沿着高楼的侧面下滑，像是在刀刃上滚动，夜终归会来的。

躲不了的，徐极山绝望地看着它，躲不了的。

达娜依特的酒桶

一

我觉得自己是个混蛋。或者更准确地说，我正准备成为一个混蛋，而我并不想阻止自己。

在遇到丁娜之前，我一直小心谨慎地遵守着各种规则，这种小心几乎可以称得上是虔诚，而这种虔诚源自于我自己的亲身经历以及别人的残酷教训——生活总是以最直观的方式教会每个人对待生活的合适方式。既然规则是从经验中提炼出来的规律——虽然不可能百分之百行之有效，但只要有百分之二十的可能性带给你好处或规避麻烦，那么它便值得认真对待，至少我是这么认为的，而且也一直这么做。事实证明，我确实绕过了很多可能的风险，有一些还相当可怕，让我至今仍为自己的明智而感到庆幸。

人们常说，每个人一生都毫无例外地在等待某一个例外，虽然这个例外很可能会让你过去的生活粉身碎骨。

第一眼看到丁娜的时候，我就知道，她就是我的那个例外。

她是我一位朋友的女友。

这位朋友跟我的交情并不算深厚，我也并不喜欢他，但是对朋友的女人有了非分之想，会带来太多可知与不可知的麻烦，而这些麻烦都是我一直以来竭力避免的。

首先，我会失去一个圈子，而不止是一个朋友——每一个朋友圈都会以某一个人或是某一种关系为核心建立。这位朋友虽然不是此朋友圈的灵魂人物，但却和好几位与我的工作密切相关的关键人物有着亲戚关系，所以，一旦我得罪了这一个人，也就等于失去了好几个固定的长线客户。对于像我这样以绝对销售业绩为生存资本的小人物来说，这意味着我甚至可能因此而失去工作。

其次，我会失去信誉。一个会觊觎朋友女人的男人是危险的，更是不诚信的，因为这破坏了男人友情的游戏规则——规则在某种意义上就是为了阻挡欲望和保护利益的，而女人，在男人的立场上，那是代表一种绝对利益。失去信誉会像一种恶性传染病，传遍我所有的朋友圈，男人八卦的强度并不比女人逊色。顶着这个标记，我几乎不可能再建立任何深层次的关系和感情——尽管其他男人并不一定不理解这种行为。

丁娜的容貌当然十分出众，但我并非是那种没有见过世面的男人，漂亮女人在这个年代并不缺货，基因进化、营养、化妆术、整容术……几乎任何场合你都能遇到美人。有一个女性友人跟我私下八卦，她怀疑丁娜做过整容手术，她还非常专业地列举了开眼角、隆鼻、磨腮和注射玻尿酸的种种证据。说实话，我很相信她，丁娜有一张和很多漂亮女人都极为相似的脸，那种相似会让人想到一条被机械与程序精密控制的生产线——但并不影响我对丁娜的迷恋，我因此确定自己真的爱上了她——唯有爱情可以超越生理皮囊和惯性思维。

我几乎是在渴望着这个麻烦，我越是恐惧它所带来的后果，便越是期待那种场景；毁灭的可能性越大，倒越能激起一种类似战士的激情。

丁娜像一个病毒，长驱直入，我的理性和多年坚持的价值观在一夜之间就全军覆没。当脑子里有一个声音在说“去他的丁娜”时，另一个声音也会同时冒出来：去他的规则！

这种对峙持续了半个月，我败得人尽皆知，不止一个人跑来旁敲侧击——我知道他们中不乏好心人，而且捍卫游戏规则，人人有责。但我没法儿感激，更何况其中还有怀着恶意的家伙：他们认定我的爱情不过是欲望的一种掩饰——据说丁娜的家世背景很好，官二代，典型的白富美；只是她似乎并不喜欢她的家庭，声称独立至上，因此一个人出来打拼，偶尔还会经济困窘。大家对这样的选择褒贬不一，但都一致认为这种桀骜或是矫情最终都会消失，她始终都会回到属于她的那个世界——她父母为她准备的光明世界里，所以得到她的人，迟早也会得到那个光明世界。

我没法儿解释，因为我确实就是那样的人——我费尽心机结交朋友，我从不结交没有利用价值的朋友，我清楚地知道能从一个朋友身上得到什么，我知道他的交际圈里有多少人是对我有用的，同时我也知道我能带给多少对方所需要的东西。我一步一步计算、一步一步经营，大家喜欢我与接受我，是因为我是个聪明人。

我没法儿解释，当我看见丁娜的时候，她的背景于我不过只是一块背景布，有或者没有，都无所谓，即便那背景是一片漆黑，甚至深渊，仿佛也没有多大关系。重要的是，我必须要看得见那个人，要让她在我的视线之下。爱情不是全盲，而是选择性盲，而这种选择，是理智失明的结果。

我没法儿解释，也就只好不解释。不过我常常想着有一日和丁娜单独见面时必须要问她的一句话：为什么偏偏对你这样？

按照规则，当你对一个女人说了这样的话，就等于是把自己脖子上的绳索交到对方手里了，她想要拉紧便拉紧，想要松开就松开。我知道，但我还是想要这么做，我只怕她连接都不想接住。

我每天都想象着各种与她产生交集的场景，为自己设置重重难关，乐此不疲地琢磨着每一种攻关的技能，琢磨每一个细节，比琢磨如何给回扣及创业绩所花费的时间和精力都还要多，为了得到她的电话号码，我还当了一次贼——偷走了我那位朋友的手机。当然，事后我又将手机还了回去，只是在厕所里寻找号码的那五分钟，可以算得上是我人生中最漫长的五分钟。

然而遗憾的是，我始终都没能打通那个号码。

二

马成歌喝了三罐啤酒就醉倒了。

他趴在吧台上很没出息地呼呼大睡，每次失恋他都是如此——糟糕的酒量倒是救了他的命，他总是在达到致命剂量之前就失去意识。

丁娜消失了。

马成歌就是我的那位朋友，丁娜的男友。

马成歌很不高兴，通常都是他主动提出分手，有时候确实是因为感到厌倦，有时候则仅仅只是为了抢夺抛弃者的优势位置。他曾经对自己发过誓，再也不允许自己被任何女人抛弃，为了达到这个目的他不惜破坏任何规则——他现在是一家上市公司的副总经理，这个职位是他给前任设下陷阱后抢来的，这件事做得并不隐秘，从清洁工到董事长都一清二楚，不过每个公司都至少需要这样一个让人忌惮的家伙，大恶人才压得住小恶人，这也是行之有效的规则之一。另外，没有坏家伙，竞争机制是很难真正建立起来的，安全会让人打盹儿，人类是一种脾气古怪的生物。女人们也有竞争意识，一个太让人有安全感的男人通常不会引起女人太大的兴趣，马成歌正是女人很难主动舍弃的那种男人——年轻、英俊、多金、浪漫、狡猾、前途平坦、控制欲十足。他自己也一直努力成为这样的男人，但很奇怪，他总是很难与一个女人保持长久关系，而关系破裂之后，他也基本上不可能与任何前任再成为朋友。

马成歌选择女人通常都有极强的目的性，要么漂亮得像一辆惹人眼红的保时捷，可以提高他的身价；要么聪明机灵，做得了他工作上的好帮手；要么人脉宽广，能帮他在交际场上牵线搭桥；要么贤惠勤快，可以把他从琐事中解脱出来，吃穿如意……他几乎尝试过各种类型的女子，丁娜与这些女子相比，大约最大的区别和优势就是她的家庭背景——我一直怀疑这才是马成歌真正动心的地方。

丁娜很可能意识到了这一点，所以才会如此决绝地离开，连一个字都没有留下。我担心的是藏在这决绝行为背后的女人，我曾认识一个女孩子，她在和男友分手后的第二天便去相亲，晚餐时还跟相亲对象谈笑风生，就在人人都赞叹她的洒脱时，她却走出餐馆直奔马路，让自己被飞驰的汽车撞成一摊血肉。

有人说，你永远不知道女人的脑子里在想什么。但事实是，你甚至不知道你自己下一秒钟会想什么。我们可能因这一秒的念头成为一种人，也可能因下一秒的念头成为另一种人。

我不知道丁娜是哪一种人，冷漠也好、刚强也好、软弱也好，我一点儿也不在乎。这一次和以前的感情完全不同，以前我认为性格、价值观、品德都已经在深处，但这一次，仿佛它们统统都成了表面的东西——几乎就像是一件衣服，穿红或者穿绿，并不会影响你的态度。我被困在一个看不见深度的位置，这真是件很吓人的事。

我卑鄙无耻地守着马成歌，只因为我想要得到丁娜的消息，但她完全不联系他，没有电话，没有短信、没有微信……我趁着马成歌酒醉，龌龊地偷窥和咀嚼着他们的每一条聊天记录，但是字里行间没有任何线索可以帮助我找到丁娜。那些聊天记录很乏味，有肉麻的地方，但那肉麻也是乏味的，符合套路。男人挑逗得费力，女人做作地回应，不是那种真诚的让人血液上冲的刺激。我甚至都不感到嫉妒，丁娜从没有提及她的任何朋友，更没有一个字提到她的家庭，而马成歌也在刻意回避对这些进行提问。

据我所知，马成歌是在另一个朋友圈的聚会上认识丁娜的，而他对丁娜家世背景的了解也不是直接从丁娜那里获知的，只是无意间偷听到了丁娜与其家人的电话对话——他在小圈子里宣布了这个惊喜的发现，大家给出的共同建议就是让马成歌继续在丁娜面前装聋作哑，不闻不提不查，将真诚表演到底，而这样做的结果就是包括马成歌在内没有任何人知道丁娜的父母到底是何方神圣、家住哪里、如何联系。

我像个游魂一样在丁娜曾经租住过的公寓附近徘徊，我向小区的门卫们行贿，但他们所知实在有限，唯一可以确定的只有三点：第一，除了马成歌之外，他并没有发现丁娜有其他的朋友上门。第二，丁娜是在 11 月 17 号这一天提着行李箱离开的。那一天并不冷，但是她却用口罩和帽子将自己捂得严严实实，而且戴了墨镜。他们估计她哭过，因为他们听见她用手机跟“滴滴打车”平台的司机联系时，有很重的鼻音。第三，她是一个人离开的。我的直觉也不认为这件事里存在第三者，我几乎能确定，她现在正一个人待在某个地方，坚强或是崩溃。其实之前在她和马成歌一起出现在我面前时，我就有那种古怪的感觉：她就是一个人，尽管她的手紧紧挽着一个男人，即便他们含情脉脉地十指相扣，也并没有把他们两个连接在一起。

我常常在想，也许吸引我的就是那种深藏的孤寂感，在我的体内也有同样的东西。因为知道无法靠近，所以才需要靠近的幻觉，尽管人类早已不需要靠群居来获得安全，尽管大家都知道每个人最终所能依靠的只能是自己，尽管聚集所带来的安全感是一种比幻觉更不可靠的东西。

马成歌很快有了新的女友，后者比丁娜还要漂亮，而且是难得一见的天然美人，她的作用是为了帮助马成歌洗清耻辱。为了表现友情，大家都竭力贬低丁娜，她的怪癖被一一回忆起来，只跟她见过一次面的人也能说出好几条，整容的话题更是理所当然地被一再提起。马成歌指天发誓说他无法接受人造女友，就算后者的身份是个公主也不能使他突破底线。相当一部分人都为我感到庆幸，丁娜的离开实在太及时了，她没来得及毁掉两个男人。他们舍不得失去我，就连马成歌也大度地表态，如果因为一个到处都是假货的女人而伤了我与他之间的兄弟感情，他也会觉得十分不值。

作为对这句话的回应，我在他的鼻子上连砸了两拳。

三

我是个销售经理。

我卖过很多东西：服装、家具、食品、香烟、药品、保险，现在是医疗器械，这种产品让我得到的成就感最多，提成也最多。有人会说这是暴利行业，价值与价格不对称，听到这样的话，如果时机合适，我就会反问，你给你的命标了个什么价？如果你认为自己的性命是无价的，那为什么要贬低能救你性命的产品？我喜欢这样的说辞，喜欢看见对方被噎着的样子，这让我觉得十分痛快。

十几年的销售生涯让我明白了一个很重要的道理：人们对待商品的态度其实就是他们对待生活的态度。舍不得花钱治病的人，绝对不会珍惜生活；在恋爱中过于吝啬金钱的人，爱情对他们来说确实就排在金钱的后面；喜欢免费的人，通常都不喜欢责任；真正热爱及懂得艺术的人，一定会给出尊重作者和作品的开价……金钱不止是交易的度量衡，也是态度的度量衡。

我一共见过丁娜五次，每一次她都精心装扮自己，她的发型、衣服、手袋、皮鞋和香水都很考究，每个小时都会去补妆。可以看出她对形象的重视程度，简直到了焦虑的地步，所以不难推知她的大部分时间和金钱都会花在这项工程上。奢侈品店、美容店、理发店、美甲店、美容医院……这些地方就是她的活动范围。

美容医院也是公司产品的主要客户群，我常常在那些地方看见满脸焦虑的女子。大部分的美容者都是焦虑的，年轻的与年老的同样焦虑，整过容的并不比未整容的更轻松。我想她们大约并不清楚这种焦虑是不可能通过手术来治愈的，即便手术让她们变得更加完美。从某种意义上来说，整容就是通过否定自己来获得认可，改造的程度也即是否定自己的程度——有谁能通过否定自己来得到自信吗？当然不能。但人们还是对这种南辕北辙的方式趋之若鹜，曾经有人跟我说过，一个女人整过一次容之后，基本上这辈子就和美容医院绑在一起了。

与其说美容医院在售卖美丽，不如说他们在售卖幻觉，人类总是很容易对幻觉上瘾。

我在丁娜的脸上也看见过同样的焦虑与幻觉，我知道她不可能离得开这种为她供应幻觉的地方。

再一次见到丁娜果然是在一家美容医院。

她是去做修复手术的——她的上一次整容手术产生了严重的后遗症，下巴里的填充物是一种不合格的伪劣产品，导致了奇怪的变形。

接到医生朋友的“线报”，我立刻赶到了医院，丁娜见到我很是惊讶，但并不排斥。她把下半张脸都藏在一个蓝色的“哆啦a梦”大口罩的后面，一双大眼仍然是美丽的，说话的声音被过滤出一种奇怪的音调，倒萌得可爱。

我们都没有提到马成歌，医生对修复手术的预后并不乐观，取出已经分散在组织里的填充物需要极好的技术、极多的时间，当然，还有大量的金钱。在送丁娜回家的路上，她一直都心不在焉，我本来想开个玩笑缓解缓解气氛，最后始终什么都没敢说。她的新住所在一个只有收发室的老式小区，前面临街，后面是个菜市场，她选择这里的唯一理由只能是便宜。

她的样子当然没法子出去工作，既然她没有回家求援，那么估计她的经济状况也不会太好。当我提出要借钱资助她做手术的时候，她却一口回绝了。

“我不缺钱。”

“在不合适的时候好强，那就是愚蠢。”我试图说服她，当然，最重要的目的是讨好她，但又不能太过火，“我也不是送给你，你要打借条的。”

她侧着头沉默地看着我足有一分钟。

“你为什么要对我这样好?”

这是一个极好的机会，我可以说出准备了很久的那句话，但我没有说。

“你是女人，我是绅士。”我开玩笑道。

“真的不需要。”她冷冷地说。

四

丁娜并没有骗我，她是真的不缺钱，十万元的手术费第二天就付清了，而且全部都是现款。

整个住院期间除了我之外没有任何人来探望她，当然，换了是我也不愿意让人看见自己最糟糕的样子。

她的下巴问题很严重，注射物与组织纠结在一起，形成了多个硬肿块。以前的尖下巴现在变得又大又方，但如果把肿块全部切除，那么整个下巴也会消失。手术必须分多次进行，初步计划是先取肿块，再植入假体，但取出肿块后机体是否能适应假体，现在并不知道。

手术之后，她的整个下巴都被纱布包裹着，不能说话，也不能咀嚼，只能通过吸管进食流质食物与静脉滴注营养液。

我买了一个大花瓶，每天都送去一束花。我知道女人在脆弱的时候是比较容易接受好意的，尤其像丁娜这样似乎没有任何朋友的女人。但我忘记了脆弱也会让人喜怒无常，有时候她会很安静地看着那些鲜花，有时候却会突然发作起来，连花瓶带鲜花一起砸到地上去。但她不哭，因为哭泣会触犯她的伤口，她把所有的愤怒都集中到眼神里，让人看了一眼就觉得不寒而栗。

我不生气。她砸掉一个花瓶，我便再买一个花瓶，每天也还是送一束花过去。在砸碎七个花瓶之后，她终于放弃了，在她的眼里我也渐渐看见了期待与依赖，当我走进病房的时候，我已经能够很明显地感觉到她在等我。

这正是我想要的，进展完全符合我的计划，但我并没有得到想象中的欣喜，反倒是有些茫然。

毫无疑问，我们的关系比以前亲近多了，但这是一种让人看到更多陌生的亲近。有时候我看着她沉睡的脸，会忍不住想：这完全是个陌生人呢。除了她的名字、身材和气味之外，我对她简直就是一无所知，现在连容貌也是陌生的——那个被层层包裹的下巴是一个非常耀眼的象征物，象征着所有的不可知：她的未来，我的爱情，命运的走向。

我每天都来，但是过去在心里酝酿了很久的海誓山盟却一句都没有说出口：面前是这样一座庞大的未可知，谁能够不心虚呢？

丁娜能够开口说话后跟我说的第一句话是：“韩威，你出卖过你的爱情吗？”

五

我不止一次放弃过爱情，但我不知道放弃是不是一种出卖。

大学的时候，我喜欢上一个不漂亮的女生，为她打过三次架；她说过几次傻话，让我在要好的兄弟面前很没有面子，于是我跟她分手了。毕业后进入职场，我爱上了自己的女上司，她是优秀聪明的女人，很有魅力，教会我很多东西；但是她会为了做成一桩大单跟自己的客户上床，我受不了这个，于是我也跟她分手了。后来我跟一个相亲认识的女人谈婚论嫁，她是个幼儿教师，性格温柔，我没挑出她的任何缺点，但还是跟她分手了。我不止放弃过爱情，也放弃过将就。

听了我的故事，丁娜沉默了很久。

“如果你能再坏一些就好了，如果你再坏一些，我就可以把我的故事也讲给你听了。”她说这句话的时候扬起了她的短下巴，下巴上的伤口都还没有长好，疤痕很明显。她得忍着这个伤疤六个月，六个月之后，她才能做植入假体的手术。

“你为什么要整容？”我问，但我并不是真的想问这个问题，其实答案对我来说无所谓，我只是想找一个可以让我们显得关系亲近的话题。

“这是个看脸的世界。”她说了一句网络上的流行语。

“如果只是为了看，脸很重要，”我说，“第一印象也很重要，但这第一印象都是为了第一目的服务的。每个人都有自己的第一目的，你把脸和这个第一目的放在一起，脸一定是最不重要的。”

她愣了好一会儿：“第一目的是什么？”

“每个人都不一样。”我依次伸直十根手指数着：“生存、利益、财富、权力、爱情、家庭、和平、健康、事业、理想……你会把脸放在哪一项的前面？”

她侧着头想了一会儿：“对女人来说，一张漂亮的脸就是生存、利益、财富、权力、爱情、家庭、和平、健康、事业、理想。你敢说不是？”

“我的意思是你得割裂开来看，单纯的容貌和其他项放在一起，必须二选一的时候，人们不会选择容貌。”

“怎么割裂？一个女人就算是十项全能，只要她不够漂亮，她就失去了优势。”

“我们说的是两回事。”我有些无奈，有时候你就是没办法和一个女人讲清楚道理。

“是一回事。”她很坚持，“你们对男人就不这样。长得不好看的男人，他的长相并不影响他得到事业、财富、爱情、理想，就算有影响，也不会像对女人的影响那么大。一个不漂亮的女人，要么自己足够能干，要么就必须运气够好，不然的话，她做任何一件事都会比别人艰难。还有，最不一样的是，女人根本就不是做选择的，漂亮也好，不漂亮也好，都是被列在选项里的；

你说的那种选择，选这个不选那个，是因为你是男人。男人是做选择的那一方，他可以为了事业放弃一个漂亮的女人，也可以为了权力放弃一张漂亮的脸，可是女人做不到。她放弃了漂亮，就失去了很多得到更好生活的机会，不是说她只重视外貌，那是因为她没办法不重视，别人就是会因为一张脸对她挑三拣四的。我举个简单的例子，一个女孩子，如果她又穷又不美，人家就会说，难怪她穷，长得不好看，怎么嫁得了好老公；如果她不美但有钱，人家会说，再有钱怎么样，长得那么丑，还不是嫁不出去；如果她美但是穷，人家会说好可惜，不过没关系，以后可以嫁得好，总会好起来的；如果她又美又富有，那就是个香饽饽了，人人都会抢着要。”

她说得乱七八糟，但我依稀是有些明白她的意思了，她在描述某种隐晦的规则，这种规则会被道学家与文学家批判得体无完肤，但是它仍然在相当范围内通行无阻，有数不清的拥趸，我“呵呵”了两声，只好开玩笑。

“你可不就是那个香饽饽吗？”我第一次暗示到她的家庭，但其实我已经开始怀疑，那极有可能是一个谎言，因为她的行为和思维方式里都藏着太深的焦虑，不太像是一个长期养尊处优的白富美。

丁娜笑而不答，我也不打算深挖。

六

我本来打算和丁娜成为情侣，现在倒像是成了蜜友。

她在我面前完全不害羞，仿佛一点儿也不担心那丑陋的疤痕会把我吓跑——而通常情况下女人在心仪的男子面前都是格外注重形象的。

"如果真没人要你，我就勉为其难，把你收了吧。"

"口说无凭，立个字据吧。我等着你食言那天敲诈一笔精神损失费。"

开玩笑已经成了我和她沟通的主要方式，这样的好处是自尊心有了一道铠甲。糟糕的是，她也用同样的方式回应，我始终无法辨识出真假来。

不管怎样，这好歹也是快乐的。我现在基本上把大部分的空闲时间都花在了丁娜的厨房里，由于她羞于外出买菜和吃饭，我便主动把做饭的责任给扛了起来。她偶尔也自己下厨，动作娴熟麻利，菜的味道也相当合我口味。我总是吃完晚饭就立刻离开，饭桌上不谈风月，也不谈利益，但我一点儿也不觉得无聊，也从没想念过以前的那些日子。倒是马成歌专程带着他的天然氧气女友到公司来叙旧——在谣言中，我已经和丁娜同居了。

他将一张整形医生的名片递给我。

"看在多年交情的份上，我劝你离那个女人远一点儿。你怕是从没见过她整容前的样子吧？啧啧，那可真是……你去见这个人，丁娜第一次整容就是在他那里做的，他有资料，就说我让你去的，他会给你看。"马成歌做出夸张的表情，压低了声音，"整得了容，整不了基因，就算是为了后代着想吧。"

这一次我没有打他，我只是很奇怪自己竟然和这种人称兄道弟了好几年。那张名片我留下了，说实话我确实很想看看丁娜以前究竟长什么样子，除此之外，还有一件事让我感到很奇怪：丁娜的下巴可以算得上是典型的医疗意外，她完全有理由把那家伙告上法庭并拿到她应得的赔偿。但是丁娜对这件事只字不提，有时候我把话题引出来，她就会东拉西扯地把话题又绕开去，让我不得不猜测这其中有一部分不可言说的隐情。

那天我甚至走到了那家整容医院的大门口，但最后还是把好奇心压住了。我不想成为丁娜口里那些做选择的家伙，我不敢保证自己和他们完全不同，我烧掉了名片，也没有把这件事告诉丁娜。

六个月之后，丁娜的下巴里被植入了一个特制的假体，手术很成功，但她依然要难看上好几个月，直到红肿全部消退。

我对她即将到来的美貌并不感兴趣，有时候我会觉得自己爱上的是一个寄居于她身体内的幽灵。我从未看清它的全貌，就连在她的思想里，它也是躲躲藏藏的，只是偶尔闪现一下。但与它相遇时的那一刹那火花，就已经可以支撑我的耐心了。

丁娜对于外出也不像以前那样排斥，有时候她忘了戴口罩，也不会觉得特别难为情。她大大咧咧地在街上走着，大胆地迎接别人好奇的目光。

她说这对她来说也是件怪事，以前的她不化妆就绝不会出门。

“可能是被你传染的吧。”她对我说，“因为你不在乎，所以我也不在乎了。”

大约真正的爱情都应该是这样，不必小心翼翼、如履薄冰，并不需要做到最好，也不需要刻意讨好，只需要在对方的面前做自己就好。你不会提心吊胆、患得患失，因为知道那个人爱你只因为你就是你，你不是你的皮囊，也不是你的好处。你通过一双爱的眼睛更加全面地认识了自己，认可了自己，这就是爱情最美妙的地方。

当然，不是一开始就会这样，每个人的情况都不一样，但到最后，都应该是这样才对。在那之前，也许会经过很痛苦的煎熬、钻牛角尖、争吵——真爱需要通过考验，幸存下来的才是真爱。

我常常在想，如果我不是现在的我，我没有经历过过去的那些不珍惜与草率；如果丁娜的过去中有一分钟的事情被改变了，就可能导致她不是现在的丁娜——如果是这样，也许我们根本不会相爱。

七

我很确定那个女人是在跟踪丁娜。

我看见她跟着丁娜从菜市场里出来，又在超市门口等着丁娜出来，一直到后者走进住宅区，上了楼，然后才转身离开。

这不是我第一次看见她，在丁娜做下巴复原术的整形医院，我也曾不止一次看到过那张脸，有时候在走廊里，有时候在大门口。一开始我以为那是整容医院里的其中一个女客人，但现在想起来疑点颇多，她的眼神闪烁，见到我的时候总是慌慌张张地把头转开，或是快速走开，但我并不认识她。另外，她有一张漂亮的脸蛋，年龄大约三十来岁，皮肤状态相当不错，至少我觉得她并没有做整容的必要。

我把用手机偷拍到的照片发给丁娜看，她皱着眉头想了很久，确定自己完全不认识照片上的女人。我觉得她没有撒谎，她表情里的疑惑是货真价实的，但她的秘密也是货真价实的。我知道丁娜是一个有很多故事的女人，她把她的过去封锁在她的大脑里，只字不提。我尊重她的秘密，但并不代表我不希望她敞开心胸，事实上当她不这么做的时候，我还是会觉得受伤。

照片上的女人像一根导火索，我的怨气一下子都被点燃了。

“她也许真的认识你。”我说。

“也许她认错人了。”

“她跟踪你不是一天两天了，认错的可能性很小。”我冷冷地说，“也许只是你的记性不好。”

“如果她真的认识我，那为什么不跟我说话呢？那说明她还是不确定吧？”她很认真地分析着，“搞不好是个精神有问题的女人。你说呢？”

“我又不知道你以前认识过什么人，我怎么知道？”

她终于听出我是在找茬儿，于是我们很有默契地大吵了一架。

三天后，我提着蛋糕和鲜花回去道歉，我知道我的委屈并不占理，除了显得我小气狭隘之外没有别的用处。当然，最重要的原因是那一天是丁娜的生日，我希望能和她一起过。她显然也是这样想，我们只是默默地拥抱了一分钟，就完成了和解仪式。

我亲自下厨做了晚餐，饭吃到一半的时候，门铃响了，打开门，却只有一个快递盒子放在门口。

盒子上的快递单上只写着一个字：魏。

丁娜站在原地，一动不动，像是被那个字摄了魂魄一样，我连叫了她三声，她才面色惨白地回过头来看着我。

“打开它。”我对她说。我的思维状况比她好不了多少，满脑子只有一个念头，她必须打开它。

丁娜摇着头，赶紧把那个盒子扔到地上。

我跑过去把盒子捡起来，塞回到她的手上，连水果刀也一并递给她。

“打开它！”

我的表情一定比盒子里的东西更可怕。丁娜哭起来，她发着抖，用水果刀把封住盒口的胶布割开。

盒子里的东西刚一露出来，她便惨叫起来。

那是一个风干了的老鼠标本，没有头，被一根红绳绑在一根小小的木棍上。它不臭，盒子里放着一只装满丁香冰片的中药香囊，后者的味道覆盖了前者的味道。

丁娜坐在地上，抱着膝盖，把头埋进去大哭。

我怔了几秒钟之后，蹲下来抱住了丁娜的肩膀："这个姓魏的，是不是你以前得罪过的人？"

丁娜的哭声因为这句问话戛然而止，她擦了擦眼泪，站起身，用手指着门口。

"滚。"

我也只能跟着她站起来："你别怕。我不是……"

她的脸抽搐了一下，扭曲起来，她近乎歇斯底里地将我使劲往门外推："我们完了！滚——"

在关门以前，她把那个盒子以及盒子里的无头老鼠一起砸了出来。

我站在原地看着它，差不多发了一个小时的呆，门始终没有再开，我知道丁娜说的不是气话。

一段我们都发誓要拼了命去维护的爱情，仅仅因为我执著地要看一只无头老鼠，就这么结束了——这不是荒谬又是什么？

没有头的老鼠像一张古怪的脸，狞笑着。

八

我没有再回去道歉，我知道如果我还想要奇迹就不能道歉，女人会鄙视那些总是主动道歉的男人，尤其在他们犯了大错的时候。所以越是这个时候越要冷淡，有时候把错误当做原则来坚持，或许还能置之死地而后生。这是我从那些情场老手那里听到的经验，他们相信女人们骨子里会归顺于那些不被她们左右的男人，你可以在她们那里失去理智，但绝不能在她们面前失去尊严，那是不可逆的损害。

我祈祷这一招能对丁娜管用。

她的电话始终没有打来，没有短信，没有微信，到第四天的时候我已经完全没办法思考其他任何事情。于是我拨打她的电话——电话关机。我发狂般地冲到她的公寓，开门的是房东太太——丁娜已经搬走了。

人们很难找到一个故意藏起来的人，那些越是了解对方的人，反而越能成功。

丁娜对我的了解远甚于我对她的了解，因此她没有出现在任何我能想象得到的地方。

而这个城市就像是另一个丁娜，硕大无比的、难以捉摸的、迷宫一样的丁娜——尽管我来到这里已经十年，但是我对它的了解并不比第一天多了多少。不断扩张的街道、不断修建的高楼大厦、不断变形的肢体、不断来来去去的新人故人、不断变化着的各种规则，几乎每一天我都匆忙而狼狈地适应着它的变化，我分明把自己变成了它的一部分，但我仍然不了解它，到最后我连自己都不再了解了。

我绝望地在大街上乱转，所有的熟悉也同时是陌生，丁娜淹没在丁娜之中，她不是消失了，而是融化了。我喝了酒，但不敢喝太多，我希望保持清醒，虽然这种清醒对于找到丁娜毫无用处。

在熬过最初不聪明的几天之后，我去了广丽美容医院——那是丁娜第一次做整容手术的地方，也就是马成歌费尽心机找到的那个地方。我知道在那里我找不到丁娜，但是可以找到丁娜的过去，我想要看一看她的过去。

我的记忆力很好，我的职业需要我能对电话号码过目不忘，所以尽管我烧掉了那张名片，但我仍然牢牢记住了那个医生和他的电话号码。我先拨打了后者的手机，但他的手机一直处于关机状态。于是我只好直接进了医院，前台接待小姐很遗憾地告诉我，我要找的孙连医生死了。

她的表情很古怪，但不肯透露更多。我看见有两个穿制服的警察从电梯里走出来，医院里的医生护士也都神情怪异。

我打了一个寒战，直觉告诉我这是一个很大的麻烦。我转身疾步走出医院，但那种麻烦逼近的感觉并没有被甩掉。

警察在第二天上门，和我的预感一样，孙连死于谋杀。

他是在自己家里被杀死的，有人用水果刀刺进了他的腹部，他死于大量失血，我能了解到的信息只有这么多。

警察找到我是因为马成歌告诉他们我是丁娜的现任男友，丁娜被列为嫌疑犯之一，她因为孙连而几乎毁容，孙连曾对人提起这桩医疗事故。

我竭力将丁娜描述为一个宽容忍耐、不在乎金钱且一贯息事宁人的女子，以便让她不索赔自己默默承担昂贵的修复费用这种古怪行为显得合理一些。我担心这些习惯用逻辑思维来评判好坏的警察会因为她的古怪而找她的麻烦，但这样一来，我就不得不为我们俩莫名其妙的分手以及丁娜的消失编造其他的谎言。我夸大自己所犯的错，醉酒、多疑、大男子主义，差点儿把自己描述为一个任何女人都必须敬而远之的混蛋——但事实证明其实是我自己在心虚，我这么做恰恰是因为我认为丁娜确实和孙连的死有关。

我没法儿摆脱这个念头。

我开始做噩梦，我常常梦见一辆火车，丁娜坐在靠窗的位置，用一种充满怨毒的眼神看着窗外不断倒退着的景色。我沿着她的目光看过去，发现那些我以为是树木的直立物实际上是一个个面目模糊的人。

我被吓醒过来，然后觉察到我所看见的眼神并不是我凭空想象出来的，我曾经确确实实在丁娜脸上看见过那种表情，在她做完修复手术之后的那段时间，在她发了疯似的把我推出大门时候。

丁娜的心里有仇恨，极深的仇恨——我一直知道，只是一直装作不知道。

美容行业是个小圈子，我不费什么力气就打听到不少关于孙连的情况。他的口碑不是太好，不止是技术上的，他做坏过好几张脸，但他都找到了对方的过失而避免了赔款，但是内行都知道是怎么回事。有人提到一个新闻，孙连在被杀前一个月，家里曾遭人盗窃，损失了差不多有十五万的现金。警察一直没有抓到盗窃犯，据说干这事的是个高手，家里的东西都没有被翻乱，直奔藏在衣柜里的保险箱，用密码开锁取走现金。孙连并不是每天都会打开保险箱查看，因此他甚至都不知道具体是什么时候失窃的。警察认定是熟人作案，关于他的死，大家也都认为应该是熟人干的，搞不好就是同一个。他们猜测是他众多女友中的一个，那家伙的私生活太混乱，一个嫉妒的女人倒是什么事都干得出来。

这样的推论让我更惊慌。因为我突然意识到一个十分反常的情况：丁娜是用现金缴纳的手术费，而且她从来不去银行，我没见到她使用任何银行卡和信用卡。

警察果然上门来问我，我再一次撒谎，说丁娜向我借了几万元，然后才凑齐了手术费。

我不知道自己为什么这么干，但我觉得自己如果不这么干，就好像是在出卖她。

九

尸体的臭味让我眩晕。

警察们在等待，但我实在没办法辨认面前这具被水泡胀了的、变形的、面目模糊的尸体是否是丁娜，我只能认出她的衣服、手袋、还有身份证。

身份证已经被证明是假的。

我说不出丁娜具体有多高，一百六十三公分还是一百六十八公分，在我看来并没有太大的区别。她穿高跟鞋，我也说不上来那鞋跟具体是多高，七公分还是十公分。马成歌对女人的这些细节更在意些，但是他也不敢完全肯定，警察对我们很不满意。

尽管女人的下巴被证实在近期植入了假体，但法医鉴定出女死者的骨龄为四十岁，这让我生出了一点儿希望。丁娜跟我说她二十八岁，看上去也是这样，但马成歌浇了我一瓢冷水，他说他看到的未曾整容的丁娜应该就有四十岁。而在这个年代，五十岁的女人也可以看上去像是二十八岁，更何况丁娜的身份证已经被证明是伪造的。

他觉得有些恶心。我们俩走出警察局之后进了一家小酒吧，我和他都不停抽烟，感觉上是一对难兄难弟。他认定我受了骗，因而原谅了我的背叛，由于丁娜的死，他也原谅了她的背叛。但我不觉得我们背叛了他，也不觉得丁娜欺骗了我，在我的标准里，谎言和欺骗之间还是有一定距离的。我之所以同意与马成歌和解是因为我能从他的嘴里知道更多与丁娜有关的东西，他是那种要花很多工夫来让自己摆脱痛苦的人。

“她其实也不是很难看。”马成歌说，“但是一点儿也不漂亮，如果我见到那张脸，是不可能爱上她的。”

他沉默了一会儿又说：“她不像是有钱人家养出来的女孩，她太独立了，有时候我会觉得她像个男人。”

我问他们分手前有没有发生奇怪的事。

他低下头想了好一会儿。

“一只老鼠。”他说，“我们在家里发现一只老鼠，她让我去把老鼠打死，我说我也害怕，于是她打了我一记耳光，打得很重。”

马成歌摸着自己的脸颊，显然至今仍然觉得不可理喻：“她的样子很吓人。”

我觉得有些眩晕，像是又闻到了那股浓烈的尸臭味。

“你听她提起过一个姓魏的人吗？”

马成歌摇头：“没有。怎么啦？”

“没什么。”我摇头，把烟熄灭，向酒保要了十二听啤酒。

十

我在酒精的作用下睡了差不多二十个小时，手机里塞满了未接来电和未读短信，其中一条是公司发来的解雇短信，通知我去公司办理离职手续。

我索性关掉手机，先洗了个澡，又给自己做了个三明治。吃饱喝足之后，穿得整整齐齐地出门，正好赶上晚高峰，黄昏很费力地撑着光亮，路上挤满了赶着回家的人流与车流。

我走进酒吧，又叫了十二听啤酒，一点儿也不觉得沮丧，倒还有些兴奋，好像等待这样没心没肺的堕落已经很久了。

在喝到半醉的时候，有一个穿宝蓝色吊带裙的女人坐到了我的身边，她的香水有很重的檀香味儿，我觉得她有些面熟。

“你想听听丁娜的故事吗？”

我吃了一惊，这个时候才认出她就是那个曾经跟踪过丁娜的、被我用手机拍下来却被丁娜否认认识的女人，她化了个大浓妆，看起来比之前要年轻许多。

我还没有把丁娜曾被跟踪以及无头老鼠的事告诉警察——我

不想警察比我先查出丁娜的秘密。

女人抢了我的啤酒喝掉，说："这酒真娘儿们。"

"你是她的什么人？"我问。

女人又喝了一罐啤酒。

"我很小就认识她了，小时候我们是邻居，后来我们是好朋友，"她想了想又补充，"至少有十年时间，我们是朋友。"

为了避免她把自己灌醉了，我让酒保给了她一杯橙汁。

"你见过丁娜喝酒吗？"她问我。

我仔细想了想，在我和她相处的这段时间，确实没见她喝酒。不过那也是医生的嘱咐，她做了修复手术，是要禁酒的。

"她老爸是个酒鬼，喝醉了酒就发酒疯，经常打人，她老妈在她刚出生没多久就跑了。她老爸倒是没打过她，但是一喝醉酒就把她关在储藏室里。你见过农村的那种储藏室吗？那种没有窗户的、放破烂东西的，"她比划着，"她家的那个是用来放酒瓶子的，还有废纸，有老鼠在那里做窝了。那些老鼠不怕人，会盯着你看，还会在你脚边跑来跑去。"

我打了个寒战，突然有些明白为什么丁娜那么害怕老鼠了："那只无头老鼠是你送的吗？"

女人没有回答我，她继续讲故事。

"有一次她老爸把她锁起来，到第二天都没来给她开门。她饿得实在受不了了，就用储藏室里的一根木棒砸门锁，她砸呀，砸呀，砸呀……"女人侧着头，眯缝着眼，像梦呓一样地重复着，"砸呀，砸呀，终于把门砸开了。你知道她看见什么了吗？"

她的眼睛一下子亮了，嘴角露出一个灿烂的笑容，倒像是她就在那个地方一样。

"她爸爸死了，四仰八叉地躺在厨房地板上。她看见有一只老鼠正在啃她爸爸的脚趾头，已经啃出血了。"

我感到一阵反胃，我以为这样恐怖的故事应该让我在惊吓中彻底清醒过来的，但是很奇怪，我只觉得更加困倦，连话也不想说，眼皮重得都抬不起来了。

“丁娜后来跟我说，她的理想就是一定不会让自己再过那样的日子，她会尽所有努力让自己过最好的日子，”女人突然伸直了双手，做出一个像投降似的姿势，“她真的做到了，她是我见过的最最最最聪明的女人。你知道她怎么做到的吗？她去应聘做保姆，像她那样不漂亮又没什么学历的，不是做女工，就是做保姆的。她选了做保姆，那家人很有钱，她很勤快，在那家做了一年，然后就打开保险柜，把里面的现金都偷走了。哈，我忘了告诉你，她是很会做贼的。她跟我说，她研究了很久，知道怎么偷到保险箱的密码。她这么干了好几次，每隔两三年做一次，每做一次就换一个城市，一直没有被抓住。最后一次，她在做最后一次的时候，被人抓住了。那个人是个疯子，他没有报警，而是把她捆起来，关在一间房子里，放了好多老鼠进去——那个人是我男朋友。”

我打了个寒战，想要站起来，但是身体却不听使唤，一动不动。女人按住了我的手，又把嘴贴近我的耳朵。我想在旁人看起来，她好像是在亲我，但我没法儿推开她，我身上一点儿力气都没有。

“丁娜本来不叫丁娜。”我听见她语速缓慢地说道，“她叫魏——小——燕。”

十一

我睁开眼睛，头和身体都在疼痛——头疼是因为酒精，身体的疼痛是因为我在一张椅子上坐了整整一夜。胸部以下都被绳索绑住了，两只手被绑得尤其严实，从手腕一直缠过肘关节。

在我的对面，坐着丁娜，她被绑得更像是个木乃伊，连嘴上都贴了胶布。

她睁大眼睛关切地看着我，发出呜呜呜的声音。

“我讨厌她的声音。”

一个穿睡衣的女人走到我们之间，拖鞋嗒嗒作响，手里端着一杯热咖啡。她打了个大大的呵欠，看了看左边的丁娜，又看了看右边的我：“你不会乱叫吧？”

我没有回答，我只是盯着丁娜看，有些回不过神，唯一可以确定的就是我并没有做梦。丁娜的眼睛里充满了惊惧，她紧张地看着那个女人的动作。

“昨天忘了告诉你了，我的名字叫黄丽，美丽的丽。”

黄丽没有化妆，眼下水肿得很厉害。我想起警察找我去辨认的那具尸体，要先控制住丁娜，然后才能得到她的衣服、手袋和身份证，丁娜既然活生生地在这里，那么死去的那个女人又是谁？她为什么要让别人认为丁娜已经死了？

“我要是喝多了，第二天会变丑。听人家说喝咖啡有效。你要不要来一杯？”黄丽看着我，像是在和一个朋友聊家常话。

丁娜呜呜地叫起来，拼命地摇着头。

“别那么紧张，我把我的给他喝。”黄丽把她手里的杯子递到我的唇边，“喝吧，没有毒的。”

我厌恶地别过头：“不用了。”

黄丽大笑，将咖啡杯放在靠近窗口放着的一张折叠式的小木头方桌上。窗帘布是深咖啡色的，很厚，将窗户遮得严严实实，屋子里的光源来自于一盏吊灯，白色的节能灯泡，大约有四十瓦。我没有办法判断现在是白天还是晚上，外面很安静，听不见汽车或是说话的声音，偶尔传来一两声狗叫。这间房子里除了桌椅之外没有其他的家具，椅子的式样已经过时了，而且表面的棕色漆都已经开始剥落。天花板和墙面都很老旧，地面是水泥的，没有铺地板砖或木地板，我估计房龄至少在二十年以上。市区老房子聚集的地方都很喧闹，周围全是成熟社区，不可能如此安静，于是我猜测这个地方应该远离市区，甚至可能在乡下。黄丽端着咖啡杯在发呆，她的安静可以算得上是某种意义上的嚣张，她看上去一点儿也不担心我会高声呼救，如果不是不在乎，那么便是有恃无恐了。

我打量着她，她完全不像是一个绑架犯，可是显然有些精神问题。我仔细回忆在失去意识之前她跟我说过的话，忍不住瞟了一眼丁娜，丁娜在哭，眼泪沿着眼角和胶布蔓延着，脸上全是水光，在灯光的照耀下反射出奇怪的颜色。她的眼睛是红肿的，眼下有睡眠不足的黑眼圈，我相信她被绑架了不止一天。

“你打算拿我们怎么办？”

黄丽不是立刻抬起头来，她恍惚了好一会儿，然后才挤出一个笑容：“我得想想。好好想一想。”她像是自言自语又像是对我们说：“我得分清主次。”

落在一个疯子手里比落在一个劫匪手里还要危险，我有些绝望地又挣了挣身体，既站不起来，也没办法让手脱离绳子一毫米。

丁娜哭得更厉害了。

黄丽看了她几秒钟，站起身来走出房间，很快又返回来。她拿来一包抽取纸巾，用纸巾仔细地擦去丁娜脸上的眼泪和鼻涕。

“胆小鬼。你怕什么呢？”她用哄小孩的语气说，“每个人都要为自己做错的事情负责的，勇敢一点儿好不好？”

她回过头来对我说：“你知道她做错了什么吗？我为了救她，杀了我自己的男朋友，她却丢下我一个人逃跑了，让我一个人承受所有的后果。这么多年，她过得那么好，却连想都没想过我，你说，我该不该惩罚她？”

丁娜使劲摇着头，黄丽狠狠地打了她一记耳光。

“我不想听你说话。你的声音很讨厌，我听见了就要做噩梦。”她回到小方桌前，把剩下的咖啡像喝酒一样仰头喝光，“我本来可以过得很好的，都是你把一切都毁了。如果不是你，他也不会那么坏，他以前都不会那么对人的，他对我很好的，这么多年，再没有人对我那么好过。他爱我，我也爱他，你害得我把我自己爱的人杀了，你知道那是什么感觉吗？”

黄丽转过头来看着我，那眼神看得我直发毛。

“是啊，这种滋味也应该让你尝一尝才好。”

她将丁娜脚上的绳索松了松，但没有完全解开，丁娜可以小步地挪动，她拽着丁娜走到我的面前，将一把水果刀塞到丁娜的手里，自己则拿着另一把水果刀架在丁娜的脖子上。

“刺他的心脏。”黄丽命令道，“不然我就抹你的脖子。”

丁娜全身都在颤抖，她恐惧地看着我，仿佛我才是那个要置她于死地的恶鬼。等到黄丽又说了一声“刺他的心脏”，她竟然真的拿起刀就往我的左胸口扎。我用脚使劲地往地上一撑，连人带椅仰面栽倒，丁娜扑了个空，失去重心倒在我的旁边。黄丽的刀在她的脖子上画了一道细细的伤痕，两个女人都尖叫起来。

那破旧的椅子救了我的命——它散架了，我迅速挣脱了绳索。黄丽咬着牙，像一只疯狗似的用头撞我的肚子，我被她撞得再一次跌在了地上，连刀也脱了手。黄丽用水果刀在我的手臂上狠狠扎了两下，丁娜见状，用手里的刀割断了身上的绳索，操起散落在地上的一只木头椅腿砸在黄丽的头上，在黄丽准备给我致命一刀之际把前者打晕了。

丁娜一面喘着气一面用绳子将黄丽的手脚捆了起来，然后又将黄丽身上的衣服口袋翻查了一番，最后才走到我面前，用刀子割下一条短绳绑在我的伤口上方，把我扶起来。

我们看着对方，但是什么话也说不出来。

我把窗帘拉开，光线是橙黄色的，正是黄昏时分，外面是一个农家小院，远处可以看见一些山体。狗又叫了起来，一共两条，都拴在院子里的一棵榕树树干上——我估计它们都是黄丽养的。

“报警吧。”我提议。

“我去找手机。”丁娜没有表示异议。

我们几乎把所有的房间都翻了个遍，这些房间里都没有家具，只有一个房间里有张床。床上放着一个手提旅行包，包里有几件换洗衣服，其中有一件蓝色的吊带裙，正是黄丽前一天晚上在酒吧穿过的。

丁娜把包里的所有东西都倒了出来，她反复查看着，甚至爬到床底下去摸了半天，但是我们没有找到一部手机。如果黄丽扔掉了我们的手机，这是合理的，蹊跷的是，她好像自己也不用手机，当然，我们可以用她是个疯子来解释这一点。

最后一个被寻找的地方是厨房旁边的储藏室，丁娜没有靠近那道门，她脸色苍白地扶着墙，像是随时准备晕过去。我想起黄丽讲过的那个故事，也不由得打了个寒战。

储藏室里是空的，只有一股子霉味，墙壁潮湿多皱，像一张耄耋老人的脸。地板上有一张卡片，我拿起来一看，是一张身份证，照片是丁娜，但名字是李月。显然这也是一张假的身份证。

我走出来，发现丁娜坐在地板上哭泣，我把身份证递给她。

“没事了。”我说，“你走吧。我自己去报警，我会跟警察说你自己跑了。”

丁娜擦了擦眼泪，抬起头来，接过身份证：“她跟你说什么了？她说我叫魏小燕是不是？她说我是贼是不是？”

我沉默着。

“我不是魏小燕，她才是。”丁娜说，“我才是黄丽。”

我立刻被吓住了：“那她的男朋友，不，你的男朋友，是你……”

“我不知道她是怎么跟你说的。”丁娜说道，“我们俩是邻居，一直很要好，后来一起到城里去给人做保姆，她不知道在哪儿学了开保险箱，偷了她雇主的钱跑了，一跑就是好几年。后来我找了一个男朋友，叫陆明，他是开服装厂的，她不知道在哪儿听到消息，就来投靠我。我就让她先做做办公室的行政工作，哪知道她的手脚还是不干净，被陆明发现了，把她关在工厂的库房里。我替她求情，陆明却认为我们是一起来骗他的，把我也关进去了。魏小燕有幽闭症，她使劲叫，使劲叫，而我一直哭，一直哭着求陆明开门。他可能是心软了，就开门进来，没想到魏小燕真的疯了，她在仓库里找到一把剪刀……”

丁娜说到这里攥紧了拳头，像是要给那可怕的记忆狠狠一击：“位置是心脏。等人送到医院的时候，已经不行了。魏小燕也跑了，警察通缉过她，但是没抓到她。后来我也离开那个地方了，没办法，虽然我不是凶手，但是大家都还是认为是我害死了陆明。我也不想待在那个地方，于是改头换面，于是改名换姓，想要重新开始生活。”

“那你为什么要骗我说你不认识她？”

丁娜苦笑：“她也整了容。我没认出来。”

“但是怕老鼠的人是你。”我侧头看了看储藏室的门，“如果她是魏小燕，那怕老鼠的人应该是她。她说魏小燕最怕老鼠了。”

“哪个女人不怕老鼠呢？”丁娜皱起眉头，用一种看笨蛋的眼神看着我，“我们都怕老鼠的，我们小时候都被关过储藏室，都被老鼠咬过。”

我瞠目结舌：“她说魏小燕的父亲是个酒鬼，死在厨房的地板上。她看见老鼠咬了她爸爸的脚趾头。”

“魏小燕的父亲的确是个醉鬼。”丁娜说道，“但他是喝醉了酒在路上乱走被车撞死的。我父亲是在厨房里摔了一跤后去世的，他不喝酒，他有肝病。我看见老鼠咬了他的脚趾头。”

我明白过来了，自称是黄丽的魏小燕把两个人的经历混合在一起了。昨天晚上我就应该看出来的，她的描述完全是主观视角，而不是人们通常讲述他人经历时所用的方式。由此可见，她确实有严重的精神疾患，我看过一些心理学的书，杀人其实对自己也是一种极大的心理伤害，换句话说，就是你给出去什么便会得到什么。像魏小燕这种冲动杀人可能会承受更大的压力：愧疚、惊恐、紧张……她整容不仅仅是为了逃避警察，也是为了逃避自己。

“其实她来投奔我的时候我就应该拒绝她的，”丁娜说道，看来她也分析过魏小燕，“那个时候她就已经有些不正常了，她常常说她很羡慕我，要是她有我这么命好就好了，说了好多次。我那个时候头脑简单，只以为那是她为了讨好我。”

“其实她是想要变成你。”我点点头，“她把自己想象成你，然后又想象是你杀了人，这样的话，被她否认的魏小燕就不是杀人犯了，魏小燕就是安全的了，就可以获得某种程度的解脱感。但是当她认为自己是你的时候，她就不得不再找一个杀人的合理理由，于是她想象黄丽是为了救魏小燕而杀了人。她竟然找你来报仇！唉，这太矛盾了，我不是心理学家，我说不清楚。”

“是时候该结束了。”丁娜说。

外面传来了汽车的发动声，我们奔回到第一个房间，地上摊着一堆绳子，魏小燕不见了，窗户大开着。

我们只能眼睁睁地看着一辆黑色的捷达车消失在视线里。

"我们太大意了!"我跺了跺脚。

"只能走出去了，这儿离镇上大概十多公里。"丁娜扶着我走出院子，两条狗绷直了绳子，冲着我们龇牙咧嘴地嘶吼。

宅院外还有三四处宅子，但都明显是没有人住的危房，墙体上裂着可怕的缝隙。

"我们以前就住在这里。2008 年地震之后，房子坏得差不多了，又听说在地震带上，大家就都搬走了。"她回头看了看我们走出来的地方，"这儿以前是我的家。"

我没说话，你没办法安慰一个生活在另一个世界里的人。我看着她的脸，那张漂亮的脸上交织着两个女人：丁娜、黄丽——她们也都不在一个世界里。

这个村子叫千进村，下山的路并不难走，只是路上没有别人，黑暗又已经压下来，让人产生一种凄凉的感觉。

"说是有一千条路可以进这个村子。"丁娜侧头看了看路周围的密林，"但也有一千种迷路的可能性。"

我不担心，丁娜看上去对这里很熟悉。

"也不知道这些年她是怎么过的。"我忽然觉察到一个疑点，"她哪里来的钱去整容和买车呢?"

丁娜不认为这是个问题："偷的呗，她很会偷。"

我想起了孙连的保险箱："警察在怀疑你杀了孙连，你确定要回去?"

"我没杀人怕什么?我想应该是黄丽干的。"丁娜说道，"你也看见了，她想报复我，杀了孙连，就可以栽赃我了。"

我没说话，只觉得胃里很难受，不完全是饥肠辘辘，更多的感觉是恶心。

丁娜也没有再说话，差不多一个小时之后，我们终于到了镇上。天已经完全黑了，几盏的路灯照着没有行人车辆的马路和紧闭的大门，可以确定这里有人居住的证据是亮着灯的窗户及从窗户里传出来的电视声和麻将声。

有一家小小的卫生所开着门，我看见里面有一个装药的玻璃柜，一个老头坐在柜台后看书。

“就到这里吧。”我对丁娜说：“你走吧。”

丁娜愣了愣，她没有明白我的意思。

“警察不是笨蛋。”我小声说，“我怀疑的他们也会怀疑。我没办法相信你说的话，我觉得魏小燕没办法杀死孙连，她也没有那个必要。如果她要栽赃你，应该会留下栽赃你的证据，还有那个警察在湖里捞上来的尸体，我也怀疑不是魏小燕杀的，知道为什么我会这么怀疑吗？因为我给你的那张身份证，如果那个人是魏小燕杀的，她应该已经把这张身份证也处理掉了，但是这张身份证是在那个储藏室里找到的，所以，她应该是在那个女人死了之后才找到你的。那个女人是你杀的，你找了一个和你一样做过下巴手术的女人做替死鬼，你想让人认为丁娜已经死了。你想让魏小燕认为你已经死了，这样她就会放弃找你报仇了。”

“你——”丁娜的眼里闪过惊惧，她张了张口，但被我打断了。

“如果是这样，请你不要承认，请求你别告诉我真相，请不要让我比警察先知道真相。你有多远就跑多远，不要以为警察能被轻易骗过去。给我留一条后路，我不想出卖你，我不想做一个出卖别人的人。你不说，现在这些就只是我的推测，而不是我真的知道什么，我就算现在放你走，也不算犯法。”我说道，“如果我们之间还有情分，请你什么都不要告诉我。不管你有没有说谎，你都要离开。还有，我对警察说过，你做手术的钱，有一部分是我借给你的。”

丁娜沉默了几秒钟，她的眼圈红了，她强忍住眼泪："我知道了。我答应你。"

她放开我的手，朝来路走回了几步，又转过身："你是个好人。我真希望能跟你有个好结果。我一直就希望能和一个像你这样的人有个好结果。刚刚在路上的时候，我一直在想，也许我可以把美梦一直做下去……真可惜，梦都是要醒的……我真希望自己也和别人的生活一样，但是，如果我真的什么都没做过，也许根本不会遇到你。"

她跑进黑暗里面去了，我在原地站了好一会儿，然后才向那个卫生所走去。

尾　声

魏小燕站在丁娜的右侧，丁娜站在魏小燕的左侧。

她们都看着前方，瞟都不瞟对方一眼。

我知道她们看不见我，我对着肖展点了点头："没错，是她们。"

肖展是一个小眼睛警官，和别人不同，那瞳仁的黑色很亮而且有向外发散感，让人错觉黑色也可以是一种光。他额头很宽，发际线很高，我想他应该是个智商极高的人。

魏小燕和丁娜都是在汽车站被抓住的，魏小燕打算逃往云南，丁娜则是南下去广东。

和我之前的推测一样，果然是丁娜杀死了孙连——报复只是其中一个原因。

"她结过婚，她的父亲为了钱，在她二十岁那年逼着她嫁给当地一个脾气很暴躁的有钱男人，大她差不多三十岁。那个人常常打她，后来她卷了家里的钱跑掉了，那个男人一直在找她，"肖展告诉了我一些关于丁娜，不，应该是黄丽的情况。她再一次对我撒了谎，她的父亲并不是在厨房里摔死的，而是被她的丈夫打死的，那个男人因此被判了二十年有期徒刑。逃跑之后的黄丽认识了一个叫乔坤的男人，她跟着他行窃，开始是望风，后来是独当一面。她很擅长开保险柜，乔坤被捕入狱之后，黄丽便与陆明开始交往。

“抓乔坤这件事是她主动配合警察的，当时乔坤犯了一起大案，盗窃了大概二十万，最后追回的赃款只有十二万。黄丽说是被乔坤消费掉了，但很可能是被她自己私藏了。”肖展的话让我身上寒意倍增，“陆明其实是黄丽和魏小燕一起杀的。黄丽与魏小燕联手偷他的钱，陆明把两人关在仓库里逼供，她们用剪刀杀死了陆明，黄丽给魏小燕设了个陷阱，她把剪刀塞给魏小燕，让她先跑。”

这在当时算得上是一个现代版的罗生门了。魏小燕因为有过几次精神异常的表现，有人看见魏小燕满手是血地拿着剪刀冲出仓库，而黄丽和陆明都被剪刀刺伤了，黄丽的口供也是魏小燕发疯杀人，所以最后魏小燕被确定为杀人犯，而黄丽一直只是嫌疑人。可以肯定的是，她在离开陆家的时候身上带有大量现金，她用这些钱创造了一个全新的丁娜；而魏小燕却不像她一样可以把一切都抛开，虽然她用从陆明那里偷来的钱做了整容手术，但还是被罪恶感给压垮了。

丁娜离开马成歌的那一天，是乔坤出狱的日子，而魏小燕送来无头老鼠，让她更感觉丁娜这个身份也不安全了。她先杀死了孙连，是因为害怕孙连说出丁娜就是黄丽，后来她发现这样不能解决根本问题，于是她又杀死了一个做过下巴整形的女子，想让人都认为丁娜已经死了，借以逃脱乔坤的报复。

丁娜，或者说是黄丽，对她所做的事供认不讳，这一次她没有再狡辩。尽管坦白，但是罪行太过严重，肖展对判决结果不抱乐观态度，死刑的可能性很大。至于魏小燕，根据精神科医生的评估，多半只能在精神病院里待一辈子了。

“她说她不想再往下走了。就算她能逃脱这一次，就算她真的能过上她想要的生活，但是她也不可能再和她想要在一起的男人无忧无虑地过下半辈子。对方越是个好人，她就越痛苦，她能整容，但是没办法让自己的罪孽消失。”肖展意味深长地看着我，我于是猜测她的这个决定和我有关。

警察没有问我关于医药费的事情，也没有怀疑我与此事有什么直接关系。丁娜确实在信守对我的承诺，她没有出卖我。

“也许社会对女人是真的不太公平。”我说，“如果她生活的环境好一些，大家对女人不那么势利，也许她不会成为这样。”

“你说的有道理。环境确实会影响人，我们可以做改进，改进也会减低一些犯罪率。但是归根究底，人自己才是做决定的那一个，你也别忘了，这个世界上还有很多和她一样的女人，不管过得多苦，还在坚强地善良着。”肖展说道，“你听过达娜依特的酒桶吗？”

我知道那个典故，阿尔戈斯的国王达那俄斯有五十个女儿，她们被称为达娜依特，达那俄斯命令她们在新婚之夜杀死自己的丈夫，除了一个女儿许珀耳涅斯特拉之外，其余的四十九个女儿都照做了，这些女孩子在死后被罚永无止境地往无底的酒桶里灌水。

“你是说，只要一开始做错了，就再也回不了头了。她注定要为她所做的事情付出应有的代价，她后来所做的一切，犯下越来越多的罪行，就像是被神灵惩罚一样，就像是往无底的桶里灌水，终究注定都会是一场空。”

我感到很难受，又往玻璃后看了一眼，我仍然在心里叫她丁娜——她脸上的表情是我从没有见过的平静。我不明白自己为什么会爱上她，也许吸引我的正是她的挣扎，拼命的挣扎，徒劳的挣扎。从某种意义上来说，我也是一个挣扎着的人，我憎恨、贪婪、恐惧、愤怒，拼命想要脱离我的不满，我和她一样无助与盲目，与其说我是一个遵守规则的人，不如说我是一个被欲望囚禁的人。

现在她不挣扎了，我的各种欲望也平静了下来，只觉得疲惫。不久以后她将死去——我爱过一个罪犯，她的出现并没有摧毁我的生活，仿佛只是对我的思想的一个警告。我感到自己的脊背在微微发抖，我想我是不是应该感恩。

肖展摇摇头："我的意思是，表面上看她们的罪孽只是因为顺从了父亲，顺从了她们不得不顺从的环境。她们不是始作俑者，但她们受罚不是因为这个，而是因为她们放弃了善良的权利，放弃了拒绝恶的权利。许珀耳涅斯特拉就代表着善良的权利，代表着自由意志，代表选择。每个人都被赋予了自由意志，是有判断力和选择权的，否则人类自由意志存在的意义是什么？"

奥瑞斯特斯的镜子

一

酷热像一个无边无际的笼子。

刘瑞娟坐在树荫下，视野里所有物体似乎都是滚烫而不可触摸的。

汗水湿了衬衫，把衬衫外的护士工作服也浸透了，她感到两层布料都贴在了背上。她用一本书当扇子，这凉快的分量是隔靴搔痒式的，她现在能感觉到的自由也是杯水车薪式的，她心里有一种没有目标的愤怒：因此以所有的事物为目标，野火焚山般的蛮不讲理，她把脚下的一颗石头子儿踢出去，看着它滚到花坛边上，美人蕉正繁盛着，那是火上浇油的俗艳红。

刘瑞娟努力不去看身后的五层大楼，试图忘掉它的存在——尽管大厦里有空调、冰水、舒服的座椅，还有几个十分擅长开玩笑逗闷子的同事。但这改变不了它带来的压抑以及窒息——那是精神病院无法更改的气质，它是天生要拷打人类意志的：焦虑、狂躁、痴呆、危险……人类所具备的所有可能的疯狂都集中于此，那是现了形的噩梦。

你很难不同情他们。他们人类的形貌会让你感到切身的恐惧与悲哀，他们是集所有不幸之大成的人群：除了人身自由受限于监狱式的空间内，他们的理智、自尊以及自理能力也被各自的疯狂所囚禁着。

但你也很难不厌恶他们。他们像是充满吸力的危险黑洞，不但埋葬他们自己的人生，也企图吞噬别人的生活，至少充满了这种可能性。

刘瑞娟想起以前这里有个做了十年的男护士，此人被发现在没有监控的地方恶意用脚踹病人，他当然被开除了——他当然需要为做错的事情付出代价，那是个极大的错，但刘瑞娟心底并不厌恶他，因为她知道他的扭曲是怎么来的，这里不适合对生活有着太多期待的人，否则你所看见的都会是极为残忍的冲击。那样的痛苦和憎恨会是真诚而不可调和的。

在这里，冷漠或许是一种最好的态度，只凭理智行为，不掺入任何感情，既不同情也不厌恶——但这很难，除了机器人，没有人能天生冷漠——七情六欲总是牵着我们的思想以及手脚，所谓防御是一触即碎的碎片。

在刘瑞娟来到这里的第一个月，经历过那样的幻灭。那时候的她是时时想着要离开的，而且已经联系好了新的医院，真到要离开时却出了变故，她新找的职位被那医院某主任熟人的孩子给顶了去。在不得不滞留了三个月之后，她却忽然诡异地习惯了这里的生活，对于其他医院的护士工作反而感到难以适应了。

精神病院听起来名头挺吓人，但这里却不必时时紧张被人挑剔或苛求——只要别出差错及过分懒惰，大家也就睁一只眼闭一只眼，而病人们基本上全心全意地生活在自己的世界里，他们没有故意要在护士身上找茬儿或是发泄怒气的行为，他们的暴躁和危险行为都是来自于疾病本身而不是恶意——这一点是尤其让人欣慰的，而且基本上都能预测。

刘瑞娟在这里发现了她隐藏多年的需求：她其实需要一个做到敷衍就足够了的地方，包括能敷衍痛苦。每天夜里一杯五十度酒，白日里一包香烟，不管怎么样，一包烟和一杯酒就能敷衍过去的日子，总要胜过那些充满了煎熬的苦难——还有那么多人都咬着牙活着，痛苦在精神或是皮肉上肆虐，甚至同时在精神和皮肉上肆虐，只能忍受着挨着，盼望着有朝一日能好起来——在那样一些人眼里，她所嫌弃的现在也是被人羡慕着的呢，那些人里其实还包括过去的自己。比起过去经历的那些地狱般的岁月，那些为了职业、前途、野心而提心吊胆忧心忡忡的岁月，她在这里把它们都放下了，同时剔除掉了不需要的情绪，这样更有利于形成习惯。

习惯真是一种伟大的力量，它可以有力地抗击人类缺乏耐心的劣根性，事实上新鲜感和厌烦感都是不持久的，但习惯却可以连憎恨都征服了。她对自己说，习惯是一种智慧。

二

谭启英是五月四日入院的，他看起来完全不像是一个有过暴力行为的病人：他不跟其他病人交流，总是一个人缩在角落里很安静地看书，现在看的是《老人与海》。如果是正常速度，三天就能看完，但他抓在手里三个月也不放开，连吃饭也带着，翻来覆去地看。当然，这没什么，刘瑞娟喜欢省事的病人：他很配合治疗，叫吃饭就吃饭，叫吃药就吃药，还会很礼貌地跟人微笑着说谢谢。另外，他长得相当不错，以至于女医生与女护士都会忍不住替他叹气——可惜了一副好皮囊。

目前，他最不正常的时候就是在临睡前——通过监控摄像头，可以看见他总是会在床边上呆坐上几分钟，眼神变得像死人，直直地盯着某处，身体也是挺得僵直，几分钟之后，才又慢慢佝偻下来，揭开被子睡进去。

谭启英的主治医生柳进是个慎重寡言的家伙，他从不跟同事讨论病人，无论是八卦讨论还是学术讨论，他都三缄其口，被问得急了，顶多丢下一句“人的大脑是最复杂的，正常情况和不正常的情况都有无数可能性”。但他确实是有真本事的，经他治疗出院的几个病人，如今都过上了正常的生活。

刘瑞娟个人原本认为谭启英的情况不算严重，应该很快就能出院，但后来她发现柳进总是偷偷观察谭启英，他开出的处方和别人的也不一样，几乎都是辅助类和镇静类的药，治疗性的药物很少——太小心和太上心都是很不好的预兆：说明这个病例对他来说是棘手的。

谭启英的病历上详细记录了他入院的原因：他的母亲戴巧敏在去年十一月出车祸身亡，按其妹妹谭晓的说法，他受刺激过度，酗酒度日，曾一度产生幻觉，多次声称看见母亲的鬼魂。在请道士做了几次法事之后，症状反而更加严重，在四月十五日、四月二十日、五月一日和二日连续多次产生暴力行为，殴打谭晓，认定谭晓是被恶魔附了体，不再是他的妹妹。谭晓在五月二日凌晨报警求救，五月四日谭启英便在其妹的强烈要求下被送入精神病院治疗。

刘瑞娟想起某个心理医生曾经送她的一句话：学会接受失去和分离就是我们到这个世界上来的目的之一。是的，我们总是在分离，从子宫与母体分离，与童年纯真分离，与欲望分离，最后与自己的肉体分离，离开这个世界。在这期间所有的得到都不过是暂存，唯一留下的是这些关于得到和失去的记忆。失去亲人时，有一些人痛苦到甚至终生无法释怀，这不是过犹不及，不是不聪明，也不是太软弱——刘瑞娟现在不会去做这样的判断，每个人缘分情分不同，分离之痛的程度也就不同。谭启英的母亲死于车祸而不是疾病，这种飞来横祸造成的伤痛与愤怒是不一样的——没有任何预兆，没有任何心理准备，没有任何转圜余地，没有办法给予最后的关怀，再加上最好的印象被最恐怖的形象所笼罩——据说车祸非常严重，起了火，几乎爆炸。

刘瑞娟认为自己完全能够理解谭启英的病因——车祸前两天谭启英和母亲还因为一点儿小事吵了架，戴巧敏气得出门一整天，结果感冒了，一连几天都在吃感冒药。因此，这一次的车祸有可能就是因为感冒药导致发困而造成的，还没有解除的矛盾变成无法弥补的遗憾——至于他为什么不把自己当做恶魔附身而把妹妹当做恶魔，她不是精神病专家，实在没办法解释。大约是觉得家里有个恶魔，就可以把这一切的责任负担都推到恶魔身上去而得到解脱了吧？刘瑞娟猜想他应该和妹妹的感情不好，他可能一直不喜欢她，刘瑞娟也不喜欢她，因为谭启英住院两个月了，她一次也没来看过。如果兄妹感情很好，应该很快能原谅哥哥在疾病下的冲动行为才是。

刘瑞娟总觉得假如能够让谭启英认为自己从没有被母亲记恨过，也许他的病会好很多。如果她是医生，她就会安排一个女人来扮演他的母亲的鬼魂，跟他谈话，母亲希望儿子好好活下去，她从没有恨过他。

刘瑞娟给谭启英找了几套史书，想把他手里的《老人与海》换下来，这本书当然很好——一个人可以被打败，但不能被摧毁。他知道有东西正在摧毁他的人生，他在挣扎——可是他不能老跟那条大鱼僵持着，有时候他得学会放它走。

他应该多看看人类的历史，史书里充满了残酷与苦难，他比较之后就会发现，有很多人经受过比他可怕得多的苦难，而他的苦难会淹没在这些苦难里，因为实在太渺小了。

谭启英显然完全不理解刘瑞娟的苦心，并且在她试图拿走那本《老人与海》时狂性大发——刘瑞娟对病人第一次主动的热情引发了病人入院以来的第一次大发作，最后不得不把他绑在床上注射镇静剂，刘瑞娟则因为“不合适的行为”而被记过一次。

这处罚是在平静和谐的氛围里进行的，柳进并没有破口大骂，他轻描淡写地宣布了结果。刘瑞娟没有哭也没有抱怨，说实话她喜欢他的态度，不啰唆聒噪，也没有嘲笑她的愚蠢，甚至也没有说下不为例。

“好动机不一定带来好结果，有时候也只是运气问题，因为这是人类。”他说，“再专业的人也不可能次次都做对。”

刘瑞娟脑子里所想的确实是下不为例——人类应该比其他类的动物更善于吸取教训。而且，她也担心自己对谭启英的过度关心，因为这个病人，一些被她放弃了的东西又死灰复燃了，虽然这显然并不是爱情，但也明摆着比同情更多。这让她苦恼，甚至巴不得受一些打击好叫自己回到更为安全的状态。

朱晨打趣刘瑞娟，说她是个深藏不露的颜控，这叫色字头上一把刀。

“果然是看脸的世界啊，颜值高的精神病人也要受些优待。”

他是身材魁梧的男护士，今年三十五岁，离过婚，对刘瑞娟有好感是众人皆知的，但刘瑞娟对他没意思也不是什么秘密。朱晨当然并不是真的认为刘瑞娟在喜欢谭启英，他不会把一个精神病人当做情敌，他的算盘是近水楼台，颜值不够时间来凑。

时间里的每个人都在变化着，人们消除掉一些欲望，又诞生出新的欲望，每一个欲望每一个需求就是人的一个新维度，人的某个方面就按着这个维度生长着。每个人都是一棵枝繁叶茂的大树，有时候人们以为看清楚了一个人，其实不过是在某个特定的时刻看见了一根枝条而已。有时候人们以为自己和一个人就是一生一世了，但不过是在某个特定的时候，两根枝条纠缠在一起罢了。

刘瑞娟认为朱晨应该只是看见了某个他喜欢的维度：漂亮的脸蛋，不错的身材，善于隐忍的品行，貌似直率不做作的表达方式，勤俭节约，不惹事也不八卦——真是单调乏味，甚好控制的伴侣。但可惜，这不过是刘瑞娟的面具，是刘瑞娟不得不戴上却一点儿也不喜欢的面具，其实朱晨自己也有这样的面具：比如他的故作豪爽和耐心。刘瑞娟认得他的，但他认不出刘瑞娟的，他也看不见这面具之外的那些枝条，叶片之间那些蛇眼般的阴影，他也不打算看见。所以，他不知道他和刘瑞娟其实完全不同。

刘瑞娟对感情的理解是，相似点多的人会比互补点多的人更合适，尤其要在关键地方相似：价值观、生活经历、生活习惯、共同爱好……关键地方的相似点多了，那么即便是脾气都很糟也不要紧，因为人很容易原谅自己，一想到自己也是那臭德性，双方的矛盾也不会持续太久。

刘瑞娟和谭启英却是有一些相似点的：他们的母亲都死于车祸意外。母亲死后的那段时间，也是刘瑞娟人生中最可怕最黑暗的日子，差一点儿就熬不过去。她像一块海绵一样拼命吸食所有能够拯救她的药液，它们是一些碎片：某个人的一句话，另一个人的一杯热茶，有一次她在大雨里走，一个她至今不知道姓名的陌生女孩儿追上去为她撑了差不多一条街的伞……她拼命地寻找不憎恨这个世界的理由，最后她撑过来了。

她没死，她没疯，她没堕落，因此她在谭启英面前有着强大的优越感与幸运感，这优越感和幸运感让她愿意帮他做些事，甚至像是某种强迫症似的非要为他做些事。某些时候，她会像看着过去的自己一样看着谭启英，但这完全与爱情无关。尽管如此，她仍然努力控制分寸，避免制造出爱上对方的任何可能性，她要求自己自私，因此她不具备有南丁格尔情结的那些女人的任何特征。

但她认为江明大概是有的，江明不是一个护士，是谭启英的同学。她显然爱着谭启英，并不在乎他的疾病，甚至可以说，因为这疾病，她更爱他。但江明不承认，强调说只是普通朋友。江明每隔一周都来看谭启英，每次都拜托刘瑞娟以及她的同事要好好照顾谭启英，还不时带点儿小吃来献殷勤。刘瑞娟蛮喜欢她，一个顶着中性名字的传统女人，相貌平平，温柔娴雅，教师职业。谭启英记得她，很高兴她来，两人总有话题，看不出沟通困难，谈话状态和正常人没什么区别。

柳医生希望江明能去劝劝谭启英的妹妹谭晓，让她尽量来看看哥哥。江明断然拒绝，她认定谭晓是绝不可能来的，她很清楚地表示自己不愿意和谭晓有任何的接触。她一直是个很会隐藏情绪的女人，但这次毫不隐藏她对谭晓的厌恶。

“她不会做任何对谭启英恢复有好处的事的。”江明意味深长的话引起了刘瑞娟的注意。

“为什么？”

“谭家很有钱。”江明冷笑，但不肯说更多，当然也不必说。

谭启英的父亲在他大一那一年就因心脏病去世了，戴巧敏死了，谭启英又在精神病院，谭家的财富自然都落在这位谭小姐手上了。

柳进于是不再提这件事了，他对谭启英的兴趣也从此大大减少了，不再总跟着后者。刘瑞娟只好更同情谭启英，他可以说是失去了一切。他先失去自我，然后失去了一切，因为他没有自我，所以成了真正无用的人，或者更准确地说，对他人来说的无用之人，他没有可以被别人利用的东西了。人们不能从他那里得到物质的好处，更没有办法得到精神的好处，除了负累，还是负累。人们或许愿意给出同情，但只给出同情是救不了他的，他需要一双有足够力量能撕破茧的翅膀，才能从深渊里飞回到地面，医生们都明白这个道理。

可以这么说，假如他无法飞出这个深洞，这个洞就是他的坟墓。有时候刘瑞娟回望自己曾经有过的那个洞，仍然会因它的寒意和恶意而心惊肉跳。

刘瑞娟很希望江明的爱情能激发出谭启英的力量，假如他能爱上她，也许会有奇迹发生。然而，他对江明只有纯粹的友谊。刘瑞娟很少看到男女之间有纯粹的友谊，但在这个例子里，很不幸，即便是谭启英这样的病人，即便是江明铺开了一片最适宜爱情生长的土壤，谭启英也还是没能让爱情发芽。他不盼着她来，她的离开也不叫他想念，哪怕她是唯一来探视他的人，他也完全没有依赖，刘瑞娟对于这样的安静感到害怕。

很早以前她遇到过一次类似的情形，那时候她在普通医院做护士，那个一直安静温和的病人在半夜里推开十五层病房的窗户跳了下去，她说话的语气是软绵绵的，不提问也不跟人争辩，但她的死比谁都决绝果断。

没有什么需要留恋的，也没有什么需要计较的，就连希望也不想要有的时候，那通常就是最后的时候。

在谭启英不再翻看《老人与海》的那一天，刘瑞娟立刻知道，最后的时刻已经来了。她几乎是寸步不离地跟踪谭启英，并央求朱晨每一次都和谭启英一起进入卫生间，但谭启英并没有做出任何令人怀疑的行为。刘瑞娟没有放弃她的直觉，她调出了一周的监控记录，发现谭启英每次服药之后就会慢慢地走动，走到某个监控的盲区，隔上一两分钟再回到监控区域。

她认定这就是关键，但是同事们认为她的担心完全没有必要：第一，没有监控的地方也会有人，如果谭启英要做什么，不会每一次都没人发现；第二，病人的房间每天都会被搜查，病人吃饭及睡觉前都会被搜身，护士们会帮助病人换内衣，他们根本没有办法藏起任何自残的物品；第三，只要病人在自己的房间里，那就等于完全处于无死角的监控之下，不论病人有任何异常行为，完全可以在第一时间加以阻止。

刘瑞娟死死盯着监控画面：谭启英在自己的病房里，乖巧地吃下药丸，脱下衣服交给护士，换上内衣，然后便躺上床去睡觉了。

刘瑞娟只觉得头皮发胀，四肢发麻——谭启英并没有像以前一样坐在床边发呆，这一定意味着什么。她使劲儿咬着指甲，心怦怦直跳，甚至有一种事情已经发生了的惊恐感，她的脑海里不断闪过他最后的几个动作：他脱鞋的动作很慢，很轻柔，生怕伤到鞋子一般的柔慢，他躺下去，右侧睡，用被子蒙住头。

刘瑞娟下了一个决定，她跑出监控室，找到值夜班的朱晨，强迫他打开了谭启英的病房门，谭启英并没有被惊醒。刘瑞娟蹲下身子拿起谭启英的拖鞋，立刻闻到了一种既熟悉又恶心的怪味，同时她发现拖鞋内侧头开了一道小口，伸手往里摸了摸，手指便沾到了一些黏糊糊的东西，再往里探，竟然摸到了一片药丸。药丸被取出来的时候，大家脸色全都变了，很明显，这家伙把药丸偷偷吐出来藏在拖鞋里，为的就是等待时机一次性服用。朱晨第一个扑向谭启英，掰开了后者的嘴——果然一嘴残余的白色，至于吞下去多少不得而知。

谭启英在洗胃的中途醒了过来，他立刻明白自己的计划失败了，他像野兽一样地嚎叫挣扎。他一脚踢翻了洗胃的仪器，四五个大壮汉子几乎制不住他，他的拳头在离刘瑞娟的脸部还有一公分的时候突然停下来，转而掉头砸向朱晨的腹部，后者立刻痛得跪在地上，最后这场混乱以谭启英自己摔在地上撞头晕倒而结束。

刘瑞娟和其他两个女护士惊魂未定地收拾着满地狼藉，男人们嘴里骂着脏话，几乎个个都挂了彩，即便在精神病院，这也是罕见的场面。

朱晨缓过劲儿来，便不肯承认自己吃了亏。他抱怨自己不小心，还装模作样地关心刘瑞娟，说了许多好话。他其实也不是真的关心，只是恋爱的经验教训在要求他这样做。

刘瑞娟完全没有受伤，可以说是毫发无损，在场的其他女性也都只是有惊无险。

“他不打女人的。”刘瑞娟在沉默很久之后说出这句话，她是当着柳进的面说的，刻意说的，大声说的，柳进肯定是听见了，但他没有做出任何回应，而是把话题转到一边去了。

三

谭启英这次把自己摔得不轻，几乎一直处于意识昏迷的状态中，还不明原因的高烧不退。他的妹妹谭晓仍然没有露面，江明来看过谭启英一次，哭了一场，把探视频率改为了每周一次，但也仅是这样而已。刘瑞娟不敢申请去照顾谭启英，她第一次见到真正一心赴死的人，她相信谭启英的狂乱是因为愤怒——她拿走了必死之人的决心，尽管这是善意的，但她不能指望一个精神病人体会她的善意，她害怕他的仇恨。

但她仍然忍不住去看他，偷看，有一次她看见谭启英突然睁开了眼，两人四目对视，刘瑞娟差点儿惊叫起来，但谭启英的眼里完全没有任何情绪，他很快又把眼睛闭上了，刘瑞娟狼狈地逃出了病房。出门时刚好遇上朱晨，后者约刘瑞娟吃晚餐，这一次她没有拒绝。晚餐并没有特别不适，当然也没有惊喜，刘瑞娟回到宿舍后，坐在窗前默默流了一阵子眼泪，她觉得大约以后也不会拒绝朱晨的约会了。

第二天再去见谭启英的时候，她觉得底气仿佛足了一些，没有以前那样恐惧了。令刘瑞娟惊讶的是谭启英的意识明显比前一日要清醒，仿佛所有的事都处在一种微妙的连锁反应里——这一处的变化带动了那一处的变化，一块石头扔进平静的水面，涟漪泛开，一圈儿接着一圈儿，命运的未来和现在都一起发生了。

谭启英叫了两次“谭晓”这个名字。一开始，刘瑞娟认为这是谭启英想要见亲人的表示，尽管他曾经伤害过她，但在内心深处，她仍然是他在意和想念的人，事实上，她也是他唯一的亲人了。但没多久，刘瑞娟就发现谭启英其实并没有附带任何感情因素，他的眼神空洞而茫然，他以“从未见过此人”的眼神看着刘瑞娟、柳进、朱晨以及其他医护人员。

“你叫什么？”柳进观察了他几分钟之后提问。

谭启英摇头，人们不知道他是没有听懂问题，还是不知道问题的答案。

“你是谭启英吗？”柳进又问。

谭启英愣了愣，皱起眉头，流露出思考的表情，不摇头也不点头。

“你要喝水吗？”

这一次谭启英给出了肯定的答案，他使劲儿点头，并在刘瑞娟递给他水杯之后狂饮。

在这之后柳进又问了谭启英不少问题，凡涉及人名和过往经历的问题，谭启英通通无法回答。但常识性问题，比如疼痛、饥饿、上卫生间等，他都能准确沟通——不是通过说话的方式，而是通过肢体语言，他指着他的喉咙“啊啊啊啊”地叫唤，表明他说不了更多音节。

柳进并没有立刻作出失忆以及失语的诊断，虽然看起来很像是这样，他是一个多疑的医生，他一直致力于不被自己的病人所欺骗——有的精神病人比正常人更擅长骗人。

院方安排了一个叫曾春颐的护士负责照顾谭启英的吃喝拉撒，因为除了这些失忆与失语的症状之外，他的下肢十分无力，要靠人搀扶才能勉强站立。检查结果并未查出肌肉或是神经问题，所以推论也还是心因性的——心病尚需心药医，但能给出心药的前提是对一颗心灵的全面了解，谭启英现在就是一个上了锁的保险箱，只怕连他自己都锁在外面了吧？刘瑞娟想。

谭晓的电话一直打不通，刘瑞娟决定亲自跑一趟。她在谭家大门口堵住了谭晓，后者被弄得面红耳赤，申辩说只是电话信号问题，似乎是为了嘲弄，她的手机立刻就响了起来。谭晓接通电话后对那边说正在开会稍后联系，她挂断了电话，继续应付刘瑞娟。听到谭启英出事的消息，她装出一副很关心的样子，但刘瑞娟闭上眼睛都能闻出虚伪和冷漠。她要求谭晓马上去看望谭启英，谭晓立刻就拒绝了，理由是她既然是刺激谭启英发病的原因，那么两个人最好还是少见面为妙。刘瑞娟提醒谭晓，谭启英现在已经失去记忆了。谭晓沉默了一分钟之久，大约是实在找不到借口，她终于不得不表现出真实的一面。

“我不愿意去见他，我觉得对他来说，失去记忆也许是好事。”

刘瑞娟强压着愤怒，临走时她冷冷地说道：“你是做生意的人，生意场上的人对诚信人品好像要求也很多吧？如果有人知道你对自己唯一的亲人都这样刻薄计较，你觉得对你的影响是好还是坏？”

不知道是不是这句话起了作用，谭晓把一笔十万元的款子打到了医院账户。虽然出手阔绰，但人还是没在医院出现。曾春颐并没有很用心地照顾谭启英，她是一个胖胖的但脾气暴躁的女人，三十四岁，刘瑞娟没有听她说起过家人，她抽烟抽得很厉害，总是精神不好，坐下来就容易打盹儿，眼睛肿得厉害，脸色发黑。她对病人的态度绝对谈不上敬业，是在正常医院里待不下去的那种人，事实上她曾经被别的医院开除过三次。她每次扶着谭启英去小便都会骂骂咧咧，脏话不断，输液的时候故意用针把他扎痛。刘瑞娟看不过去的时候说过她几次，谭启英倒没有什么特别反应，一声不吭地忍着。现在的他比以前更安静了，人们允许他不说话也不活动，他不睡觉的时候就平躺着看着天花板发呆，刘瑞娟把《老人与海》这本书放在他的床头柜上，但他连瞟都不瞟它一眼。

这一周江明提前了两天来看望谭启英，她说是因为第二天学校要派她出差的缘故。她给谭启英读了一会儿报纸，报纸上有一段关于谭晓的新闻，谭晓开了一家服装公司，她自己不但是董事长，而且还是主力设计师之一。谭启英对这个新闻没有任何反应，看起来也不记得谭晓了。江明给他削了个苹果，谭启英毫不客气地吃了，他对江明没有表现出排斥。江明待了不到一个小时就离开了，说是要回去收拾行李，这一走大概要半个月。

谭启英在两个小时之后开始发生呕吐和腹泻的症状，很快就陷入重度昏迷，检查结果全部指向中毒，手忙脚乱的抢救之后，谭启英捡回了一条命。

毒源最后在输液包的残留液体中被发现，监控录像显示一共有四个人动过这个输液包，一个是护士曾春颐，一个是刘瑞娟，一个是朱晨，最后一个是江明，但在录像中，她看起来只是拨动了调速按钮。

警察来的时候所有人都很诧异，因为他们还在开会讨论要不要报警，但显然医院里出了多嘴的家伙。警察没有说出这个人是谁，他们很仔细地检查了现场，采集了指纹，盘问了每一个人，拿走了物证和录像记录。

事已至此，说谎是不明智的，幸好警察也不去追问医院方没有在第一时间报警的原因。来的人都是老江湖，尤其其中一个，小眼睛大额头，年龄四十上下，气场十足，他只问了刘瑞娟几个问题，就判断出她是那个匿名报警的人。

“你为什么要报警？”

刘瑞娟也不打算再隐瞒什么了，她只要求他们务必替她保密，以免她因为这件事丢了工作。

“这是谋杀。医院的人这一次没发现，下一次也肯定没有能力阻止这种事情，他们没办法保护病人，我不想这种事情再发生了。”

“以前发生过吗？”

“没有，当然没有。”

“你关心他？”

刘瑞娟摇摇头：“他是一个很可怜的人。”

“这里的人都很可怜。”

“我是第一次碰到谋杀这种事，我觉得应该报警。”

“他们还没开完会，你怎么知道他们不想报警？”

“如果真想报警，根本没必要开会。”

“你信不过他们。”

刘瑞娟沉默了。

“但是你还是想留在这里工作。”

“生活很艰难。”刘瑞娟说，“其实，只要不涉及利害关系，也没什么过不去的，水至清则无鱼……这里以前没有发生过这种事。”

小眼睛的眼睛里闪过一丝厌恶，他把它压下去了。他递给刘瑞娟一张名片，上面有他的名字：肖展。

四

肖展第二次来的时候，刘瑞娟是重点询问的对象。肖展显然已经调查过她的背景，她从他的眼神里看出了这一点，他对她有兴趣，不是男人对女人的兴趣，是研究者对被研究对象的兴趣。

“我认识一些经历和你相似的人，能扛过来真的不容易。”

他说了一句很平常的话，却让刘瑞娟想要痛哭一场，她想起了那些不容易，那些疼痛，拳头、皮带和酒瓶。

“你已经有十年没回家了吧？你爸爸现在过得很不好，他有一只眼睛瞎了，现在主要的收入来源是低保，还有收废品。”

刘瑞娟的思维一下子就冷了，她冷冷地听着，冷冷地看着肖展：“我的家事，跟这个案子没有关系吧？”

“是没有关系，我只是顺便说一下。”肖展笑了笑，“我也很瞧不起男人家暴，你妈妈的事真的很遗憾，让这样的人钻了空子，也是法律的遗憾。我觉得你没做错什么，没人谴责你，经历了那样的事，谁也不会那么容易就放下的。”

刘瑞娟的脑子里闪过母亲的形象，遍体鳞伤的她，神志模糊地走向马路……刘瑞娟忽然明白过来了，他这是在试探，他在观察她的反应，作为一个曾经的家暴受害者，她是极有可能憎恨其他的家暴施害者的，换句话说，她是有杀人动机的。刘瑞娟感到愤怒，这种手法实在很过分，但是跟对方起冲突是不理智的。

“我不觉得他是家暴。”刘瑞娟描述了谭启英自杀未遂后发狂伤人的情景，“他在那样的情况下都能控制住自己不打女人，我不大相信他会毒打自己的亲妹妹。我从一开始就觉得这是有问题的。”

肖展很认真地听着，刘瑞娟精准而聪明的应对显然让他有些吃惊，但他并不轻易同意刘瑞娟的分析。

“人的行为是很难解释的。人是多维的，在一些人面前是一个维度，在另一些人面前是另一种维度，可能表现是完全相反的。”

“但那是非常情况。我觉得在那种求死的状态下，他表现出的是很真实的一面。”

肖展仍然持有保留意见：“也许他殴打他妹妹的时候并不是真实的自己，他迷失了，他可能就是控制不住地打了。”

这是一个没有办法得到证据的辩论，于是他们进入案子的其他细节。

刘瑞娟不得不再一次重复了她那一日的所有行为。她走进病房的时候是下午三点，看见输液袋里的液体差不多流完了，便又放了些葡萄糖水进入袋子中。那个时候的谭启英睡着了，呼吸平稳，没有什么异常。

刘瑞娟不担心自己会蒙受不白之冤，她看过监控录像，里面很清楚地录下了她的每一个动作，但为了保险起见，她把自己发现谭启英藏药并及时救了后者性命的事也都详尽地告诉了肖展。

“这些大家都知道。你可以问得到的，如果我要杀他，当时就不会救他了。”

于是肖展又问了更多关于谭启英的行为表现的问题，刘瑞娟提到了《老人与海》。

“他那个时候肯定很想活，我不知道是什么让他变得绝望了。”

刘瑞娟想到了谭晓的名字，突然感到一种莫名的惊慌：她会不会在希望着谭启英死去呢？

警察信守承诺，没有任何人知道刘瑞娟就是报警者。医院的职工们都在议论这件事，大家都倾向于认为刘瑞娟是清白的，因为人们记得她曾经救过谭启英。剩下的两个嫌疑人都受到了怀疑和排挤，有些人认为朱晨厌恶谭启英，因为他被谭启英揍得够狠，而且他明显嫉妒刘瑞娟对谭启英的额外照顾。那天他其实并不应该出现在病房，虽然确实是曾春颐拜托朱晨帮忙暂时看护一下谭启英，但朱晨明明可以拒绝的。监控录像显示他扶着谭启英去了一趟卫生间，那个时候谭启英仍在输液，因此由朱晨负责提着输液袋，在卫生间和病房之间有一处地方刚好是监控摄像的盲区，所以朱晨是极有可能做手脚的。

另一些人则觉得曾春颐有变态的潜在可能性，她对一切都感到不满，怨气满腹，而且好赌，还是输赢颇大的那种，有人无意听见她打电话，知道她已经欠了一屁股债。另外，关于曾春颐一直有一条无法证实的传言，传言说她五年前在另一个城市的精神病院工作时，与一个病人的意外死亡有关，当然，并没有证据证明那是谋杀，否则她现在也不会在这里工作。国内和国外的媒体都曾报道过那种为了减轻工作压力杀人的护士，怀疑曾春颐的人觉得她就是那样的人，为了少一点儿工作量，她是会放弃道德和人性的。因此，虽然曾春颐也是第一个报告谭启英中毒的人，但这并不能排除她的嫌疑，她可能只是突然害怕了。

三个嫌疑人之间也都刻意保持距离。朱晨的反应最大，他发誓赌咒，对任何怀疑他的人都破口大骂，对刘瑞娟的态度也一百八十度大转弯，处处抱怨因为她的缘故才惹来了无妄之灾。刘瑞娟一点儿也不觉得难受，反而庆幸，非常事件往往是“试心石”，她对自己最初直觉的准确性感到惊喜，但后悔自己没能坚持自己的判断。

江明是第四个嫌疑犯，刘瑞娟觉得她的嫌疑也很容易洗脱，毕竟监控录像里明明白白的。江明是在谭启英出事后第三天来看望后者的，她被召回来协助警方调查，学校另派了其他人顶替她的工作。刘瑞娟很同情她，显然这件事对江明的冲击过大，不仅仅是情感方面的，江明是小学教师，名誉尤其重要，在跟刘瑞娟单独相处的时候，江明哭了起来。

“我觉得人真是太难了，太难了……为什么做好人会这么难？”

刘瑞娟不知道在江明心里有没有埋怨谭启英带给她的无妄之灾，但她至少表现得比朱晨有修养多了。她最后把重点放在分析真凶上，她相信刘瑞娟不会是杀人犯，认为朱晨也是无辜的。

“杀人总要有原因吧？我不相信就因为这个人妨碍了自己休息就去杀人，”江明指的是曾春颐，“她不想做可以装病啊，可以请假啊，可以申请换人啊，为什么要杀人呢？”

刘瑞娟想说变态是不可解释的生物，但又觉得就这样把曾春颐定位为变态是件挺小人的事，于是她忍住了。她的脑子里第二次闪过谭晓的名字，这一次使得她更加惊恐，她意识到如果谭启英死亡，可能对谭晓是最有利的。

“谭晓现在是不是控制了谭家所有的财产了？”

江明显然和刘瑞娟想的是同一件事：“谭家有个化妆品公司，谭启英名下还有百分之三十的股份。”

两人对视了一眼，刘瑞娟咬住了下唇。

江明不打算再讨论这个，她说了几句客套话之后就离开了。

五

临睡前，刘瑞娟比平日多喝了两杯酒，烈度带来的刺激感确实压住了很多东西——她不太能辨别那些近来常常在心里和脑子里像幽灵般出没的东西：像是思维又像是情绪，也可能是记忆或者扭曲的记忆，总之让她难以安静。酒精带来的大汗让她觉得身体瞬间轻了，脑子其实也不感到模糊，反而觉得每件物品都能看得格外清楚。有那么一瞬间，她觉得自己有那么一点儿了解父亲酗酒的原因了——他不是一个能力出众的男人，只能勉强种地，粮食赚不了钱，他就只能做个三流打工者，微薄的收入不能换来体面和尊重，几乎人人都可以通过他找到优越感。他不敢对外面的世界发泄，只能通过酒精获得一点儿模糊的自在——他受到了伤害，但这不是他伤害家人的理由！绝不是！强者征服伤害，弱者接受伤害，卑鄙的弱者复制伤害，酒精并不是这种卑鄙的替罪羊。

刘瑞娟举着杯子，看着透明的液体，喃喃道："你们替我们这些卑鄙的人类背了多少黑锅？"

她做了噩梦，梦见自己拿着刀，站在父亲的床前，她在发抖，但是刀子却始终刺不下去——在十年前那并不是梦。

第二天刘瑞娟醒来的时候，头痛得厉害，她给自己灌了七八杯水，去了十几次卫生间。第十四次从卫生间出来的时候，一个因为感冒发烧而一直在输液的病人被送进了急救室，检查结果表明他是急性中毒——中毒症状与谭启英完全一样！

医院立刻采取了措施进行大搜查，每个医护人员的抽屉、储物箱以及宿舍都必须无条件接受搜查。以柳进为首的搜查小分队打开刘瑞娟的更衣柜，从她的米色针织外套里掏出了一个拇指盖大小的纸包，纸包里是一些白色的粉末。纸包里的粉末是可溶于水的，果然被证实与谭启英所中之毒是一样的。

刘瑞娟知道自己中招了——柜子里的针织外套从立夏之后她就没再穿过，只是把它丢在更衣柜里作为备用。柜子里从没有什么值钱的东西，所以她也就没有刻意保管钥匙，那把钥匙总是放在她的写字桌抽屉里，而那个抽屉从没有上过锁，也就是说，任何人都可以拿到这把钥匙打开更衣柜，从里面拿走什么或是放入什么。另外，在谭启英出事后，警方也搜查过这个柜子，那时候什么都没发现。既然知道是会有搜查行动的，她又为什么要把投毒的证据放在这里呢？

她强作镇定地解释这一切，每个人也都尽量露出公正的神色听着她的解释，但是她还是能明显地感觉到人们在心里往后退了几步，那是一种宁可错杀的心理。

肖展带着手下来了，又把她带走了，他按照程序问话，脸上没有任何表情，刘瑞娟反而觉得他是相信她的。

“这个时候做这样的事，摆明了就是为了嫁祸和转移视线，有谁会蠢到在这个时候还要下手的吗？有谁敢在这个时候挑衅警察吗？”

肖展笑了笑，他看着刘瑞娟，那是老江湖看小菜鸟的眼神，但他不肯说出任何信息来让刘瑞娟放心。结束盘问之后，他们没有拘留她，让她回医院去，有情况随时打电话。医院暂停了刘瑞娟的工作，她被要求不能进入医院的工作区和病人区，理由是这样可以避嫌，而且如果真凶再次犯案，她也就可以洗清嫌疑了。刘瑞娟为这样的逻辑感到震惊：在这种栽赃之后，对方如果还要犯案，那就只能是病区里的精神病人了。

她在宿舍里如坐针毡，监控录像表明她并没有进过那个中毒病人的病房，但这不代表她不能通过其他方法投毒：比如掉包了输液袋，只要角度选得好而且动作够快，是可以骗过摄像头的。这几乎也是最大的可能性，因为负责给病人准备输液袋的护士林美琴在把输液袋放在推车里之后接了个莫名其妙的恶作剧电话，对方声称绑架了她的妈妈，要求赎金，她连忙打电话回家，发现母亲正在看午间剧场——肯定有人设计了这一节，并在林美琴分神的时候动了手脚。假如这个推论成立，那么就至少有两个人参与其中，一个是医院内部员工，另一个则在院外支援。

刘瑞娟因为不停地去卫生间而招致了最大的怀疑——她看起来的确像是鬼鬼祟祟地在安排什么。第一个质疑的人是朱晨，他认为刘瑞娟就是在和那个打电话的人偷偷接洽和商量。但朱晨自己也没有很好的不在场证明，就在刘瑞娟打电话的时候，他正好从推车前经过。

当然，也有人相信刘瑞娟不会蠢到把毒药放在自己的衣柜里，他是搜查分队的负责人柳进。然而朱晨立刻就反对，认为这是包庇，并怀疑两个人之间早有暧昧，同时他指出，这根本就是故弄玄虚，刘瑞娟就是要装出一副被人栽赃的受害人的面孔来，借以摆脱嫌疑。

曾春颐没怎么说话，这一次她很聪明地保持沉默。谭启英事件之后，她是被暂停了职务的，只能做些文字工作，不能接触病人，她的私人物品里没有查出问题，而且有录像表明她在林美琴打电话之前就离开了护士站。

当然，朱、刘、曾三人之外也可找到更多的嫌疑人，但扩大怀疑人群也就意味着扩大恐慌，医院不愿意这么做，至少不愿意明着来，刘瑞娟也就只好扛着绝大部分的怀疑目光。在所有的嫌疑人里，刘瑞娟反而最不怀疑朱晨，因为他太急着撇清了，甚至到了不要脸也不要尊严的地步，他完全可以做得更高明一些的，但他顾不上了，一个惊慌到不留退路的人，是难以承担栽赃嫁祸的大任的。

不管怎样，朱晨关于她伪装成受害人的那一番话，确实让她的处境更糟糕了——这种带了两个弯道的怀疑方式颇对了那些思想复杂的人的胃口，于是，现在头脑简单的人和头脑复杂的人都在害怕她了，哪怕知道她可能是冤枉的，他们还是愿意忘记她曾经的善行。

曾春颐具备动机，但刚好有不在场证明，不过就是这个“刚好”让刘瑞娟放不下，简直就像是刻意制造出来的一样，以致她忍不住连林美琴都一并怀疑了，是不是这两人再加上外面某人联手，为的就是要让曾春颐脱离嫌疑呢？她越想越觉得破案这种事真不简单，既不适合思想单薄的人，也不适合想象力过于发达的人，只有那些既深谙人性，又有机械般精准的洞察力的人才能接近真相。她想到了肖展，那双小眼睛，一个扫描仪，一个测量仪，大额头里藏着各种各样的见闻与经历：描述，分析，对比……他应该总是站在真相边上的人，但它们不可爱，他总是想把头调开。

她不明白自己为什么会有这样的印象，但就是有这样的印象。他不是万能的，即便他的直觉相信她，但也未必能破得了这个案子。也许这案子很多年也破不了，她也许也不用去坐牢，可是嫌疑犯的阴影不会因此而散去，它会跟着她到未来的人生，尽管她对未来并没有什么奢望，可也不希望它是破败的。

总之，她不再像以前那样信任他了，她觉得自己不能把命运交到他的手里，她也不敢把命运交到任何一个人的手里。

总得做些什么，她喝了一杯酒，接着又喝了一杯酒，在头开始疼起来之前，她停下来，酒精仿佛真的打开了一道门，她看着门里面展示给她的图像：谭启英。

谭启英是这一切的开始。

在谭启英之前并没有类似的事件发生过。第二个中毒的病人，他和谭启英之间也没有任何相似之处。他今年四十岁，初中文化，以前在工厂做过保安，有着精神分裂的症状，但他的家人并没有完全放弃他，总有人来看望他，他在这家医院已经住了有八年了。他不讨人喜欢，但发作的时候却不算麻烦，至少没有对别人造成过伤害。

六

刘瑞娟在路边走来走去，不时地看看十米远处的摩尔大厦的大门。手机屏幕上时间显示为十五点三十二分，离下班时间还有两个半小时。大厦十六层就是谭晓新开的那家服装公司的总部，她记住了报纸上的信息，但她不打算进去，事实上她没有任何计划，她也不知道这样的守株待兔能得到什么，她觉得自己多半连跟谭晓说上一句话的机会都没有，可是放开她的怀疑什么也不做，这又让她不甘心。她知道谭晓的家庭住址，在谭启英的病历上有登记，如果守在那里，成功几率其实会更高，但她必须在八点以前回到精神病院，她请假的时候特意强调了这一点，以免造成企图畏罪潜逃的坏印象。

大厦附近在修地铁，噪音不断加上炎热难消，使得时间分外难熬。

谭晓直到接近七点才出现，和谭晓一起出现的女人是江明。这个江明和精神病院里出现的江明完全判若两人，她妆容精致，衣饰高档，挽着谭晓的手，两个人谈笑风生，简直不能够再亲密。而几天之前，江明谈起身边这个女人的时候，还是一脸的鄙视。刘瑞娟不但震惊而且惊吓，竟然慌得掉头就走掉了。

但是江明显然看见了她，第二天就到了精神病院，特意找到了刘瑞娟解释。

“我知道你在想什么，不是你想的那样，我接近谭晓，是想要查清楚真相，我不能干坐着什么都不做。”

前一天夜里刘瑞娟确实想了很多种可能性，这也是其中一种，于是她松了口气，问江明查到了什么。

江明告诉刘瑞娟，她是以要入股谭晓的公司为借口来接近后者的。

刘瑞娟想不到江明竟然玩得这么大：“难道她不知道你是谁吗？你是她哥哥的同学啊！”

“我们没见过面。他们兄妹俩的感情没那么好。”江明顿了顿，又自嘲式地补充，“再说了，我和谭启英也没要好到被他带回家的那种地步。”

刘瑞娟忍不住心疼江明：“可是现在只有你愿意帮他做这么多事！”

江明把话题引回到正路：“她的服装公司经营得并不好，一开始就有资金问题，现在资金缺口更大，要想继续往下走，需要很多钱。”

刘瑞娟疑惑了：“她不是有很多遗产吗？”

江明笑了笑：“开公司很烧钱的，不是你我能想象的，她也是太高估自己了，一家公司都没做好就急着做第二家，现在连化妆品公司都被连累了，她现在很想卖掉化妆品公司保住她的服装公司。”

“有人感兴趣吗？”

“当然有了，只是人家胃口大，可不想公司里还有个占有百分之三十股份的大股东姓谭。”

刘瑞娟明白了，谭启英成了绊脚石。

“警察知道这个吗？”

江明说道：“化妆品公司其他股东也有人不同意收购的。所以，动机不充分。”

刘瑞娟不太懂这些，她很奇怪为什么江明像是十分精通似的。接着她才第一次了解到江明的家庭背景，江明的家境很好，母亲去世得早，父亲是精明的商人，另组了家庭，但对她还是很照顾，如今在印尼任一家跨国公司的CEO，她留在国内做教师更多是出于兴趣。

“那你觉得是不是她呢？”

“她男朋友野心很大，在服装公司也入了股。”江明皱了皱鼻子，还是没有直接回答，“两个人为了钱正闹冷战呢！”

刘瑞娟不太舒服，因为江明脸上的表情。那是让人不快的鄙视，仿佛不止是鄙视她所谈及的两个人，而是除了她之外的一切事物，刘瑞娟忍不住想自己是不是也是她所鄙视的对象之一。

“那个人不是什么善类。”江明说。

“谁？”

“谭晓的男朋友，张量。”江明讲起她听到的传闻，“这家伙有毒瘾的，周围也都不是什么好东西，家产被他败得就剩这点儿底子了，服装公司要是垮了，他就要多惨有多惨了。”

刘瑞娟努力把江明给出的信息连到一起分析，得出的结论是又多了一个嫌疑人。

“如果真是他们做的，还会再动手吗？”

江明摇头：“我觉得不会，没这么笨的。一两年内，估计谭启英都是安全的了。”

刘瑞娟犹豫着要不要把这些信息告诉给肖展，但这也许会妨碍到江明的计划，警方大约是不会赞成江明这种做法的。出于内疚，她嘱咐江明要多加小心。

“我是要抽身的，不过抽身之前，我想要再试探一下。”江明说出一个大胆的想法，“再过几天，等我完全取得这两个人的信任之后，我要给谭晓和张量各寄一封信，信里就一句话，说知道他们对谭启英做了什么，我现在有机会在第一时间观察到他们的反应。被冤枉的表情和心虚的表情应该是很不一样的。”

刘瑞娟有点儿担心，但是江明的安排看起来的确不会给她带来任何麻烦：她会以准投资人的身份安排一个饭局，同时邀请谭晓和张量两人，打印的匿名卡片会在她和谭晓以及张量吃饭的时候送到张量和谭晓手里，而她会装作对此事一无所知的样子。如果两个人行为可疑，她就会把这些信息告诉警方。

刘瑞娟对这个结果也很期待，所以她最终打消了联系肖展的念头。

七

曾春颐的尸体是在她自己的车里被找到的，这辆车停在离精神病院大约十公里的一条荒僻路段旁，人们把她抬出来的时候，尸体已经出现了腐臭味。尸检结果表明她死于吸毒过量，在她的出租屋里也搜到了少量毒品和吸毒工具，此外，也有两个证人证实了她的吸毒史有一年左右。警方没在车里发现其他人的指纹，只有曾春颐一个人的指纹。

“除了擦掉指纹之外，也有很多方法不必留下指纹的。”刘瑞娟坚持认为曾春颐的死与两起毒杀案有直接关系，她感到非常愤怒，仿佛有一股隐藏的黑暗力量在逼迫她承担她不该承担的东西。

“证据也不是只有指纹一种。”肖展没有透露那是什么，他也感到气愤，因为刘瑞娟不知道从哪里得知了她不该知道的信息，他对这种泄露深恶痛绝，“事成于密而败于泄，你们懂不懂？”

他们需要保住秘密来方便做事，她的情绪与困境在这个目的面前是注定要被牺牲掉的，刘瑞娟很明白这一点，她知道自己不该有怨言，于是把更多的希望寄托在江明的计划上。江明迟迟没有进行那个计划，而发生在曾春颐身上的事显然把她也吓坏了。

“我觉得害怕。”她跟刘瑞娟说，“特别特别害怕，好像会有某种不测会发生在我身上。”

有几次刘瑞娟自己拿起了公用电话，想要以一个敲诈者的身份去试探谭晓和张量，她深信他们与曾春颐的死直接相关，不是谭就是张，或者两人同谋。她现在打听到一个信息：在曾春颐死亡当天，谭晓一直在服装公司，但张量却没有去，有人在前一天夜里看见他喝得酩酊大醉，被一艳妆女子扶着离开了酒吧。张量在公安局里承认了这点，他第二天下午在一栋待拆迁的大楼公寓里醒来，那艳妆女子早已不知所踪，所以他所说的话最终也不能成为不在场证明。

最终刘瑞娟也被死亡的恐惧抓住了，她的大脑里出现这样一幅画面：张量供给曾春颐毒品，而欠着赌债的曾春颐为了满足自己的毒瘾不得不受控于张量，于是她对谭启英下手了。然而谭启英却没有如她所愿般死去，反而引来了警察，她慌了，于是匆忙找替死鬼，她选择了刘瑞娟，因为她可以轻易拿到刘瑞娟的衣柜钥匙，可是警方也没有如她所愿把刘瑞娟给抓起来。这种沉不住气的做法连张量都感到害怕了，他不愿意被曾春颐的愚蠢所连累，于是张量再次出面，他先让曾春颐失去意识，接着给她注射了过量的毒品致其死亡。这一切没有任何人看见，他用某种方法除去了自己的指纹和其他痕迹，所以尽管没有不在场证明，警察也没有确实的证据可以抓他。

刘瑞娟没有打出电话，她发现自己远远没有想象中那样坚强勇敢。她嘴里说着不把命运交给别人去控制，但她真正期待的却是一个奇迹，一个不需要她经历危险就能过关的奇迹。这个奇迹依赖于别人的拯救和别人的善心。仅仅是对危险的想象就打败了她，她实际上是一个胆小的、怯懦的、自私的、无力的人。这个发现狠狠刺激了刘瑞娟，她长时间地坐在宿舍里发呆，看着简陋的家具与狭小的空间——这就是为什么她只会在这里生活并强求自己满意的原因，她的内在支付不起更好的生活，她的那些貌似聪明的妥协，只是妥协，而不是智慧。

她分析这内在的原因，童年的苦难是其中之一，但不是绝对的原因。经历过苦难的人并不止她一个，如果她把这一切完全都归咎于酗酒的父亲，那就和当年把伤害复制给她们的父亲没有什么区别了，她就真正成了卑鄙的继承者。

她知道自己永远在回避伤害，远离伤害，就像被蛇咬过的人连绳子都恐惧的心态一样。但是她没办法逃开所有的伤害，伤害总是会出现，就像现在，这是一个不管她用什么办法都不能不去面对的伤害，只有找到征服伤害的力量，才能在同样的伤害出现的时候挺起胸膛抡出巴掌。

想通这一点之后，要不要打电话给张量已经不重要了，事实上那确实不是个好主意。刘瑞娟联系了江明，提出要协助江明进行测试，当日她也会到餐厅去，一来保护江明，二来也可以看得更仔细些。江明支支吾吾的，并不高兴，让刘瑞娟感觉她似乎在隐瞒什么，于是刘瑞娟决定第二天去一趟江明家，说服对方并把计划做得更周全些。然而，从清早起她就打不通江明的手机，匆忙赶到江明所住的租屋，敲了半天也没人应门。小区门卫说江明一早就出了门，刘瑞娟去了江明教书的学校，校方竟也在找人——上午她有两堂历史课，一直没见她人影。大家都在抓狂，但人们也表示了担心，因为江明一向是个守时尽职的好老师，这种事情也是破天荒第一次发生。

刘瑞娟分两次冒充客户给谭晓的服装公司打了电话，前台把电话转到了谭晓和张量的办公室，她听到了两个人的声音以及背景音里地铁工地的声音，说明他们确实在公司。刘瑞娟无法放心，于是她去了公安局，把江明正在做的事和她的计划都向肖展和盘托出，肖展的表情却像是一点儿都不意外，只淡淡地说了一句："胡闹！"

刘瑞娟于是怀疑肖展其实早就一直在暗中观察江明，毕竟她也曾经是嫌疑人之一，而且居然跟谭晓那样亲密，这当然是值得注意的。刘瑞娟的怀疑很快就得到了证实，因为不到一个小时警方就找到了江明。她是在南郊的一条公路边上被发现的，那个路段很荒僻，完全没有手机信号，江明被发现时已经神志不清，她的胳膊上有针眼——注射进去的是毒品。在医院醒过来的江明得知这一点后几乎崩溃，她死死抓住刘瑞娟的胳膊问着同一句话："我是不是完了？我是不是完了？我是不是完了……"

她不知道是谁给她注射了毒品，早上她给谭晓打电话约吃早饭，想要进行她的计划，但是在约定地点等来的却是一个陌生人。他用枪胁迫她上了一辆黑色轿车，车上有另外一个男子，她坐下来之后就被人用沾了药水的帕子捂住口鼻给弄晕了，她醒过来的地方就是警方发现她的地方。

病房外有个女警在自责哭泣，刘瑞娟无意听到了她和肖展的对话，知道这个女警就是负责跟踪江明的，但当天早上江明发现自己被跟踪后就施计甩掉了她，江明不知道跟踪自己的人是警察，等于是甩掉了自己的保护伞。肖展明显也很懊恼，他大约在后悔自己没有早一点儿警告和阻止江明。

江明哭了一整天，担心自己染上毒瘾，或是染上艾滋，刘瑞娟一直安慰她，江明认定这是张量与谭晓的恶毒计谋。

"这是报复，他们想用毒品控制我，他们觉得我肯定不敢让人知道这件事，他们想错了，想错了……"

但她确实不敢让人知道这件事，她央求警方，央求刘瑞娟为她保密，不要让任何人知道她的遭遇。于是，刘瑞娟代江明跟学校解释说是江明出了车祸。为了蒙混过关，医院还给江明的腿上套了一个石膏套子，有人来探视的时候就装上，人走了又拆下来。

肖展拿到了搜查令，带着人从谭晓的办公室里搜出了一个装着江明身份调查资料的牛皮信封，信里的资料显示江明根本没有一个在国外的有钱父亲，她的亲生父母早已去世，她是由姑姑抚养长大的，江明也一直和姑姑住在一起。她所有的收入都来自于教师这个职业，虽然还不错，但无论如何算不上富裕。

除此之外，警方还查到在江明被绑架的那天上午十一点三十分左右，有人在江明被绑架的地点，使用公用电话打进谭晓的手机，通话时长很短，只有三十秒。谭晓一开始否认，在看见电话清单后才承认接听过电话，但她声称对方一直没有说话，她也不知道打电话的人是谁，同时她也否认因为识破了江明的身份而起了杀心。

事实上，这份调查材料确实只能证明谭晓与张量知晓了江明的身份，却不足以成为他们派人伤害江明的证据。

案件的突破性进展发生在搜查谭晓和张量的住宅之后，他们搜到了大约五十克的海洛因，并因此找到一连串相关人员。在排查中，张量的一个毒友在压力之下说出了一件令所有人眼前一亮的事：在八月十七号，也就是谭启英被下毒的前一天晚上，张量与一帮朋友在一家名为“刻度”的酒吧喝酒，有一个陌生男人走到他们面前，自称是个算命师，他说出了这些人很多私事，引起了轰动。这个人对张量特别感兴趣，他声称可以解决张量现在最需要解决的难题，接着张量就包了一个房间与这个男人私聊，差不多聊了有半个小时。那个男人离开酒吧之后，张量心情很好，喝了很多酒，有人警告张量小心被人骗了钱，张量当时已经有些醉意，说漏了嘴，说他确实给了这个人两千元定金，反正钱少，就算事情办不成也没关系，就当多喝了几杯酒罢了。

而张量的另一个毒友则声称他是在不知情的情况下被张量陷

害染上毒瘾的，从此不可自拔。张量类似的恶迹还不止这一桩，很多人怀疑他实际上是在以这种手段拉人下水，以便贩卖毒品。

如此一来，不管是否能找到其他证据证明谋杀，张量贩毒及容留他人吸毒的罪名是可以坐实的了。至于谭晓，她自然也无法逃脱包庇罪的惩罚。

这些消息对江明来说自然是值得欣慰的，另一个安慰是医院的检查结果表明她并没有感染艾滋或是其他恶性传染病，她的生活还有希望，她为曾经向刘瑞娟撒谎而道歉。

“我没有恶意的……我以前遇到的人都很现实，有这个父亲和没这个父亲，真的完全不同……”江明叹了口气，“这个谎我撒了太多次了，连我自己都觉得是真的了……”

其实刘瑞娟并没有怪过她，听到这样的话她只觉得更理解江明。她自己也曾经无数次幻想过有另外一个父亲，一个不酗酒不家暴的父亲……

“你一定会找到爱你的男人，结婚吧。”刘瑞娟这样劝江明。

江明沉默了一会儿：“你觉得我们会有结果吗？我和他？”

刘瑞娟立刻明白她说的是谭启英。这短时间内谭启英看起来除了失忆之外没什么不正常，他没有再发作过，但他会不会完全好起来，刘瑞娟是没有把握的。可是江明以一种强烈的渴望的神情看着她，使得她觉得自己完全没有办法说出要浇灭这种希望的话来。

“你是会带给他幸福的人。”刘瑞娟说，“我祝福你们。”

八

江明在半年之后嫁给了谭启英，这半年谭启英的病几乎好得差不多了，可以说是失忆拯救了他的抑郁和暴力倾向，而这半年里他和江明的感情越来越好，两个人比划着交流，沟通却完全不受影响。

刘瑞娟也向精神病院辞了职，她自学了会计，在一小公司从出纳做起。她没想过自己居然十分胜任，老板很信任她，薪水也稳定，她给自己添置了一些漂亮大方的职业套装，好歹也算是个像模像样的小白领了。

谭晓坐牢之后，谭启英也没有去看过她，他不记得她，自然江明也不希望他记得她，倒是刘瑞娟鬼使神差地去申请了一次探视，意外的是谭晓居然同意了，刘瑞娟估计这是因为从没有人探视过她。

她们两个尴尬地对坐了一会儿，刘瑞娟说了一些谭启英的近况。谭晓一直在哭，她认为自己太冤枉，她哭着说自己不是设计把哥哥送进精神病院的坏女人，也不是要谋杀哥哥的毒妇，张量所做的一切她都不知情。

“他那个时候是真的有问题，他有妄想症，其实我妈妈的死也是他造成的……”谭晓向刘瑞娟讲起了一个她从来没有对人说过的故事，在戴巧敏出事的当日早晨，她亲眼看见谭启英用一些粉末换掉了戴巧敏所服用的抗生素胶囊里的粉末。

“因为他一直劝妈妈不要滥用抗生素，所以当时我以为他是用其他药物偷偷代替抗生素，是为了妈妈好，直到妈妈出事，我才起了疑心，把那些胶囊偷偷拿去化验，发现里面就是强效镇静药！也就是造成她当时出事的原因。”

“那你为什么不报警？”刘瑞娟不打算相信谭晓的话，她后悔来这里了，这探视完全是个错误，这个女人居然以为可以把她当枪使吗？

“拿这种事去报警吗？”谭晓苦笑，“让所有人知道我哥哥杀了我妈妈，还要挖出那些陈谷子烂芝麻的……你知道这种事对我的影响会有多大吗？”

谭晓说她从没想过要报警，而谭启英发疯的速度也很快，她自然就索性把他送进精神病院了。

刘瑞娟完全不愿意相信：“他为什么要杀自己的妈妈呢？”

谭晓看出了她的不相信，她咬了咬牙。

“他总觉得自己有资格审判别人，他瞧不起所有人。”最后她说，“现在倒好，失个忆就把所有的事情都解决了，他连内疚都用不着了，老天爷对他真好。”

她对刘瑞娟说了谢谢，然后让狱警带她离开。

刘瑞娟走出监狱，没办法不去想刘瑞娟说的话，她觉得自己真是莫名其妙，为什么要再次卷入到这些乱七八糟的事情里面来，她一点儿也不想要卷进来。

于是，她推说工作很忙，尽量减少和江明以及谭启英见面的频率。江明现在已经辞去了教师工作，专心帮助谭启英打理公司的事务，可以说做得很不错，而谭启英整日在家画画，他展现出了令人赞叹的艺术天赋，画作竟得到了不少专业人士的好评，甚至被放进画廊里去售卖。谭启英与江明和谐的小日子以及江明完全满足的眼神，使得刘瑞娟下定决心要把谭晓的话完全消化在肚子里。

六月的一个周六，她在一家快餐厅偶然遇到江明，江明很惊喜地跟她拼做一桌，并盛情邀请她回家一起吃晚饭。刘瑞娟穿得休闲，又明摆着是一个人，因此完全找不到借口推脱，只好答应。两个人聊了一会儿，一个光头中年男子走过来跟江明打招呼，气质粗俗，口气难闻，江明的脸色不太好看，十分客气地和对方说了几句套话。那人离开后，江明跟刘瑞娟解释，这个人是公司的一个客户，对她好像有非分之想，但还没有点明，所以让她觉得烦恼，拒绝太早，不拒绝又很难避嫌。

为了避免空手拜访的尴尬，刘瑞娟在餐厅旁边的书店里买了一本《老人与海》作为礼物送给谭启英。谭启英不记得自己以前读过这本书，翻了几页之后用手语比划说他一定会读完。邀请刘瑞娟来做客的江明有些心不在焉，把土豆烧排骨给做糊了，又把没煮熟的四季豆倒回锅里去补煮。吃饭时江明一直讲着笑话，刘瑞娟几乎完全插不进嘴，但也还算开心。

半个月之后，刘瑞娟又碰到了一个老熟人——柳进，他仍然在做精神病医生，出乎刘瑞娟的意料，柳进仍然对谭启英感兴趣，他认为谭启英是他遇到过的最特别的病人，他甚至偶尔去画廊里看谭启英的画。

“一幅画里能表达的信息量是很大的，它是意识的，也是潜意识的，同时还是前意识的，这个‘前’是前后的‘前’。”

刘瑞娟很吃惊，因为柳进从来没有跟别人这样讨论过另外一个人，她估计是喝了酒的缘故。柳进给刘瑞娟看他用手机拍下的谭启英的画。

“这是他去年的一幅，很压抑是不是？他就是在压抑一些东西，这幅也是，还有这幅，都是压抑。但前两天他的画风变了，你看这一块红色和这个黑色的像刀一样的形状，你看到了什么？”

刘瑞娟摇摇头：“我不懂画。”

“这不是画，这是人！释放，有些东西被他放出来了，我看见的是：暴力和审判。”柳进叹了口气，“我一直觉得，不该放他走的……”

刘瑞娟因为“审判”这两个字而打了个寒战，因为柳进使用的词汇和谭晓相同。

“审判什么？”

柳进摇头，但最后他做了个预言：“我觉得他会回来的。”

“回哪儿？”

柳进沉默了。

这一夜，刘瑞娟睡得很不安稳，她半夜起来喝了一罐啤酒，等身上的汗水干透，她站在租屋的阳台上，看着没有星月的黑雾似的天空，她觉得自己在地面上的影子像是从其中挣脱出来的一部分，但仍然还有那么几条黑丝与那一大片黑暗相连着。

刘瑞娟终于还是忍不住给江明打了电话，她说出的第一句话是她自己也没有想到的，她问江明："你还好吗？"

电话那边立刻就沉默了，这沉默简直就是回答，而且是她不想听到的一种回答。仿佛有一种力量在同时阻止她和她的自欺欺人，让她们在还没有反应过来的时候就暴露了自己。

江明似乎哽咽了一下，接着就把电话挂断了。

刘瑞娟等着她再打回来，等了两个小时，但是江明没有打回来。于是，她不得不在晚上十点的时候再次拨号，但江明没有接听。刘瑞娟不好确定处理的分寸，其实她对真相没有那样强烈的渴望，如果要去江明家里看个究竟，那就意味着对方可能基于对这种关心的回报而与她建立起亲密的朋友关系。她一点儿不想形成那种和别人的隐私黏在一起难以撕脱的局面，但是在道德经验上她已经骑虎难下了，撒开手不理可能会导致关系的裂痕，同时她也会受到来自良心的谴责，这也不是她想要的。

刘瑞娟一直纠结到第二天清晨，江明打来电话解了她的围。

"你能来我家一下吗？"电话那边的江明听起来很虚弱，"快一点儿。"

于是刘瑞娟立刻赶了过去，江明穿着浴袍给刘瑞娟开门，脸色惨白，浑身发抖，头发都是湿的，她一见到刘瑞娟就说："麻烦你送我去医院。"

她的声音很小，几乎听不见，她说完这句话后站着不动，又补充一句："你扶我进去换下衣服。"

刘瑞娟诧异地扶住她，江明完全是在挪动步子，根本搭不上力的感觉。客厅里一片狼藉，地板上有玻璃杯、碗的碎片，还有倒下的画架，刘瑞娟看见她送给谭启英的《老人与海》也在地上，被撕成了两半。

她忍住不说话，在帮刘瑞娟脱下浴袍的时候发现她的胳膊、大腿、后背上都有伤痕，青的紫的，新伤旧伤都有，她的左手腕上裹着还在渗血的纱布，之前刘瑞娟没看见，是因为浴袍袖子太长的缘故。

“是谭启英打的？”刘瑞娟虽然有预感，但还是忍不住惊叫了起来。

房子里只有她和她，谭启英不在家。

“刚才我在浴缸里，想自杀……”江明的声音在发抖，“但没下得了手，我还是想活……”她指着自己的左腹部，“他踢了这里，很痛很痛，我要去医院检查一下……”

江明一直没哭，眼泪像是被恐惧和绝望给逼回去了。刘瑞娟吓得不轻，手忙脚乱地从主卧衣柜里给江明找来一件长袖的连衣裙，路过卧室内的浴室时，她往里瞟了一眼，浴缸里的水还没放掉，大半池都是粉红色的——那是血染的，但出血量不大，她想大概就是这个把江明给镇住了。

医院检查结果是江明断了一根肋骨，江明拿不出证据证明这是家暴，但稍后也不必证明了。八个小时之后，警察找到了谭启英，他行踪鬼祟地出现在监狱的大门外，警卫正要盘查的时候，他便迅速拔出水果刀捅了自己腹部两刀，他在医院醒来后说了一年多来的第一句话：“我们都需要用痛苦洗清罪孽，不要害怕痛苦，痛苦是一种会结束的代价……”

这句话为他引来了精神科医生，精神鉴定的结果很快也出来了，他在伤好后将被强制送回到精神病院。

柳进仍然是谭启英的主治大夫，他跟刘瑞娟谈起他刚打听来的一个消息：十年前，也就是谭启英十八岁的那一年，他的母亲戴巧敏在婚内出轨，谭晓把此事告诉给谭父，导致后者突发心脏病去世。

“他在小学的时候有很多次检举他的同学逃课，在中学的时候他检举过他的老师接受学生礼品，在大三的时候因为前女友在运动赛时被对手不公平对待而出头打架，虽然人人都觉得他占理，但他还是主动申请了处罚……很多人都会把这些看成是美德，”柳进说道，“但在我看来，这就是危险的兆头，他不允许别人犯错，也不允许自己犯错，他对别人和对自己一样苛刻，他其实是喜欢审判这种行为。”

刘瑞娟想起谭晓跟她说过的那个故事，如果那是真的，那么他就是审判了母亲，因为她的过错导致了父亲的死亡，他也审判了妹妹，他称她为恶魔，因为她应该知道口无遮拦的后果，这一切本是可以避免的。他忍耐了近十年才动手，是因为戴巧敏与谭晓不但没有忏悔，而且还越活越美满。于是他出手了，疯狂了，但他后来也惩罚了自己，自责成了自我惩罚的鞭子，他无数次鞭挞与折磨自己的精神，母亲鬼魂的幻象便是这鞭子的另一种形式。他的失忆和失语是对这种变态心理的反抗，但可惜没能撑多久。

“最近一定有什么事或是什么东西刺激到了他，所以他恢复了记忆，恢复了记忆，也就同时恢复了语言功能。”柳进看起来很兴奋，他很高兴重新得到了这个病人，这近乎变态的兴奋也让刘瑞娟感到后背发寒：“不知道那是什么呢？”

刘瑞娟几乎不能待在江明的病房里，她感觉到江明在恨她，虽然江明并没有说出什么，但那种隐藏的仇恨比展示出来的仇恨更加强烈。

她思来想去，觉得最大的可能性就是她曾经鼓励过这段感情，虽然那个时候是江明在索要她的祝福，可是现在江明后悔了，她也就憎恨那个当初给了她信心的人。

刘瑞娟跟自己发誓，以后永远也不会再对任何人的感情问题提出建议或是发表意见，因为没有人知道将来会发生什么，一个人连自己将来会变成怎样都不知道，心灵上会发生怎样的变化，别人又如何知道呢？

她想着也罢，就这样跟过去一刀两断也好，不管是江明、谭启英还是柳进，还是精神病院，这些都是她的过去，不再跟这些人来往，也就不必再招惹上什么麻烦。但没这么容易，另一个老熟人很快也上了门。肖展给她看一张照片，问她是否见过，刘瑞娟立刻想起这家伙就是江明口中那个让她烦恼的客户。

光头男的尸体让刘瑞娟感到恶心和惊惶，他也是死于毒品过量注射。刘瑞娟跟这个人只有一面之缘，因此也不能提供更多的信息，肖展嘱咐刘瑞娟对认尸的事情保密，尤其对江明保密，但不肯再说更多。

刘瑞娟梦到了曾春颐，她胖大的身体堵在窗外，不停地敲着窗玻璃想要进来。她梦到曾春颐在大雨里哭，但醒来的时候窗外很晴朗，一点儿恐怖情形都没有，她想起张量从来没有承认过谋杀或是指使人谋杀曾春颐——那个案子到现在都还没有找到充分的证据。

张量从来没去过精神病院，但是江明和所有的医护人员都混得很熟，刘瑞娟不敢沿着这个思路再往下想了，但是她又没有办法控制自己。谭启英中毒那一日，虽然她也是嫌疑人，可是她的每个动作都被监控拍得很清楚，几乎完全没有盲区——细思恐极，这难道不是最好的撇清手段吗？另外，刘瑞娟突然意识到，从一开始，江明就一直在引导她的思维，正是她一直在暗示谭晓为了钱而陷害谭启英，刘瑞娟以为这是自己的推测，但所有可以推论出这个结论的信息都来自于江明的暗示。最关键的一点，江明可以说是谭晓与张量定罪的关键人物，如果没有江明的被袭，也就没有警察的大搜索，但是到现在警方也没有抓到那个直接往她胳膊里注射毒品的男子，而任何监控都没有拍到她和那个男子接头的画面。还有，那个把身份调查报告寄到张量与谭晓办公室的侦探，以及与张量密谈的算命先生，以及在曾春颐死亡当天使得张量没有不在场证明的艳妆女人，这些人统统都是把张量和谭晓置于嫌疑人席位的关键人物，但他们也都再没有出现过——刘瑞娟的脑海里跳出一个大胆的想法：他们真的存在吗？或者，他们都是受雇于江明？

江明是擅长撒谎的，很多人都相信她有一个在国外的有钱父亲，她说她自己也相信他的存在，一个可以相信自己谎言的女人，没有什么比这个更可怕。

“审判者，审判者……”刘瑞娟喃喃着，谭启英殴打了江明，柳进说他的画里释放出了审判的信息，谭启英在监狱门口自残——监狱里关着他的妹妹！谭启英回到精神病院，是否其实是自我惩罚的一种仪式？

到目前为止，死去的有两个人，曾春颐和光头男。假如是江明指使曾春颐下毒，那么就可以解释为什么也是曾春颐第一个报告发现谭启英中毒的了，因为目的是为了嫁祸给谭晓，而不是要谭启英的命。这样一来，曾春颐就是唯一知道江明真面目的人，所以她的死是一种灭口行为。光头男呢？刘瑞娟反复回想江明在见到光头男之后的反常，越发觉得那不是一般的反常，刘瑞娟感到汗毛倒竖，那么江明的动机是什么？为了得到一个精神失常的男子吗？或者……刘瑞娟几乎跳了起来，到现在为止，正是江明得到了最多的利益，她现在掌管着谭家的一切，她已经不再需要虚构一个有钱的父亲出来了。

怪不得肖展会那样嘱托自己，他们一定也是这样怀疑的。但他们怀疑她的时间不会太长，应该就是最近。是啊，谁能想到呢？为了达到目的，她不惜给心上人下毒，不惜冒着染上毒瘾的风险给自己注射毒品！第二天早上去上班的时候，刘瑞娟都觉得两腿发软，她庆幸自己没有被江明视为眼中钉，她相信假如当时江明觉得自己有一点点威胁性，现在她就已经是对方的刀下鬼了。中午的时候，刘瑞娟接到江明打来的电话，一看来电显示，刘瑞娟就吓得直接拒听了，她觉得自己完全没有资格跟对方过招儿。但江明不断地打，简直阴魂不散，刘瑞娟将她拉入黑名单，但下班时江明却在门口堵住了她。

“怎么不接电话，一直在忙吗？”她亲密地要挽刘瑞娟的手，“一起吃饭好不好？”

刘瑞娟知道自己的脸色一定是发白的，因为她的手心冰凉。

“不了，不了，晚上我还要在家里加班，好多事情要做，老板明天就要的。”刘瑞娟撒着漏洞百出的谎，“哎呀，我有东西忘在公司里了。”

她急着往回跑，江明紧跟其后：“没事的，没事的，我陪你回去，待会儿用我的车送你回家，我来做晚饭，正好晚上我没有事。”

刘瑞娟急得要哭出来，她想不出更好的办法，她推开江明：“真的不用了，我们没有那么熟！”

“你怎么了？”江明的眼神在结冰，她的一只手拉开了手提包的拉链。

刘瑞娟尖叫：“你想干什么？”

一个女人扑过去把江明推倒在地上，周围的人都惊骇地看着她们。刘瑞娟认出了冲出来的女人，她是当时跟踪江明又把后者跟丢了在医院里哭泣的那个女警。

九

江明的手提包里没有任何危险物品，除了钱包手机钥匙之外，还有一本《老人与海》，正是刘瑞娟送出去的那一本，已经被修补好了。

致命的是放在车里的红酒，酒里混合着一种可以让人在极度痛苦中死去的毒药。

江明承认她打算故技重施，她会在晚饭时与刘瑞娟一起喝下红酒，当然，她会控制自己的摄入量，以达到成为“幸存者”的目的。

“功亏一篑。”她哭着对刘瑞娟说，“就因为一本书，功亏一篑！”

谭启英看了书，他想起了一切，他曾经想要借这本书里的力量扛起过去的一切，他看了太多遍，以至于这本书的文字统统成了打开记忆的钥匙。

他想起了自己的邪恶，也认出了江明的邪恶。

他惩罚自己，也把自己当做是惩罚江明的武器——在江明的谎言里，有一点是真的，她是真的爱着谭启英。

“否则以她的能力，可以得到比谭家更多的财富。”肖展很确认这一点，他破了案，但一如既往地不高兴，一个总是看见人性中黑暗面的人很难真正快乐。

那个光头男是做高利贷生意的，江明确实是他的客户。

“要策划这一切是需要钱的，江明当老师的时候，是没有那么多钱的。”

他知道得太多了，所以江明不得不杀了他。

刘瑞娟惊魂未定，但她知道都结束了，那种一直以来跟随她的不安正在消散，她现在终于明白为什么了——她就是整件事的最后一环，她一直都是。

“你真强大。”刘瑞娟说，“那么多的黑暗。”

“每个人都是一面镜子，人们从别人身上都能看见自己的某种可能性。”肖展说，“所以最好的方式就是看，不管看见什么，都不要憎恨。你可以不原谅，你可以选择另一条路，因为憎恨太多的话，你就没有办法不折腾自己。”

刘瑞娟听得出这是提醒，她也知道肖展在暗示什么。她想起那把还没有沾血的刀，她站在父亲的床前，看着后者的睡姿，最后她扔掉刀跑出去……也许并没有真心地扔掉。

她抱住了自己的胳膊：“我记住了。谢谢。”

金苹果的代价

一

我看见了已经死去的顾明河。

光天化日之下，在图书馆里，七月灼热发白的阳光穿透淡蓝色的窗纱投射到他那六角形的阔脸上，骨窄肉薄的驼峰鼻上细小的汗珠子们闪着光，瘦高身体的影子就落在我的脚边，和我小腿肚子上刚被玻璃划伤的疼痛一样真实。

八个月前，我参加了顾明河的葬礼。

他是本城名人、知名作家，来参加葬礼的人比他的亲朋好友要多得多。我估计大多数人只和他见过一两次面，这葬礼大概是他们唯一可以表示自己和顾明河相识的证据，最重要的是顾明河本人并不能起来反对这证据。

有人目击他跳入金沙江，那是河水最湍急的一段，人们无法打捞到尸体，最后只好把他所写过的书装进棺材。告别仪式之后它们代替他被烧成了灰，置入骨灰盒——没有什么比作品更适合的替代品了。把我们和别人区别开来的唯有思想，作品是作者思想的承载物，所以从某种意义上讲作品就是作者本人，当然，前提条件是作者所写的即是他所想的。

我去参加葬礼并不是因为我们是朋友。事实上，顾明河从不认识我，我喜欢他写的书，至少曾经喜欢过。那时候他每出一部新书，我都会到签售现场去索要签名，但很明显他不记得我，从来叫不出我的名字。他签名的时间不过十秒钟，他的眼神和微笑在我脸上停留不到三秒，三秒钟的时间不够形成一个可以轻易回忆出来的印象。

在他的世界里，我不过是众多一晃而过的影子中的一个，他不需要记住我。

但他却曾经是我的世界里最重要的一个人，可以说，我之所以走上写作这条路，百分之九十的原因都是他。

每个人的生命中都需要有这么一个人：他在你最迷惘的时候出现，从芸芸众生中带着光环跳出来，一下子就来到你的面前。你看见他，就立刻明白过来，那就是我想成为的人——那个人就是未来的自己。

你于是觉得幸运，你于是满怀激情；你模仿，你追逐，你兴奋；你跟自己的未来建立了某种奇妙的联系。直到有一天，你突然发现，原来他仍然是另一个人，你仍然是你自己；你也许变得更好，也许走上一条本来不属于自己的路，但是他，不管他是好还是坏，都不再是一个神圣不可侵犯的偶像，你或许依旧感激他，或许渐渐漠视他，或许还有另一种极端，就彻底地否定他。

我只是为他感到遗憾。

顾明河的小说曾经像一把利剑，通过被他刺穿的那个孔，我看见了一个需要让我屏息凝视的世界。直到现在，那些充满智性光芒的小说仍然常常让我觉得自己其实更适合做一个读者，而不是一个小说作者。

作为读者的我总是能轻易地认出小说中的真伪，这种真伪不是指真实与伪造的区别——而是本质与虚假的区别。有些人会说，所有的小说都是胡编乱造，小说中的人与事物都根本不存在，全是假的。是的，人物和情节都是编造出来的，但是经验和情感却必须是真的——这是小说真正的价值：分享真实的体验。

毕加索曾经说过，艺术是说真话的谎言。

我们也可以这样说，小说是真相的演出服，人物和情节都只是真相的道具。

优秀的作者洞悉真相，而拙劣的作者制造谎言——这一类谎言背后毫无例外，空空荡荡——它们几乎都有一张招摇而扁平的大脸，大脸的下面没有血肉骨骼，只有一片用于遮羞的白袍子，空白就是它的耻处，认出它们甚至不需要动用智力。

这些大脸也会出现在我的笔下——尤其当我生活窘迫、情感也贫乏的时候，可惜的是，这种时候并不少见。

生活在一个市场主导文化的时代，作者很难既能保住自己的肚皮又能保住自己的创作自由——谎言总是比真话有更多的市场。人们需要谎言甚于需要真相，人们需要安全感，需要满足感，需要希望——而真相看起来更像是这些东西的敌人：生活不会停留在最快乐的一刻，变数无处不在，如影随形。理想与希望随时可能破灭，没有什么能够保证永远，而现实世界里的失意总是需要在另一个地方找到弥补。于是小说里出现了越来越多的灰姑娘、玛丽苏、种马、全能、一夜成名、不劳而获、逆袭、老谋深算与心灵鸡汤，越来越多的天方夜谭与似是而非。一天花掉几个小时活在另一个世界里哭哭笑笑，但知道受尽磨难的主人公到最后总会有一个圆满的结局，这是让人安心的。主人公的经验往往会被视为一种类真实的经验，于是此类小说成了逃避的最佳去处，这是一个庞大的市场，和当年的鸦片市场一样庞大——精明的商人看得见。

是的，聪明的人都看得见，你们，我们，他们，顾明河们。

我没能守住自己的底线，我的理由是我得吃饭，我太不起眼，所以得先争取了市场再来争取发言权。我仍然希望有人能守得住，但我没想到顾明河也没能守住，在他的两部作品被改编为电视剧热播并获奖后，他现在的小说已经完全像是另一个人在临摹他的过去：个性十足的主角、聪明机智的对白、刻薄的讽刺与影射、博尔赫斯式的寓意十足的情节……所有为人们所称道的顾氏风格和标签，有时候我会在某个咖啡厅里听到有人背诵他的某句经典语录。是的，这是一种成功，但同时是另一种失败：顾明河成就了一个市场，但他却被这个市场所囚禁着，被这些赞誉与认同囚禁着。离开意味着失去，所以他只能不断重复，而且他是在心甘情愿地重复。这并不是我一个人的看法，他的老师、引路人、文学界里德高望重的周树均教授，曾经写过一篇文章公开批评这个昔日的得意弟子。

据说这就是顾明河自杀的原因之一：周树均见弟子并没有听从自己的劝告，便决意与后者断了来往。顾明河几次登门都被拒之门外，之后周树均到郊外钓鱼不幸溺水身亡，师徒二人之间的矛盾便再也没有化解的可能性。顾明河把自己关在家里一个月没有出门，接下来一年写出来的东西很明显都是敷衍出版商的，连重复自己的诚意都看不见了。其实我倒很理解这一点，签订了合约的作者是身不由己的，合约上有截稿日，这一点不会因为作者的心情不好或是灵感缺乏而改变。顾明河受了打击，但是市场不在乎他的眼泪，他还是得在截稿日期前交出稿件，这就是规则。但这还不是压倒顾明河的最后一根稻草，在推掉了一系列约稿之后，他花一年半的时间写出了一部被他自己称为复出之作的长篇小说《戴手镯的男子》。这部作品讲述的是一个精神病人的故事，为了写这部小说他拜访了全国十七家精神病院，而且几度爆出情绪失控的新闻。几经波折，最后的成品与他之前作品的风格完全不同，语言上平实了许多，花里胡哨的技巧都被抛弃了，人物也不再刻薄和妙语连珠——这正是周树均那篇批评文章里所指出的缺点。我相信这其实是他向已故恩师的一部道歉之作，但在市场上却败得一塌糊涂，销售量惨不忍睹，读者和媒体都恶评如潮——我常常在想，如果写出那本书的人是我这样一个新手，他们定然不会这样苛刻，也许还会给出些善意的鼓励。

人们总是很难接受一个人自己撕掉他们为其贴上的标签。

于是顾明河又把标签贴回去，他继续坐牢，他把自己过去的小说《跳舞的叶子》改成舞台剧，演出很成功，还得了市里的文化一等奖。

他是在颁奖前一夜跳江自杀的。

人们唏嘘，说这是一个作家最后的行为艺术。

我认同，但说这些话的人似乎没有注意到，这一次艺术的主题是抗议，而抗议的对象就是他们。

他坐在那里。

呼吸匀称，面色红润。

淡淡的汗味从白T恤里渗出来，在周围的空气里小心翼翼地消散。

白T恤上印着一片硕大的黑色树叶，脉络被清晰地画出，一根一根舒展延伸，像是人类的血管，让人直起鸡皮疙瘩。

他把书立在桌面上读，因此我可以看到那本书的封面——萨特的《苍蝇》。

存在还是虚无？

这是书里提出的问题。

死亡还是活着？

这是我的问题。

这本书简直就是一个巧妙的答案。

仅仅是巧合吗？如果说之前我认为他尚有可能只是一个面貌相似者，现在我已经有百分之八十的把握，他就是顾明河！

顾明河的遗作《跳舞的叶子》想要探讨的主题就是存在与虚无。

我的心跳急速地跳动着。

我发现了一个秘密。

我往四周看，图书馆里的人很多，有写作业的小学生，有戴着耳机看杂志的年轻人，有一些人在上网查资料，有人正埋身于又大又厚的报纸合订本中，有人在用写纸条的方式沟通……听不见声音的喧闹，这喧闹掩盖着秘密。

他坐在众目睽睽之下，泰然自若，甚至可以说是麻痹大意，他甚至没有觉察到我的异样。

他看上去完全不担心被人认出。

这通常只有三种可能性——

第一，他不是顾明河。

第二，他是顾明河，但是他认为自己被人认出的可能性不大。

第三，他是顾明河，他不在乎自己会不会被认出来。

人们总是会关注大多数人关注的事件和人物，作家并不是最惹人关注和八卦的群体。顾明河在最鼎盛的时期，也未必会享受到那种在街上被人跟踪和索要合照的待遇，到签售会上去的粉丝也不过几百人罢了，他和照片上的样子还不大像，这样被陌生人认出的几率就更小了——我再一次环顾四周，这是一个小城，人们喜欢电影、旅行、麻将、网游、模仿秀和大减价；离顾明河常年居住的那个大城市大概两百公里；为数不多的文学青年们喜欢聚集在酒吧，声称不看国产电视剧和中国小说，他们不举行读书会或是读诗活动，叛逆仍然是主要的流行工具；老人们照例喜欢京戏和书法、广场舞与太极拳，大家互不干扰。在这里，三年前，顾明河就已经过时了。不论过去还是现在，我从没在自己的同龄人中找到和我一样的痴迷者，所以我很怀疑除了我之外，还有别人能认出他。

我不敢一直盯着他看。

敏感的人很容易发现那些偷窥的目光。作家，尤其是优秀的作家，通常也是最为敏感的那一类。

我收拾好东西，跑下楼去。

我坐在一楼大厅的沙发上，拿着一本原计划打算要还的书，心不在焉地翻看着。

他总是要离开的。

“创造秘密和挖掘秘密都是奢侈的工作，你必须明白，秘密不会属于一无所有的人。你要么有足够多的技巧，要么有足够多的时间，要么有足够多的金钱，如果都没有，你就必须足够无耻。”这是顾明河在《跳舞的叶子》一书中的原文。

这里是小城唯一的一家公共图书馆，从十年前开始，我几乎每个周末都会到这里来，上周因为伤风感冒的缘故在家里躺了一天，由此可以推测，他既然以前不是图书馆的常客，那么最多也就是上周才来的。

顾明河的书房里定然会有一本《苍蝇》，如果他还“活”着，过着正常的生活，是不需要到图书馆来看这本书的——他来到这里，说明他现在的家里没有这本书。这本书在网上可以轻易买到，书店里却未必会有，网上支付需要网银或支付宝，这些都需要实名认证，一个死去的人是不能有银行账户的，当然，购书可以货到付款，但如果他忌讳别人知道他的地址，那么也不会采用这种方式。（什么人会如此忌讳地址被人知道呢？）

不管怎么样，在这种情况下如果他想要再重看这本书，就只能到图书馆来。

这是一个很有力的支撑点，它把我的怀疑稳稳地放在三脚架上了。

但还不是万无一失，也许他就是一个面貌相似爱好相似以及习惯相似的家伙。这个世界上无奇不有，如果顾明河能够奇迹般地从滔滔江水中生还，为什么不能有另一个默默无闻的顾明河存在？

我还需要更多的支撑点。

世界忽然变得富有激情起来——如果我真的能够证实这个秘密，那么我就可以从这个秘密中获得某种力量。

如果我是一个记者，这条新闻会让我很是风光一段时间。

但我不是一个记者，那种风光就对我毫无意义，但假如，顾明河以假死的方式逃离了这个世界，抛弃了一切，逃离了囚笼，他没有为此而付出生命的代价，重生在生命依然存在的基础上进行，那么这将是一种比死亡的决绝更为励志的行为艺术。对于顾明河来说，这是一种真正的回归，我喜欢看见他以这种方式回归。

或者说，我需要看见有人以这种方式活着，那么，我便会觉得，原来我所紧紧抓住的这一切东西，这种被绑在一条大船上不得不朝着某个方向前进的生活，其实也是可以松开的。

手机 QQ 里跳出编辑的催稿留言，明天是最后的截稿日。但我知道还可以继续拖上几天，拖稿已然是一种流行病，编辑们所宣称的截稿日实际上都提前了至少一周，就好像现在大家都习惯把开会时间提前半小时一样——总有人会迟到。

他们需要热血少年文，最好能像电脑游戏一样可以让主人公不断升级——这是时下最流行的，登不得大雅之堂，但全球通杀，百看不厌。我不太明白其中原理，但估计和病毒差不多，复制病毒并不难，我只是觉得疲惫，虽然我已被公认为写这类文章的高手。

我亦是被囚禁的，只是我不太看得起那些赞誉，也不太在意那些批评——只是有时候怒从心中来，我自己会给自己一个耳光。

唯一值得安慰的是稿酬，只要状态不错，按时交稿，每个月的收入比一般的白领略高，且不用风吹日晒，看老板脸色度日。但这距离理想就像隔着一个黑洞，是的，我曾经奔跑着哭着喊着要的那个理想。

顾明河找到一条退路，他似乎又成了一个走在我前方的引路人。

他跟世界开了一个玩笑——他脱离控制，成了一个控制者。这是一个值得兴奋的反转情节，我有一种迫切想要证实它的冲动。

这是一种非常奇怪的动力，也许是我的生活太需要被注入一种可以激起波澜的东西，让我觉得它尽管奄奄一息，但还有被拯救的可能性。

是的，我被冲动捉住了，可我愿意被它捉住，因为我被理智与现实捉住的时间实在过久了，我想念那些依靠冲动而生活的日子。

他在三个小时之后才从楼梯上慢慢走下来。

从五楼到一楼，他没有选择电梯。

他瞟了我一眼，又把眼神移开了。

我拿出手机，调出早已准备好的铃声。

“你不早说！”我故意大声说道，“我在图书馆这边，行了行了，我马上过去！”

我抢在他前面走出大厅，取出自行车。

他没有多看我一眼，我对自己的演技感到满意。

他往公交站台走去，我很紧张，现在不是高峰期，两个轮子无论如何是追不上四个轮子的。幸运的是，他没有在站台处停下来，这让我松了口气，这说明他现在所住的地方就在附近不远。

我骑着车轻松地超过他，在路口的小卖部停下来，买了一瓶矿泉水，一面喝一面注视着他的举动。

他慢悠悠地走着，不时抬头看一眼旁边的标志性建筑和街道名牌。这是一个信号，他并不熟悉周围的环境。

他在路口往右转，我推着车远远地跟着，他走进了399号——华庭春晓小区。

小区门口有电子门禁，我的跟踪只能到此为止。

二

一个人独居的好处就是当你想要搬家的时候，不会有太多的行李和阻力。

华庭春晓这个小区比我之前的公寓要高档得多，当然，租金也要贵上差不多百分之五十，且不提供单间租屋，这意味着我要花去稿酬的二分之一来租房。

这有一点儿疯狂。

但我被这个秘密抓住了——它像一卷绷带，我的身体、四肢、思想都被它紧紧缠裹着，唯有谜底才能把它们解开。

我搬进去之后的第一件事就是在阳台上观察各家晒出的衣服，盛夏的衣服应该天天洗，再不济两天也得洗一次。果然，我很快就发现了那件让人感觉难受的白T恤，它悬挂在那里，从下往上看，那片叶子只剩下一个轮廓，看上去酷似一艘在海底浸泡了很久刚被打捞出来的破船。

中庭三栋三单元401。

我到门卫去问。

“401是不是要出租啊？我有朋友想租个中庭的房子呢！”

靠租房提取佣金通常是值班保安们的另一项收入，哪家搬了、哪家空了、哪家买了新房，他们总是能第一个知道，是附近房屋中介最有力的竞争对手。

被我问到的人眼睛一闭，两秒钟后就回答：“那家六月才租出去，二楼还有个套三的，六楼有个套二的，你朋友想租多大的？”

果然如此，他搬来刚刚才一个月。

在没有确认他是顾明河之前，我叫他401。

401几乎每天都会出门，清晨出去跑步，午餐和晚餐在餐馆解决——我跟踪了他七次，每一次他都在不同的地方就餐。可以看得出来，他不想成为固定的客人，应该是为了避免被人设定为常客——这是一种防御策略。

他的外衣口袋里有一个巴掌大小的黑色小笔记本，有三次我看见他在路边站定，拿出黑色钢笔在小笔记本上写字——这是很多写作者都有的习惯：随时记录下所观所想，这些东西在写作的时候总能用得上。

他一周去一次超市，总是付现金，从不刷卡。

他的经济来源是可疑的，我粗略估算过他的生活费，每个月至少要四千，在没有工作的情况下他需要有足够多的现金储备。

每发现一个疑点，我便在自己的记录本上记下来，并画下一朵梅花。

现在已经有九朵梅花了。

这意味着百分之九十的可能性。

三

下雨之前，池塘里的水会变成浑浊的土黄色。

这是一个长方形的池塘，长大约二十米，宽五米左右；位于小区正门，与中庭相对；没有荷花，养了几十条红色的鲤鱼。此时红色藏在黄色里，需要仔细辨认才能认出鱼形。

我是一个跟踪者，无所事事的晃悠定会惹人怀疑，所以我需要一个合理的理由，我让自己看上去像一个喜欢喂鱼的怪家伙。

我扔了些鱼食进池塘。

池塘边上躺着一条十几公分的大鲤鱼，一大群蚂蚁聚集在鱼尾处，我用一根树枝轻轻捅了捅它的身体，它没有反应。

我想了想，最后还是用树枝把鱼的尸体扒拉进了池塘里。

“干吗要把它扔回去？”有人在身后问。

我回过头，看见401正皱着眉头，我的行为引起了他的兴趣，这在我的计划之外。

“鱼就该待在水里。”我说，“它不该被陆地上的蚂蚁吃掉。”

“是它自己选择上岸的，你应该尊重它的自由意志。”401看上去很有些感触，他没有说把死鱼扔回池塘会导致细菌大量增生，进而影响其他鱼类的生存。

百分之九十九。我在心里说。我脊背上的肌肉因为太过紧张而绷紧，我的脸感觉很僵硬，曾经有一段时间，我梦想着和偶像进行这样的对话，完全平等的、自发的、有缘的、有趣的，可是现在，我只担心一件事：千万别露出破绽。

于是我装出很不以为然的样子，尽力压住自己发抖的声音：“也许它当时糊涂了，神志并不清醒。”

401不说话，他沉默地与我对视，那眼神并不犀利，他只是觉得有趣，但我心虚地避开。

“你也住在这儿？”我说。

“我见过你好几次。”他的话让我越来越紧张，“你是不是经常去图书馆？”

这是试探吗？他已经起了疑心了吗？说谎是不明智的。

“每周去一次。”我说，“你这么说的话，我是觉得你挺面熟的。”

“你喜欢看什么书？”他问。

“心理学、哲学方面的书。”我回答。自然不能让他知道我也是个写作者，他会立刻想到我可能知道他是谁，我得让他放下戒心，“我喜欢研究人的心理。”

“那你挺适合当作家。”他说。

他一定是在怀疑了，幸而附近并没有住着我认识的人。我跟门卫及保安们自我介绍说自己是个画手，专门给杂志画插图——不必早起晚归的年轻人总是惹人怀疑的，我得给出一个说得过去的职业。这样，他们在八卦的时候至少不会乱说话。

这倒不全是谎话，我的画还算看得过去，偶尔也会给一些熟悉的杂志编辑画上几张，但不是靠它来挣钱。我已经毁掉了一个爱好，想为另一个留一片净土。

“我想做心理医生。”我撒谎。

他皱了皱眉，说：“在中国？”

“怎么啦？”我故意问。其实我很能明白他那个表情：做心理医生首先要突破的难题不是技术问题，而是信任问题——在中国，信任是件奢侈品。

他不想深谈，转了话题：“你对鱼的心理也很有兴趣。”

这是一个难得的机会，也许我再也不会有同样的机会，但我知道绝不能继续。

有一只饵挂在那里，但有可能我才是鱼，我得先弄清这一点。

我打了个大大的哈欠。

他问："我要去图书馆，你要不要一起？"

我摇着头："今天不去了，下午还有事。"

我们都很识趣地朝着两个方向走开了。

第二天我在家里待了一整日，第三天我故意和他在一家餐厅"偶遇"。

我主动跟他打招呼，但没有和他坐到一张桌子上，他也没有发出邀请。

从他的眼神可以看出来，他对我已经失去兴趣了。

那正是我需要的。

四

我找来小打。

小打十四岁。我毕业后有一段时间找不到工作，做过一段时间家教，专教数学。小打是我其中一个学生，他的父亲龙海是名警察，小打也想做警察，但这个理想永远无法实现——小打是个哑巴。他讨厌数学，但喜欢我，我是不会哑语的，但他的手势我总能看得懂。他自己总会发明很多新手势，尽管如此，我们之间的沟通仍然没有障碍，这是种难得而奇怪的缘分，于是尽管后来我开始职业写作，也仍然保持着和小打的联系。

我们挑了个中午。

等到那家伙出门的时候，小打便走上前去，打着手势向他问去附近家乐福的路。

小打是那种长相清秀、干净伶俐的男孩，尽管有残疾，或者说应该说正是因为有残疾，人们才对他更有好感。

果然，我的目标轻易就上了当。

小打递出去的笔记本上画了简略的地图，但图上标注的标志性建筑物有错，这些都如我所预料地被纠正了。

滨河饭店。

这是最关键的一个地名。

我拿出他签名的书，将两个“河”字细细比较。

两个河字写得并不一样。

签名中的河字是草书，流畅狂放，而小打的笔记本上的河字是行楷，笔法完全不同，生疏、刻意，还有些僵硬——但这并没有让我失望，恰恰相反，我认为这是顾明河想要重新开始的一个证据，他要完全摆脱以前的顾明河。

“你立了大功啦！”我对小打说。

小打就很高兴，指着肯德基要我请客。

我买了全家桶，龙海禁止儿子吃这种垃圾食品，但往往越是被禁止的就越是有魅力。

小打用手势问我为什么要他做这件事。

成年人大多都会先问后做，只有完全信任一个人，才会毫不迟疑——我喜欢这样的朋友，但同时意识到这对小打来说是件危险的事。

“以后不准这样了。”我警告他，“亏得你是遇上我，要是遇上别人有坏心眼，你就被利用了，到时候你哭都来不及。”

小打大笑，他摆了摆手，又伸出左右两只手的小拇指，做了个拉钩的动作，意思是他相信我不会害他。

“今天的事千万别告诉你老爸。你得保证。”我大致讲了关于顾明河的事，我并不想欺骗朋友，而且我也确实需要一个人来分享一下胜利。小打是个很合适的对象，唯一需要戒备的是他的父亲，我所做的一切并不是想要破坏顾明河的“重生”生活。

小打用鸡腿指着天花板发了誓，他的脸上洋溢着得意的光彩，拥有一个秘密有时候比揭开一个秘密更让人有成就感。

我花去一个月的时间挖掘这个秘密。

这一个月，我把白天的时间都给了401，只在晚上写作，竟然毫不疲惫，文思泉涌，比一整日的效率都要高。

现在，秘密唾手可得，可我没有得到我希望得到的力量。再过两天又是截稿日，我还是得交出我自己所鄙夷的东西，从而换取报酬维持生活开销。一切和以前并没有什么不同，顾明河或许活成了另一个样子，但我仍然被绑在那艘船上。

倒是那些被激情和兴奋支撑着的日子更值得怀念，人生中几乎所有事都是这样：你先有了期待，然后便是最好的日子，不管期待最后是否被满足，最好的日子也就到了最后，回忆反而比结果更有价值，我们实际上是为期待而活着的生物。

我很庆幸自己留下了百分之一，在没有找到确实的证据证实401就是顾明河之前，我至少还有很多想象空间。

第二天直到中午我才起床。床铺散发出慵懒和颓废的气味，我却不想整理它。整整一天，我没有往窗外看上一眼。

五

徐健来的那一日，下着大雨。

下雨前我坐在小区花园的长椅上发呆，下雨后我便撑起伞走到池塘旁发呆，一点儿也不想回到房间里去。

在截稿日之后，电脑成了我最想逃开的东西。

此时雨点把塘里的水砸出了一个个气泡、水圈和发光般的星状物，很有魔幻氛围。

我用手机拍照，但照片没法呈现出我所看见的那种视觉效果。

眼睛所看见的，机器不能复制，文字也无法再现。

生活就是生活本身。

其他的只是其他。

可以组合，无法替代。

我能感觉到门卫们好奇且疑虑的目光。我相信自己是他们茶余饭后的话题之一，我是个怪人，我知道在他们眼里的自己是什么样，他们喜欢看见我的古怪，为他们的平淡增加些咸味。

徐健进来的时候没打伞，她没有防备这场突如其来的暴雨。

她的咖啡色真丝连衣裙全部贴在了皮肤上，身材暴露无遗，但对中年女子来说那算是相当不错的身材，唯一的缺点就是小腹略有些丰满。这是长期久坐的后遗症，她在一家翻译公司做专职笔译，专门翻译外国文学。她的气质是那种微微严肃的优雅型，表情有些古板。她没戴眼镜，有一双灵活的大眼睛，像小孩子。

徐健是顾明河的妻子。

最后一片拼图，百分之百。

她进门的时候用了电子磁卡，之后捂着头直接往中庭跑，我相信她也有钥匙，顾明河的“假死”戏，毫无疑问，她也有份参与。

仔细回想起来，她的演技还真是不错。

她在葬礼上一直哭着，虽然哭得一点儿都不粗鲁，但眼睛红肿得可怕。人们都在绞尽脑子地安慰她，她也心安理得地接受那些慰问，看不出一丝破绽。

从这一点来看，她与顾明河是很有共同点的。

只是不知道金沙江的那场戏是怎么演的？毕竟那一段河流确实很危险，稍有不慎，那是真的会命丧九泉。

他的水性一定很好。我不记得有资料介绍过顾明河擅长游泳，估计从来没有人注意过这一点，也没人问过他。和关注明星不同，人们不大会对一个作家除写作以外的其他方面特长感兴趣，尤其当这个作家长得并不好看的时候。

房子很可能是以徐健的名义租下的，当然，也有可能是顾明河办理了一个假身份证，但是这会比较冒险，万一房东或中介要求验证，很容易便穿帮。我觉得顾明河会考虑到这一点。图书馆的借书证也需要用到身份证，办公交卡也需要，生病也是需要的，他可以避开银行，但医院无论如何是避不开的。

——在这个世界上做一个没有身份的人比做一个有身份的人要困难得多。

如果他想要把生活维持在某种水准，他就必须保留和过去世界的某种联系。

我相信徐健就是那个联系。

只是这个联系让他精心设计的假死变得有些滑稽可笑起来。

雨下了二十分钟便停了。

我收了伞，继续在椅子上发呆。

徐健离开的时候是六点。她逗留了三个小时，出门后便招手叫了一辆出租车。她的表情焦虑，我估计她是要赶班车回到两百公里外的那个城市，末班车七点钟发出。

如果她在这里订了宾馆，那么应该不介意留在401吃一顿晚餐。

她离开十分钟后，401也走了出来。

他平日都是七点钟才出门吃晚饭。

我一直等到晚上十点，他没有回来。

第二天早上，第二天中午，第三天，第四天……

401，不，顾明河失踪了。

六

徐健的新闻登在社会版的头条。

记者很仁慈地没有公布现场的照片。

她的尸体是在一座湖里被打捞起来的，死因证实是勒毙。

我想象出一个惊悚的场面，那具尸体应该是会让人做噩梦的。

她是个漂亮的女人。

她的死亡时间是2015年7月6日晚上10点，身上的财物都被劫去，警察呼吁可能存在的目击者提供更多的线索。

7月6日，那正是我看见她来见顾明河的那一天。

发现尸体的湖离她在城里的住处不到五公里。

这很蹊跷，末班车七点钟发出，到达时间应该是晚上十一点半。

如果警方公布的死亡时间属实，那么那个湖肯定不是第一现场。

八个月前，我参加顾明河葬礼的时候借了朋友的车，自己开车大约要节约四十分钟，如果速度快一些，可能快上一个小时。

但不管怎么计算，有一点是肯定的：她只能死在半路上，不可能在班车上被杀。唯一的可能性就是，她没有搭乘那辆班车回城，她是在某辆私家车上被杀的！

凶手勒死了她，然后抛尸到那个湖。

我有些心烦意乱，顾明河还没有出现。

我的想象力有足够的发挥空间：也许徐健是自己开车来的，只是她不想让小区的保安看见她的车以及车牌，所以出租车是个障眼法。她驱车回家，结果半路遭遇到劫匪，被杀后，弃尸湖中。

但我无法为顾明河在这个时候消失找到一个合理的理由，除非他也出了事。也许是巧合，也许是和他妻子同时出事的，只是他的尸体被处理得更彻底，以至于还没有人发现。

他也许会搭乘另一辆出租车去追赶他的妻子，赶在后者上末班车之前阻止对方。也许他在这个小城的某个角落里藏了一辆车，但是这行为很不合逻辑。怀疑顾明河会杀死徐健是荒唐的——他需要她，因为她是他和另一个世界的联系，她对他来说，是一个守门人，是一个保护者。他为什么要杀死她，为什么要杀死自己的妻子？

是的，他没有符合逻辑的动机，但要命的是，他不是那种总会做符合逻辑事情的普通人。

我很犹豫要不要去报警，我知道自己所掌握的信息对于破案来说是很重要的，一旦我走进公安局，那就意味着顾明河假死的秘密将不再是一个秘密。警察会四处寻找他，他从此将身处风口浪尖，还或许会经历一场牢狱之灾。如果他真的是一个杀人犯，这一切自然罪有应得，但如果他不是呢？

我是一个写作者，平时会查阅大量的资料。这个世界真的存在很多匪夷所思的巧合，看似荒诞的情节往往就是真相，这就是我们必须要求法律和证据的原因：仅仅凭借常理、逻辑和感情来判断，世界必定会是混乱不堪的。

我不想先毁掉了一个人的生活，然后才发现我做了一件大错特错的事，尽管我有一个良好的初衷。届时，内疚和道歉都救不了我，也救不了他。

他是一个放弃一切、正在重生的人。

七

如果你真心想要知道什么，你会发现这个世界其实很小。

朋友的朋友提供给我一条小道消息。

徐健从三个月前开始，就频繁跟她公司里的一位男同事约会，有人还看见她和那男人一起去了宾馆开房。

朋友的朋友是那家宾馆的服务员，她大学时期曾经在徐健工作的翻译公司实习过两个月，所以认得徐健，也认得那个男人。

男人的名字叫张道杨，我给翻译公司的总机打了电话，指明要求转接张道杨先生。这个小伎俩很容易就得逞了，我装作信用卡中心的员工推销保险，后者很有教养地挂断了电话。之后我专程去了一趟翻译公司，假意将自己的一部短篇小说委托其翻译，与他进行了一次短时对话。他四十五岁左右，是一个长相斯文、体格强壮的男人，声音很有磁性，举止有西方绅士的风度。我相信他对女人来说是有吸引力的，我的前女友就是被这样一种类型的男人给撬走的，所以我讨厌他。

他显然有着烦心事，说话心不在焉，接了两次电话，每一次被打断后都想不起之前谈话进行到哪里。在他脸上看不出悲伤，也许他和徐健并没有进展到爱情的地步，他烦心的也许只是警察，如果他们的消息足够灵通，也应该会找他谈话。

除此之外，我那敏锐的八卦嗅觉也闻出了办公室里不同寻常的味道，张道杨的同事们看他的眼神是不大一样的：那是看八卦中心人物的神情。

如果你在任何一个企业待过，不管大还是小，只要超过三个人，你就不会对那种表情感到陌生。

我相信那个小道消息的真实性。

张道杨离婚两年，在他的眼中，他追求徐健是合理合情的——他们约会是在“顾明河”自杀后半年，时间不长，但也不短，如果顾明河真的死了，徐健是应该将生活继续的。

但事实是顾明河没有死，而徐健也没有被瞒在鼓里，她为什么还要和张道杨约会？

我回忆着那一天她出现的样子。

她很着急，来得很着急，离开得也很着急。

我跟踪了顾明河整整一个月，这一个月她没有出现。如果一个女人真的爱一个男人，一个月没有见面，她是不是不应该急着要走？

也许她的心里真的有了变化。

顾明河虽然没有死，但在某种意义上，她的确失去了他，正常的家庭生活被毁掉了：她回到家里，一个人吃饭，一个人睡觉，一个人面对坏了的水管、停电的黑暗，没有人吵架，有了怨气没有人倾听、没有肩膀可以靠、没有怀抱可以钻……她的丈夫还活着，但和失去了也没有两样。她不能牵着他的手走在大庭广众之下，不能和他在公众场合共进午餐，不能在要好的朋友面前秀秀恩爱。还有，他们没有孩子，她还不到四十岁，虽然这个时候生孩子会成为高龄产妇，但毕竟还有希望，现在，我相信她感觉到的是无望。

在这种事情上，女人似乎比男人更容易失去耐性。我从我的前女友身上学到这一点，她说她之所以离开是因为在我身上看不到希望，她说她厌倦了总是由她来做家务和忍受我喜怒无常的怪脾气，她一直给我机会等我改，但我没有珍惜这个机会。说实话，我从不知道她的沉默原来是在给我机会，我还以为那是默契，表明她对现状没有意见。

她们可以生活在破碎中，但不会沉溺。

张道杨们如果懂得怜香惜玉，她们就更容易下定决心了。

也许那一天，徐健是来向顾明河摊牌的。

从时间上算，如果她和张道杨的感情进展顺利，那么两人已经交往五个月了。

徐健可能提出了分手，顾明河有理由感到愤怒，但他无法反对——除非他选择“复活”，否则他就是一个无法给予徐健未来的人。

很可能两人话不投机，不欢而散。

徐健不肯留宿，坚决离开，顾明河尾随其后，他想要看看抢走他女人的男人究竟是什么人。或者那个时候他就对徐健起了杀心，已经做好了要杀死对方的准备。这符合一个愤怒的男人的思维，虽然那天我并没有在顾明河的脸上发现任何愤怒的迹象。

顾明河是一个城府很深的人。

我很后悔没有去偷听。

翻译这篇文章花去了我两千元。

我得到了顾明河的一个杀人动机。

我可以设想这样一种杀人场景：顾明河跟着徐健到了某处，顾明河提出要开车送徐健回去，在半路上他杀死了徐健，把她的尸体丢弃到湖里，之后他便找地方躲了起来。

要完成这个杀人计划需要以下几个条件：

第一，如果顾明河有一辆车，那么这个车需要配有驾照和行驶证，否则他就完全不能违反交通规则。驾照必然是假的，死人是不能开车的，如果被交警抓到，那就不止是麻烦的问题，以顾明河的聪明，我认为他不会做这种傻事；

第二，徐健愿意上顾明河的车，如果她愿意上顾明河的车，说明她对后者不设防，假如她真的对顾明河摊牌了，我觉得她不设防的理由不成立。

但徐健必然是上了一辆车，她死于回家的途中。

我已经查到徐健本人是不会开车的，对于现代人来讲这有些奇怪，但事实就是如此——她一直没有拿到驾照。

如果这辆车不是顾明河的，那是谁的？必定是徐健认识的人，或者是她信任的人。如果是这样，顾明河杀人的情形就应该是这样：他也上了车，并在第三方的眼皮子下勒死徐健，那个人要不然是顾明河的同谋，要不然也遭了顾明河的毒手，只是尸体还没有被警方发现，或者是我之前所推测的：第三方同时杀死了徐健和顾明河。

当然，还有其他很多的可能性。

报警，还是不报警？

我仍然犹豫。

我的想象力太丰富，但真相不应该是由我想象出来的，而我也不应该依据我的想象来做出决定——尤其这个决定会影响到另一个人的一生。

我走出门，走到鱼池前，往里面丢鱼食。

现在这真的成了我的习惯。

这是一件很简单的事：你丢出食物，总会有鱼儿游过来吃，没有悬念和意外，世界因此而显得简单，这让人觉得安心和满足。

“嗨！又在喂鱼？”

我诧异地看着和我打招呼的人——确切地说是两个人：顾明河及另一个女孩。女孩大约二十三四岁，五官漂亮，梳着马尾头，没有化妆。似乎是刻意让自己显得清纯，但眼神的世故是藏不住的。两个人穿着黑色的情侣 T 恤衫、旅游鞋，都背着旅行包，两个人都在冲着我笑。

我不得不问："去旅游啦?"

"是啊!"顾明河回答,"太热了,去青城山待了一个礼拜。这是我女朋友。"

女孩子朝我微笑:"嗨!"

"啊,那地方避暑挺好。"我敷衍他们。

他不再寒暄,带着女孩子上楼去,我在露天的长椅上坐下来。

今天刚好是徐健的头七。

他出现得正是时候。

但我对他的怀疑却比之前任何时候都要强烈。

如果他只是把我当做一个有过几面之缘的陌生人,是不应该如此主动热情地来跟我搭话的,他也没必要告诉我在哪里待了多久以及为什么要去旅游。是的,他回答得太详细了,而他和那个女孩的装扮也都太做作了。

我从没见过那个女孩,整整一个月,他都是独自一人行动,那个女孩是从哪里冒出来的?我的脑子里闪过一个词:人证。

没错,如果有人能证明徐健死亡当夜他在青城山,那么他自然就不是凶手。

一个与他有着男女关系的女人,也可以让他杀人的动机大打折扣:他为什么要杀死一个他已经不爱的女人?

我记得很清楚,那天傍晚他离开小区的时候,穿着那件印着黑树叶的白T恤,脚上是一双黄色皮凉鞋,他只背了一个黑色的牛皮小包。那绝不是要去旅行的装扮,那些东西肯定都是后来现买的,那么这个突然冒出来的女朋友会不会也是现找的呢?

如果是这样,那么有百分之九十的可能性他就是杀死徐健的凶手,否则为什么要费心费力了地刻意制造不在场的证据——他为什么要到我的面前来展示这证据?这说明他早就看出我在跟踪他，他也许早就知道我认出了他。

他现在害怕的自然不是假死事件的曝光，而是他是否会以杀人犯的身份在监狱度过余生。他做足准备，是为了防备我去报警，或者警察找到他。

我往最近的公安局走去。

他激怒我了，他以为可以用拙劣的诡计轻易糊弄我。

龙海刚好值班。

他很安静地听我讲完整个故事。

“你说的是住在华庭春晓三栋三单元401的那个男人吗？”

他不吃惊，因此我很惊讶，有一瞬间我怀疑是小打出卖了我，但是小打并不知道那个男人的具体住址。

“他是很像顾明河，但他不是。”龙海说道，“他叫张岳候。”

“你知道他？！”

龙海笑了笑：“认错人的不止是你，连顾明河的老婆也认错了人，两个人还为这事来过公安局，闹了一架。”

“啊？！”我只能说出一个字。

“顾明河的老婆在街上看见他，以为他是顾明河，张岳候说自己不是啊，那个女人就到他楼下去闹。张岳候一着急，就打了她，然后被送到局里来了。我们查过身份证，身份证是真的。后来，张岳候说那个女的又去骚扰过他几次，我们劝他搬家，之后他就搬到了华庭春晓，上个月搬的家。”

“7月6号那天下午，我看见徐健去找他了。”我说，“她直接上楼去的。”

“你看见他们两个人见面了吗？”龙海问，“你听见他们两个人说话了吗？”

我摇摇头：“没有。可是她出门没多久，那个顾……401也出来了，之后几天他都没回来。”

“这事我们会查的。”龙海皱了皱眉头，“那个张岳候他有……”

他没有说下去，之后拍了拍我的肩膀：“遇到这种事，你该早点儿来找我。”

我不甘心：“张岳候是本地人吗？”

龙海摇头：“不是，他是河北人，半年前来这儿的。”

“他没有工作，也没有家人。”我提醒龙海，“你不觉得这太巧合了吗？”

龙海有些哭笑不得：“这事儿是有些巧。他是个孤儿，我们联络过他以前待过的那家福利院，已经证实过了。他也不是不想工作，是因为他的情况很特别，很难找到工作，他有精神病史。”

张岳候，四十四岁，河北人，独身，曾做过小生意，挣了一笔钱。后来因为严重伤人入狱，经鉴定患有严重精神分裂，在精神病院治疗五年，去年出院后便卖了老家的房子搬到这个小城。

这是龙海给我的信息，我到他之前曾经住过的南池天香小区去打听过，证实了龙海的话。大约在两个月以前，不少人都对徐健和张岳候的那次“殴斗”印象颇深，大多数目击者都认为张岳候太过分，出手太重，人们总是偏向于站在弱者一边。

龙海带着人到小区调查了一番，证实徐健在三单元五楼租了一套房，7 月 6 日，值班的门卫第一次看见她。张岳候对徐健的被杀表示出了极大的惊讶，他承认自己是因为在那天发现徐健和他同住在一栋楼里，于是被吓坏了，遂临时决定出去躲几天。

“他认为那个女人精神不正常。”龙海把张岳候的话转述给我，“看来疯子也怕疯子。那个女孩是他临时雇来的，为的是让徐健见到之后能死心。”

我没有笑。

这一切真是太讽刺了。

我费尽心机把所有的拼图块都找齐了，最后拼出来的竟然是一个赝品。

八

我认错了人。

她坐在咖啡馆里，冲着我笑——后来证明她是冲着我旁边的人笑。

我和李玫同居三年，我以为这种熟悉程度不该发生认错人的笑话——尤其是面对面的认错。

但这件事就是如此荒谬地发生了。

我和她分开不过一年，她在我脑中所建立的形象就开始不稳定起来。或许形象始终都是不稳定的，我熟悉的仅仅是在我们还亲密时她对我的态度和神情、她说话的声音和语调、我们是这样去确定一个陌生人的：我们的脑中有一个形象的复制品，它们由人们所记得的特征碎片拼凑起来，我们在人群中搜索到这样一个形象，它对我有了回应——这个回应才是真正的确定，我们因为这个确定而确定了那是正确的人。对待熟悉的人也是一样，只不过特征会更多一些，拼图的素材也更多——但这不妨碍我认错了我的前女友。

是的，她们有着相似的发型和笑容，但更多的不同却被我忽略掉了。

我还没有开始新的感情生活，也许在潜意识里我一直期望着她出现在某个地方，那样笑着跟我打招呼，然后一切可以重新开始。所以当真有个类似她的女人做出我所期待的动作时，我便迫不及待地认可了。

假设徐健也犯了同样的错误，她和顾明河有十年的婚姻，十年尚且如此，那么我把别人错认为李玫便不是特例。我必须承认这一点，这种可能性真实地存在着。我把张岳候错认为了顾明河，世界上绝不会真的有两个一模一样的人，我对那张脸的熟悉不会比对李玫更多，而我对顾明河也有一种期待，我先入为主地认为他活着，所以我一直在证明他是顾明河，我找出越来越多的相似点，而那些最明显的值得疑虑的地方却被我放弃了。

人们总是会这样，把视线放在最关注的地方，但对同一平面上的其他事物视而不见，不管它们有多么明显。

当然，也许犯了这种错误的人是龙海以及调查此案的警察们，他们手里有大把证据证明 401 不是顾明河，所以对那些说明 401 可能是顾明河的疑点不屑一顾。

我能做什么呢？

我只是一个写作者，我没有挖掘秘密的足够条件及能力，我也不足够无耻。

我无法解决那两个疑点：

第一，如果 401 真的是顾明河，他和徐健演一出吵架戏引起众人及警方关注的目的是什么？他如果想要离开过去的生活，为什么又要给自己增添不必要的麻烦？

第二，如果 401 不是张岳候，那么徐健为什么要租下另外一套公寓？租这套公寓的目的是什么？

如果我不能解释这两个疑点，我也就没有理由固执地认为自己是正确的，既然记忆已经被证实为一种并不可靠的东西。

除此之外，我在这件事里已经陷得太久了，而它对于我的生活并没有好处。

不管是顾明河还是张岳候，他们本来都不是我生活中的必要人物。

401 带回来的女人独自坐在中庭楼下的长椅上。

事情已经过去一周了，她还没有离开，我记得龙海说过，她是被雇来的女人。

要临时去雇一个女人冒充女友或者索性成为临时女友，我能想到的最快的途径是通过那些网络及微信里无处不在的小广告。她们晒出被软件精心修饰过的千篇一律的脸蛋、丰乳和大腿，她们精通视觉效果与商品价格的关系，直觉告诉我这个女人就是来自于那里。

我没办法想得更纯洁，她们或许有着不同的动机，也许确实有一个无奈的悲剧故事，但目的都是一样的，金钱比什么都令她们更有安全感。她们宁可把命运系在薄薄的既不防火也不防水的纸片上，也不相信自己的生命拥有更强大的力量。她们和那些规则的制造者一起虔诚地维护着规则，让规则越发强大，让自己越发卑微。

她穿着 401 那件印着黑色树叶的白 T 恤，依旧没有化妆，因此而显得颓废萎靡。她看着一池子的鱼儿发呆，手里却没有鱼食，我递了一包给她。

她有些警惕地仰头望了一眼我，我估计她被警告过。

警察向她问过话，既然 401 没有被拘押，这说明她所说的话对 401 是有利的。

我不指望用一包鱼食就能引出完全不同的东西，她不是鱼，如果真有什么秘密，401 付的酬劳必定比我能付的要高。除此之外，她还得为自己打算，假如她真的说了谎，也就等于和这个秘密绑在了一起，她一定不想承认自己作了伪证。

更何况，也许并没有什么秘密。

“这些鱼都死气沉沉的，”我说，“其实不该养鱼，如果真的喜欢鱼，就该让它们一直待在河里，不该抓它们。”

“那你就要到河边去看了，”她顺着我的话说，这是个聪明女人，她知道我想听到别人怎么接口，“卖鱼食的就要没生意了。”

“你男朋友怎么没和你一起出来？”我装作还不知道她的身份。

她苦笑了一下，大约是因为“男朋友”三个字，“他在睡觉。”

“你们很配。”我觉得自己很无耻。

“是吗？”她的嘴角掠过一丝鄙夷，眼神里藏起一丝落寞，都是无意识的。

“你穿这件T恤很好看。”我继续说。

女人都是喜欢被夸奖的，她的注意力被成功地转移了，瞬间皱起眉头：“我觉得丑死了。你觉得好看？”

“身材好的女孩穿什么都好看。”

她笑起来，看着我，眉梢有了一丝光彩：“你是做什么的？怎么没见你去上班？”

“我给杂志画插图。”

“真的？”她的眼神也亮了，“你是画家啊！”

我知道谈话将会很顺利，假如我说“我想给你画张像”。但是再多说一句话，我就会给自己一记耳光了。

我落荒而逃。

九

“真的很抱歉，这种事我们也不希望发生。您放心，您的文章我们已经交给另一位翻译了，他也是很优秀的。”

我望了望不远处，张道杨的位子空着，办公桌上的东西都被收拾得干干净净。事情已经发生十天了，但还没有人去填补那个空位，大约是觉得晦气吧。

我回忆着那张脸，他还有很多的欲望，他还在力争上游，为未来担心。他很注重细节，衣服被仔细熨烫过，领带结打得很好。他很要面子，我一直以为像这样的人，是不会自杀的。

“警察也说是自杀吗？有遗书吗？”

这个问题让与我对话的男人吃了一惊，它实在太突兀且不合时宜了，他不想回答我，也不想得罪我。

“这个，应该是吧，我也不清楚，不然还能是什么？”他狐疑地看着我，“你……你为什么这么问？”

“上次见到他，就觉得他有些不对劲，好像有很重的心事。我看他接了两个电话，脸色都变了，像是有什么麻烦。”我虚实参半地撒谎，毫不脸红，要想知道秘密，我得足够无耻，“他是有什么麻烦吗？”

“可能是股票吧。”坐在我对面的男子说道，“股票都赔了，这些年的积蓄都赔进去了。他女儿还在国外读书呢，那个太花钱了。我想他是一时想不开吧。”

“哦。”

“人钻了牛角尖，是很难自己爬出来的。”

他一个人住，前妻已经再婚，女儿又在国外，他刚交的女友死于谋杀，他多年的积蓄化为乌有——这些很容易让一个人感到沮丧，甚至绝望。

他从七楼窗口跳出去，结束了这绝望。

如果他是别人或者在别的时候，也许我觉得这一切再正常不过。

但是他死于十天前，也就是401回家的前一天。

十

“你的意思是，他放弃了自己红得冒泡的作家身份，冒充了一个有精神病史的男人，这个男人没工作还有前科。而且，他还不安安静静地冒充，而跟自己的老婆合谋？他老婆也陪着他演戏，装作自己死了丈夫，还像个疯子一样跑来跟他假装吵了一架？挨了打，让我们所有人都知道有这么一个跟大作家长得很像的精神病患者？接着他老婆出轨了，然后他跑去杀了老婆和情夫，接着又继续回来冒充这个精神病人？”

我沉默了。龙海的描述让我看起来更像是个精神病人。

是的，动机。动机决定行为，不论在现实生活中还是在小说里。即便是在小说里，不管人物做出多么精彩的行为，只要动机不成立，那么行为的合理性就会被质疑，编辑会退稿，读者则会把它扔进垃圾箱。

不管基于什么原因，我都应该放弃继续和这件事较劲了。

遗憾的是我还得继续住在这里，否则租期未满一年，我就要损失掉一个月的押金。这两个月我一直在被退稿，吃着银行存款的老本，经济上已经十分吃紧。

在压力之下，我开始写一个天才少年的故事。这个少年六岁的时候突然开口说一种奇怪的语言，后来被证实为非洲某个土著的土语，他因为这个缘故而卷入一场奇遇，并且获得了财富和成功。孩子们喜欢这样的故事，家庭和父母把他们管束得太狠了，他们缺乏主动冒险的条件，就只能指望奇迹自己撞上门来。故事里的孩子都还算是幸运的，现实生活中的孩子就只能靠想象力冒险，这个故事令我觉得可耻的地方是我不得不让敌人们都很弱智，轻易就被一个孩子捉弄和战胜，至少得让小孩十分幸运，真实的黑暗是不允许的，否则会造成心理创伤，同时无法让读者得到安全感。至于财富和成功，那是必须的，对人们来说，天才的能力是一种交易的筹码，你不让他们得到这个，那么天才的能力就失去了价值，我的小说也就进而失去市场价值。我很清楚我在制造什么，我在和别人一起制造一种最功利的价值观，把它们灌输给我的读者。大家已经对此习以为常，最终这种价值观渐渐就会成为理所当然，我们生活在被我们自己制造出来的世界里。

我的编辑很喜欢这个创意，但我很排斥，每写一段都感觉自己被有毒的刺扎了一下。总有一天，我会遍体鳞伤，身体上有无数流血的孔，流出的血都是有毒的。

有时候我会看见401在鱼池附近晃悠，他也开始喂鱼，仿佛这个行为是有传染性的，有了第一个人这样做，就会有第二个人、第三个人。那个年轻女人没再出现过，我试探着问了401一次，他说他们分手了，女人离开了。我没有深入问下去，他也不打算把谎话说得更多。

之后在图书馆里再遇到401，便纯属巧合了。他现在看的书是萨特的大部头哲学著作《存在与虚无》，他一面看书一面在笔记本上记下心得感想，完全像是第一遍看这本书的样子。我问他为什么不把书带回家去看，他说图书馆更有学术氛围，我心里猜测是他觉得太孤独了。除了那个被他雇佣的女孩以及之前调查案件的警察，我从未见过他有别的访客，这里有人，但不会被人打扰，可以产生在人群中的那种归宿感——和我到图书馆看书的原因一样。

出乎我的意料，401向我提出邀请，让我到他家里做客。

这是个意外的邀请，由于我已经没有了让我感到心虚的理由，所以我欣然同意了——能够到我曾经调查了很久的人家中看一眼，也算是给之前的行动一个圆满的结局。

房子的整洁度让我十分惊讶，完全没有单身汉的风格。地板干干净净，床铺整整齐齐，被子竟被叠成方正标准的豆腐块。一室一厅，除了卧室，客厅被布置成书房的样子，放了一张书桌、一个书架和两把椅子，双门三层书架里都放满了图书，这些书也证明了我之前的推测有多可笑。我看见书桌上放着毛笔悬挂架，架子上有四五只湖笔、澄泥砚以及红木镇纸。书桌上还放着一本薄书，书皮很特别，是用白底牡丹花纹的花布缝制的，上面用黑色线绣着苍蝇两个字。我随手翻开一页，发现果然正是萨特的《苍蝇》，书页很旧，应该是老版本。我心里立即有种很奇怪的感觉，趁着他去厨房泡茶的机会，我打开了手机的摄像头，录下了书的样子——录制比拍照要容易操作，而且更隐蔽，不会有咔嚓声。这个举动完全是下意识的，因为我本意并不是来调查。

书架上的书大部分是哲学书，也有相当一部分心理学书，弗洛伊德、荣格、马斯洛；九型人格、变态心理学、普通心理学、行为学……还有相当一部分心理学杂志，我以此为话题跟他聊起来。

“原来你也对心理学感兴趣。”我故意提高声音对厨房里的他大喊，一面把手机放回外衣口袋。

“我对人感兴趣。”他一面回答一面端着两杯茶回到客厅。我们分坐在书桌的两边，他不动声色地把那本花布书收进抽屉，我继续心理学的话题，“虽然我赞同一门学科需要归纳总结，系统的理论可以指导实践，但是把人分成简单的九型或者八型还是太草率和太笼统了，按血型或者按气质分类也有些粗犷，很多人都是兼有好几种型。”

401 点头同意：“还有些人就是多重人格症患者，分型简直就是笑话。一千个人心中有一千个哈姆莱特，所以一千个人就应该是一千种类型，每个人都是独一无二的，这就是为什么我认为心理医生是一个不可能完成的任务。尤其在中国，我们现在所看到的心理学著作大多数是西方的，西方有着相对浓厚的学术氛围和相对完善的实验条件，西方人看重心理学研究，所以出成果很容易。但是他们研究的是西方环境下的西方人，心理性格的形成与环境有着密切的关系，中国的环境是不同的，所以我很怀疑西方的心理治疗方法是否适合于中国人。我倒觉得哲学比心理学更具智慧，哲学是一切科学之母，直接接触哲学，我们反而可以得到更多有用的东西。”

“不论哪个国家哪个民族，人性基本的东西是不变的，喜怒哀乐爱恨欲等七情六欲、对财富权力的热爱、战争和极端条件下的劣根性，不管是过去还是现在，不管是外国人还是中国人，都是一样的。因为这些一致性，你可以发现，同一种宗教可以能够在不同的民族或国家里扎下根。”我积极地把话题继续，表现出极大的兴趣和兴奋，一时反驳他，一时赞同他，直到后者的眼神里出现了淡淡的厌倦。

“听说你是个画家。”他最后说，“什么时候帮我画张像吧？”

我知道他是在故意招我讨厌了，这是一种变相的逐客令。

“当然没问题！”我如他所愿地流露出对冒昧要求的不快，同时纠正道，“我才不是什么画家，就是个画手，给杂志画点儿插图，糊口饭吃的。”

接下来，我找了个借口告辞，他假意留我共进晚餐，被我坚决推辞了。

回到家里，我便开始翻箱倒柜，把之前所买过的顾明河的所有书籍都找出来，但凡书中配了照片的地方都用放大镜仔细看了一遍。

他的照片大都是在书房里拍的，可惜书上的照片都很小，最大不过两寸。我找不到任何有用的信息，于是便到他以前的博客上去找——谢天谢地，博客还未关闭。我在博客里找到了两张书房的照片，通过放大器，我依稀能分辨出他身后大书架上的一些书，能看清书名的几乎都是文学作品，有《百年孤独》、《红楼梦》、《追忆似水年华》等，剩下的书几乎都是模糊的，但其中有一本薄书，夹在《围城》与《战争与和平》之间，那本书的书脊上没有文字，只是一片白底红花——我无法看清那红花是不是牡丹，但看上去与我在401书桌上看见的那本书很是相似。

我记得顾明河在一次专访中曾经提到，萨特的《苍蝇》对他早期的创作影响很大，而这本书是一份礼物，是他的老师周树均送给他的生日礼物。

我在网上百度了一下周树均的信息，寥寥可数，只有一条信息是有用的：周树均提到他贤惠的夫人李彩兰总是会自己动手做一些书皮来保护周的藏书。

那一本包了花布书皮的《苍蝇》，会不会就是周树均送给顾明河的呢？如果401不是顾明河，那他怎么会有这本藏书？

总是会遇到这样的事，你已经决定放弃了的东西，在一个拐角处又莫名其妙地出现，向你招手，仿佛有一股力量把你推向它，而你无法抗拒这种召唤。

我考虑了一夜，最后决定去一趟周家——李彩兰还健在。

十一

“是的，这肯定就是老周送给他的书。”李彩兰在看了我的手机截图之后，毫不犹豫地给出了答案。为了证明这一点，她还特意从书房取了几本书出来，这些书毫无例外，都被同样花色的硬布所包裹着；和401的那本《苍蝇》一样，正面和书脊上都用黑线绣着书名。

“这些书皮是我用旧窗帘做的。”她说，“纸书皮很容易破，不容易保存，所以老周所有的书，我都会用布来做，在上面绣上书名。一副窗帘可以做十几本书的书皮。”

李彩兰是一个让人第一眼就会心生敬意的女性，尽管年过六十，头发花白，但仍然保持着知识女性特有的优雅风度，挺直腰板，穿着考究，招待客人用的茶具也很精致，她谈起亡人并不叹气和自怜，对于我这样冒昧的访客也尽量以礼相待。当然，也可能是太久没有人来访了，她和周树均没有子女，现在一个人独居，不管什么人，只要独居日久，都会感到寂寞的。我扮演了一个同时崇拜周树均与顾明河的角色，为此我做了一些功课，读了周树均的两本文学评论著作，并表达了敬意，李彩兰对此感到很满意。

“你是在哪里看到这本书的？”她问我。

我不想骗她，但也不能完全说实话：“在一个邻居家里。真是奇怪，他竟然会有顾老师的藏书。”

“你的邻居一定认识小顾吧？”李彩兰做出推测，她的神情里有些难以捉摸的东西，提到顾明河她显得相当不自然。我知道顾明河与他们的关系曾经十分密切，甚至可以称得上是半个儿子，对于周树均与顾明河的交恶，大概李彩兰是夹在中间最为为难的一个。

“他没说。”我玩着文字游戏，“可能是认识顾老师的吧。”

“小顾能把这本书送给他，交情肯定很好。”李彩兰皱起眉头，分明是对这个行为表示不理解，“老周去世的时候，他来送行，还专门提到这本书，他说看见这本书就等于看见了老周。”

也就是说，顾明河把这本书送给别人，在她看来完全是不可理解的怪异行为。

“顾老师会游泳吗？”我突然问出一个问题。这个问题并不是我事先准备好的，它就像是一个有知识的猎豹，一直潜伏在我的口齿之间等待时机，在我的大脑都还没反应过来的时候，它已经扑出去了。

然后我发现李彩兰的神情变化远远超出对一个突兀问题的反应，她简直就是吓了一跳，眼睛瞪大，声音飙高：“你说什么？！”

我被她吓了一跳，简直招架不住：“那个……那个……我……我一直有个不切实际的想法，顾老师的尸体一直没找到，如果顾老师会游泳，如果他的水性很好，也许……也许他现在还活着，也……也说不一定。”

李彩兰喘了口气，让自己平静下来。她看着我，两手紧紧绞在一起：“大家都这么希望。但是那段河水太急了，他水性再好，也是没用的，连救生员都不敢下去。”

“万一有奇迹呢？”我装作高兴地说。事实上得到这个答案我确实感到高兴，“这个世界上总是有奇迹的。”

“嗯。你能这样想，也好。”李彩兰有些心不在焉地说。我能确定她脑子里转动的思想绝不是这个，她有着更多的心事，而且无力掩饰。她站起来走了两步，但看不出她要往哪个方向去，她自己也很犹豫，然后又坐回到椅子上，“很奇怪，有个叫张道杨的年轻人，也来问过一样的问题。”

我快要跳起来了，但我把自己压住了。

李彩兰用狐疑的眼神打量着我，她可能已经开始怀疑我的目的是否如我表达的一般纯粹。

“啊！”我装作吃惊的样子，“他也是顾老师的书迷吧？他是顾老师出事后来问的吧？”

“去年十一月来的。”李彩兰回答，但有些东西在让她心烦意乱。我的脑子里也有一根神经绷紧了，我确信影响我们的是同一件事：张道杨死了，徐健死了，都不是自然死亡。张道杨为什么要跑到这里来问这个古怪的问题？徐健是顾明河的妻子，他为什么不直接问徐健？是不敢问，还是不相信徐健给出的回答？去年十一月，那个时候他就开始和徐健交往了吗？那个时候顾明河出事才刚一个月啊！李彩兰是否知道徐健和张道杨的关系？

“孩子，别撒谎。”李彩兰说，“因为我是相信你的人。”

我脸上热辣起来，记不起上一次脸红是什么时候，但这句简单的话让我无地自容。

“那个邻居长得很像顾明河老师。”我说，并给她看我偷偷拍摄的照片。李彩兰的脸上露出惊讶的神色，但她没有立即做出肯定的判断，这一点让我由衷佩服。

她说：“带我去看看。”

十二

401 仍然保持着定时吃饭的习惯。

我本来打算在大门附近安排一场偶遇，但是李彩兰径直朝刚走出小区的 401 走过去，她对他说：“我是专程来找你的。”

原计划中我是不该出现的，但是我实在没办法控制自己不去看 401 的表情。于是我也走出大门，但 401 很专注地与眼前的女人对视着，他皱着眉头，完全看不出破绽。

“大姐，请问您是……”

“下个月老周的祭日，你来吗？家里不会有别人。”李彩兰也完全不受对方神情的影响，她的语气平稳，可我知道这句话的冲击力有多大——假如 401 真的是顾明河。

401 揉了揉鼻子：“大姐，你认错人了。”

他面无表情地绕过李彩兰，往前走去；李彩兰没有喊住他，也没有去追。我手足无措地向李彩兰使了个眼神，但她没有给我回应，而是朝着和 401 相反的方向走去。

我自然不方便跟上去，便在原地等了几分钟，然后掏出手机打给李彩兰。她在电话那边犹豫了很长一段时间，然后说："我不敢说他一定是，也不敢说他一定不是。"

她的声音里带着哭腔。

我想了想，叫了个出租车赶到汽车总站，在那里我等到了李彩兰，我买了两张票，陪着她回去。最初的两个小时，她一言不发地看着窗外，我觉得她是在强迫自己不去思考问题，那些飞快倒退的树木与土地，是可以大面积占据人的思想的。

"老周的水性也很好。所以他们说他是失足的时候，我一直不相信。他也不可能自杀，虽然有很多他看不惯的东西，但那是因为他爱这个世界，他是热爱生活的人。他不会舍得让我一个人活，他常常都说，如果要死，希望是我先走，由他来承受那种痛苦。"

李彩兰终于开口，但她说出的话让我很吃惊，因为那听上去很像是在暗示周树均死于谋杀——那些无法接受亲人离开的人常常会有这样的想法，因为他们无法接受意外，更无法接受被抛弃。

可我一直认为李彩兰是那种坚强而睿智的女人，她有能力和任何状态的当下和解。可也许那一种脆弱是没有人有幸逃脱的。

"周老师是好人，没有人想害死他的。"我只能干巴巴地说。

"人。"李彩兰只说了一个字，然后她就又开始沉默。

我也沉默，假如顾明河能够留下一些东西，比如头发、牙齿、唾液、血液或者一个孩子，基因检测可以轻而易举地给出答案。

但是顾明河的房子已经被卖出并重新装修，估计中国的牙科医生也不会有习惯保留他的牙齿样本。他的唾液早已挥发，他的孩子还未出生，如果他献过血，也许医院的血库里会有收获，可惜这不可能，因为他一直患有慢性肝病。

十三

根据翻译公司提供的地址，我找到了张道杨的房子——窗户和大门上都贴着出售及出租的字样，留下的电话号码是中介公司的——张道杨的女儿和前妻委托附近的房屋中介全权处理房子的租售事宜。

我花去两千元，租下房屋两个月。这自然不是常规做法，但是对于无人问津的凶宅来说，这已经算是一个不错的开端。为了促成这笔交易，负责人刘胜附赠给我了大量有关屋主人的信息，我很吃惊地发现张道杨的女儿并没有出现学费问题。

“房子是作为遗产继承的，现在屋主又回美国读书去了，当时办手续的时候跟她妈妈一起来的。那个女孩倒不急着卖房，不知道是不是继承了很多遗产，反正听起来挺阔气的，她妈倒还想跟她借二十万，我还第一次看见当妈的跟女儿借钱的。不过那女孩不乐意给现金，说学校不允许打工，美国医疗费又贵，她又没有有钱的老公或男朋友，得留着钱备用。两人因此还吵了一架，最后就决定把房子卖了的钱交她妈处理，跟我们中介签了个委托书。听说那女孩是读金融的，她爸妈离了婚，她妈又跟别人结婚了。”

这就相当古怪了，这套房子就算半价卖出也有三四十万，如果真如张道杨的同事所说，张道杨因为股票倾家荡产，那么他的女儿也就应该开始为学费发愁了，更不该如此财大气粗。张道杨的前妻既然能开口借二十万，说明她预估过自己女儿手上的财产——从中介透露出的信息分析，孙的女儿自己并没有赚钱能力，那么这笔钱从何而来？张道杨是自杀，家属不会得到保险费，假如这笔钱的来源是张道杨，那么后者自杀的原因就不会是因为缺钱。

我当然并不打算住进凶宅。

两千元，只是我为这个解开谜语支付的最后一次费用。

与其说是好奇心在驱使我，不如说这是一种强迫症，因为害怕总是半途而废的人生而强迫自己去做完一件已经让我感到疲惫和厌倦的事。

我跟自己说，如果你住进一家稍微豪华些的五星级酒店，一晚上至少两千元，除了虚荣心和第二天的心痛感，你什么也得不到，而租下这里，你至少可以对自己说你尽了力。

房子已经被整理过，张道杨生前使用过的衣物餐具等大部分东西都被收走了，这应该是为了不让未来的租客或买家感到害怕。

但她们没有尽力，考虑得也不够周到，或者大概只是为了节约的缘故，家具被保留了下来，书柜里还有不少书，抽屉是空的，只有几支未用完的签字笔、铅笔、绘图橡皮、水粉笔刷等无伤大雅的小杂物。我是理解这种心态的：清理房间是一件枯燥得容易让人感到厌烦的劳作，很难做到尽善尽美，人们最后总是会忽略掉一些小物品，并且很自然地认为这种忽略应该被别人谅解。

但这些遗物固执地散发着死去主人的气息，像忠诚的幽灵一般塞满了整个空间。我把所有的窗帘都拉开，让光亮尽可能多地进入。

书桌放在朝西的窗前，所以不论冬夏，这都是一个热情的角落。我把书柜里的书一本本找出来，堆在桌子上，我不指望找到日记本，如果有的话，不是在警察手里就是在家属手里。

和有些喜欢把书当临时文件夹使用的人一样，我在张道杨的书里找到了不少出乎意料的东西：二张飞机票、一张体检报告单、五张餐饮发票、两张收银条、三张名片、六张钞票：四张十元，一张五元，一张五十元，还有一根鱼钩……这些都没什么用。每本书的封面上都用黑色的钢笔墨水写着日期，1999 年 6 月 3 日、2004 年 5 月 17 日、2011 年 3 月 28 日，和书的新旧程度有关，所以我推测应该是购书日期。书的内页都不太干净，总能找到用铅笔潦草地写下的一些随感，有的在空白处还画了莫名其妙的画，谈不上有技术，只是还能看得过去。我在初中的时候也有同样的毛病，但显然张道杨把这种习惯一直延续着，他画了不少女人像，从这些女人像大致可以判断出他对女人的审美：大眼的、波浪长发的、年轻的、丰满而性感的——美人鱼式的女子，她们和徐健是完全不同的类型。

除此之外，引起我注意的是一本《希腊神话故事》，在《金苹果》这个故事的旁边他画了一幅铅笔画：一个在单人小木舟上垂钓的老头，他眯缝着眼、弓着背、戴着草帽，神情淡然惬意。但在小木舟左侧，有一双黑色的手从水里冒出来，死死抓在船沿上，其中左手手腕上戴着一只宽边手镯，这双骨瘦如柴的手改变了整幅画的气氛——危险与邪恶的味道几乎可以从纸张上直接闻到。

在这幅画的旁边写着一行小字：良心是永久的审判者！

我突然想起李彩兰说“人”那个字的时候的语气，忍不住打了个寒战。

这幅画让我一晚上都在做噩梦，好几次迷迷糊糊地醒过来，但身体就是无法动弹，我总能看到床脚坐着一个穿白衬衣的男子。

“我就知道，总有人会发现的。”我听见他这么说。

他转过身来，那是顾明河的脸。

我终于真正惊醒过来，窗外还是黑的，床脚自然也没有人。

我很惊喜地发现自己并不是在张道杨的家里，而是在旅馆里，然后我想起来，在黄昏之前我就匆忙逃离了那个凶宅。那本《希腊神话故事》被我放在包里带了出来，书封面上记录的时间是2014 年 10 月 14 日。

顾明河是在 10 月 12 日被人发现自杀的。

我想起了他在周树均死后所写的那一本长篇小说——《戴手镯的男人》。

一年前，张岳候正在某家精神病院里接受治疗，顾明河很可能见过张岳候。

十四

徐健没有子女，但她的父母仍然健在。

顾明河是独子，他的父母早已离世，所以顾明河留给徐健的遗产最后都由徐健的父母继承了。我粗略估算过，不算上还没给出的版税，也应该有一大笔钱。

两个老人最近都不太清静，据说是徐健的一姐一弟常来闹腾，原因是徐健银行里的存款被取走了一大部分，因此遗产中的现金部分并不如他们所期望的那么多。徐健的父母声称并不知晓此事，徐健也没有购置房屋或大宗物品，所以姐弟俩都怀疑是徐健偷偷把钱给了两个老人，姐姐怀疑父母把钱给了弟弟，弟弟怀疑父母把钱给了姐姐，当然，也可能是他们期望通过这种怀疑能让父母把藏起来的现钱放到台面上来。

这些信息通过邻居的八卦很容易得到。

我对这种粗俗的故事没有兴趣，我只关心两个问题：徐健是什么时候取出那笔钱的？张道杨和这一大笔钱是否有关？

我无法不把有钱的徐健和张道杨的女儿联系起来——她会借

钱给张道杨吗?

假如徐健借了一大笔钱给张道杨，那么徐健死了，张道杨就会成为一个事实上的受益者，因为他可以不必归还这笔无人知晓的借款了。他是为了钱和徐健交往的吗?张道杨和徐健的死有关吗?

我知道徐健的追求者并不少，她还不老，样貌不错，而且有钱，但她的钱很可能是一个巨大的障碍——阻碍她轻易地信任一个人。半年时间，我突然觉得徐健给予张道杨的考察时间未免太短了些，尤其是在后者陷入经济困境的时候。

假如……这个故事已经变得更加邪恶了。

十五

我给401画了一幅画像。

效果出乎意料的好，可以称得上是我最好的作品。这不奇怪：最近两个月的生活，我基本上是以他为轴心的，他完全占据我的大脑，足足六十天。

画中人的眼神复杂，我很惊讶地看到一些我并没有刻意去描绘的东西：厌倦，一种隐藏得很深的厌倦。

我怀疑这大概是我自己的厌倦，对这件事的厌倦，我下意识地把它画进了对方的眼睛里。

在把画像送往401之前，我把《希腊神话故事》和一本《戴手镯的男人》交给了小打，让他转交给龙海。我一直打不通后者的电话，估计他是在执行某项公务，这对警察来说是家常便饭。我原本想写一封长信表达我对这件事的推测，但后来只是在《金苹果》那一页夹了个金属书签。

401 沉默地看着他的画像。

“你确实是一个画家。”最后他说，“我就知道，总有人会发现的。”

我的脑子炸开了，这是一个不可思议的巧合，我喘着气。

“你在说什么?!”我的手在发抖，我伸手摸到口袋里的手机。进门前我特意按下了录音键，但愿它正在正常运作。

“你以为我是在逃避惩罚吗？不，我在惩罚自己，但方式由我自己来选择。”他说，眼神狂热而混乱，“这就是自由，只有自己才有资格审判自己，所有来自别人的审判都是罪恶的！”

他站起身来，把桌子上所有的东西都推到地上。他在碎片声里站到桌子上，张开双臂：“自我囚禁，才是真正有效的囚禁。而监狱，不会让人期待救赎，只会让人更愤怒！”

现在最理智的做法是立刻逃走——他在发疯！

但我舍不得，我要的答案就在眼前。

“是你杀了周树均吗？”我大声问。

他看着我，蹲下来，用食指在嘴边比着，发出一声“嘘”。

“听过金苹果的故事吗？帕琉斯和海洋女神忒提斯结婚没有邀请不和女神厄里斯，厄里斯就把金苹果送到宴会，上面写着‘送给最美的女神’。赫拉、雅典娜、阿芙洛狄忒都认为自己最有资格得到这个金苹果，于是她们找来帕里斯做裁判。赫拉用权力、雅典娜用智慧，阿芙洛狄忒用世上最美的女人的爱情做诱饵，最后帕里斯把金苹果给了阿芙洛狄忒，你看见了吗？权力、智慧和爱情为了被人认可都会不择手段，可是这个故事的结果呢？是特洛伊木马，一座城付出代价。”

“是你杀了你的老师周树均吗？”我又问，同时弯下腰从地上拾起一块碎片。

我期望他目露凶光，恼羞成怒。如果他扑向我，我有把握打赢他，因为我比他年轻，也比他强壮。

但这一次他在桌子上躺了下来。

“你做不了自己……人人都希望别人按照自己的期待活着，他们要求你这样，要求你那样，你越是在乎他们，你就越是会被他们牵着鼻子走。他们是你的监狱，所以只有他们死去，或者你死去，你才能得到自由，两个里面只能活一个。”

十六

“这没有用，这不是承认罪行。”龙海听完我的录音，做出判断。

“可这明明就是承认。”我几乎要歇斯底里地大叫起来。

龙海很镇静：“法律上不是。”

他在生我的气。我做了太多的自作聪明的事，以致他们无法分辨是不是因为我的打草惊蛇才让事情变得如此复杂。他已经尽可能地劝阻过我，但是没能阻止我成为搅混这池子水的一部分。

他们在401的卧室里搜出了大量顾明河的书以及读书笔记，书页上写满了401对这些书的内容分析以及个人观点。他们还找到了大量的关于顾明河的资料复印件和剪报，以及一大叠纸，上面全是顾明河的签名——专家证明这些都不是真的，都是在模仿签名，他写出的其他字和顾明河没有任何相似。他坚称自己就是顾明河，并承认自己杀死了周树均，但是所陈述的犯罪细节全部错误，而且他无法讲出徐健的生活细节和身体特征。

心理学家经过鉴定认为，401产生了某种人格障碍——他希望自己是顾明河。因为真正的顾明河不需要模仿自己的笔迹，不需要通过报纸网络了解自己，也不需要给自己写的书做读书笔记。他的逻辑混乱、言语颠倒，与精神分裂的症状完全符合。

我相信这就是他要冒充一个精神病人的原因，他要逃脱审判和监狱，所以徐健才会配合他演出假自杀的戏，然后又假装认错人，就是为了让别人、让警察认为他是精神病人张岳候，而不是顾明河！

“但现在很难办，即便他真的有可能是顾明河，但只要提不出进一步的证据，就只能按程序办事。”龙海很郁闷，其实他们一直在观察401，只是不能让我知道罢了，“如果你没有报警，如果你能耐心一点儿，也许我们是可以让真相自己浮出来的！”

用龙海的话说，假如401真的是顾明河，那我去送画像这个行为就是明摆着告诉对方，我已经在怀疑他，他就必须采取行动。

龙海承认，警方在张道杨的家里搜出了一些与徐健被杀有关的证据，也发现张在徐健被杀前曾给美国的女儿寄去大笔来历不明的钱，但当时他们的证据还不够充足。而我找到的《希腊神话故事》给了张道杨一个动机，大家现在至少对一件事达成共识：顾明河很可能杀死了周树均。

“这也是徐健被杀的原因，张道杨无意中知道了这个秘密，他买《希腊神话故事》是在2014年10月14日，刚好是顾明河自杀后两天。”我想起了在书里发现的那根鱼钩，这说明张道杨很可能也有钓鱼的爱好，“我怀疑他亲眼看见了顾明河谋杀了周树均，他画的那个场景完全是案件的细节了。他很可能试探了徐健，接着顾明河就设计了‘假自杀’。张道杨为了女儿的学费而一直敲诈徐健，之后又杀死了徐健，他自杀是因为受不了良心的责备。如果他不是顾明河，他为什么会有那本周树均送给他的书？张岳候不该有这本书。这个也不能作为证据吗？”

龙海摇头道：“那本书是徐健送给401的，在警局调节的时候，徐健当着很多警察的面把那本书送出，希望后者能够‘仔细看看仔细想想’。”

“他们把所有的细节都考虑到了。”我只能感叹，“顾明河希望通过这种方式正大光明地活在阳光下，这本书是一个道具，将来如果他和徐健发生某种关联，就可以用这本书做借口。但是他们没想到半路杀出来一个知情者，徐健死了，事情败露了，警方可能迟早会查到他。所以计划改变了，顾明河给自己设计了一个不管怎样都对他有利的结局：如果你们认为他是张岳候，那他和谋杀案无关，顶多被关进精神病院住上一段时间；如果你们认为他是顾明河，但他是发了疯的顾明河，他是没有行为能力的人，也不必为之前的谋杀案负责，顶多也是被关进精神病院住上一段时间。之后，由于他被你们确认了，他就可以顾明河的身份出来生活，拿回属于顾明河的财产。”

警方调查过张岳候曾经待过的那家精神病院，对方给出的信息是当时张岳候有一名堂兄提出申请要接前者出院，而张的病情已经稳定，所以院方便同意了申请。张岳候的出院时间是2014年12月5日，经办人提供了一条重要信息：这位堂兄登记的名字是张岳备，他和张岳候的长相颇有几分相似，但身份证号是假的。他们找不到这个叫张岳备的人，也没有人能证明那是顾明河。

“顾明河杀了他的老师，他一直很不安，怕被警察发现，想要找到为自己脱罪的方法，于是他开始写《戴手镯的男人》。有好几条新闻都说他在公众场合情绪失控，我想那个时候他是故意展现出一些精神问题，万一被警察查到蛛丝马迹，他就可凭着精神分裂的诊断脱罪。他为了写这本书拜访了十七家精神病院，他本来可能是想要给自己将来精神失常制造一个借口，也可能是为了更好地模仿精神病人。但他有一个意外的发现，他发现有一个病人的长相和他非常相似！于是，在他假自杀之后，他冒充张岳候的堂兄把张岳候接了出去，他应该很容易弄到张岳候的身份证。”

说到这里，我打了个寒战，不知道真正的张岳候现在在哪里？

龙海静静地看了我半晌，他无法给出答案，也不打算推翻我的推理。他有同样的怀疑，但推测不能成为证据，这一道门槛拦住了很多东西，但那却是他们无法绕过去的一道门槛。

如果我录下的那些话确实是顾明河的心里话，那么他已经以一种最狡猾的方式说出了真相，也用一种最讽刺的方式嘲笑了扭曲他的世界。

曾经被张岳候刺伤的人也被找来指认，这个“仇人”的左腿因为张岳候的伤害而落下了终身残疾。但他得出的结论和李彩兰一致，他不敢说他一定是张岳候，但也不敢确认他一定不是张岳候。

这对结果一点儿影响也没有。

在401被送去精神病院之前，我又和他见了一次。

他仍然坚持自己是顾明河，但同时又表现得对顾明河一无所知。

除了他自己，没有人能够百分百地确定他是谁，所有的评判都在这种模糊里失去了力量。现在，顾明河只存在于顾明河的头脑里，张岳候也只存在于张岳候的头脑里，在他们之外的我们，都成了虚无。

“来日方长。”龙海说。他相信一个人不能永远扮演另一个人，真相最后总会水落石出，只要有心要找，迟早会有证据。

“如果他真的是顾明河，他能瞒过去只是因为现在有太多巧合。我也不觉得他走运，那些想靠精神鉴定来逃脱罪恶的人都是傻子，跟疯子也差不多了，进去就知道好歹啦！我觉得他对自己的惩罚不算轻，你去过精神病院吗？我宁可在监狱里关一个月，也不愿意在那里待一个小时。”

尾 声

我走在大街上，我看见很多聪明人。

聪明人总是知道如何察言观色并总能良好应变，他们总能在层出不穷的选择中做出对自己有利的判断。世界上从来不缺聪明人，聪明的人也总是更容易被世界认可。你会看见这些聪明人如何赢得人际关系的胜利、如何精密地控制情绪，让自己成为得到最多奖品的一架机器；你会看见一个聪明人依靠他的聪明最终去到他想要去的位置、看见他如何运筹帷幄地保住那个位置、心甘情愿地把自己大部分的时间奉献给它；你会看见很多很多的聪明人确实活得比不聪明的人更富裕更安全，同时也不一定不快乐，只是偶尔会伤感地想起那些他们不那么聪明的时候的日子，那些简单的、松快的日子，以及他们因为聪明而放弃的那个坦然而率性的自我。

当然，我们需要被认可。我们需要通过被外界的认可来安身立命，在一次又一次的支付与回报之后，这成为一种习惯。我们只是不知道，下一次支付的代价是否是我们可以承受的。而另一方面，那些我们毫不在意的可以承受，或许才是人生的可悲之处。